Má Sorte

CB134378

Má Sorte

Sandra Dallas

TORDSILHAS

Má sorte

Copyright © 2025 TORDESILHAS

Tordesilhas é um selo da Alaúde Editora Ltda, empresa do Grupo Editorial Alta Books (Starlin Alta Editora e Consultoria LTDA)

Copyright © 2025 by Sandra Dallas.

ISBN 978-65-5568-313-4
E-ISBN 978-65-5568-314-1

Translated from original Tough Luck, Copyright © 2025 by Sandra Dallas. All rights reserved. ISBN 978-1250352309. Published by arrangement with Browne & Miller Literary Associates, LLC. PORTUGUESE language edition published by Alaúde, Copyright © 2025 by STARLIN ALTA EDITORA E CONSULTORIA LTDA.

Produção Editorial: Grupo Editorial Alta Books
Coordenadora Editorial: Mariana Portugal
Copidesque: Virginia Bioni

Impresso no Brasil – 1ª Edição, 2025 – Edição revisada conforme o Acordo Ortográfico da Língua Portuguesa de 2009.

Dados Internacionais de Catalogação na Publicação (CIP)

D163m

Dallas, Sandra
Má sorte/Sandra Dallas – Rio de Janeiro: Tordesilhas, 2025.
256 p.; 16 x 23 cm.

Título original: Tough Luck – A novel.
ISBN 978-65-5568-313-4

1. Literatura juvenil americana. 2. Ficção histórica. 3. Romance de formação. 4. Oeste americano – século XIX. 5. Mulheres – ficção. I. Título.
CDD 813.54

Índice para catálogo sistemático:
1. Ficção americana – século XX - autoras contemporâneas 813.54

Todos os direitos estão reservados e protegidos por Lei. Nenhuma parte deste livro, sem autorização prévia por escrito da editora, poderá ser reproduzida ou transmitida. A violação dos Direitos Autorais é crime estabelecido na Lei nº 9.610/98 e com punição de acordo com o artigo 184 do Código Penal.

O conteúdo desta obra fora formulado exclusivamente pelo(s) autor(es).

Marcas Registradas: Todos os termos mencionados e reconhecidos como Marca Registrada e/ou Comercial são de responsabilidade de seus proprietários. A editora informa não estar associada a nenhum produto e/ou fornecedor apresentado no livro.

Material de apoio e erratas: Se parte integrante da obra e/ou por real necessidade, no site da editora o leitor encontrará os materiais de apoio (download), errata e/ou quaisquer outros conteúdos aplicáveis à obra. Acesse o site www.altabooks.com.br e procure pelo título do livro desejado para ter acesso ao conteúdo..

Suporte Técnico: A obra é comercializada na forma em que está, sem direito a suporte técnico ou orientação pessoal/exclusiva ao leitor.

A editora não se responsabiliza pela manutenção, atualização e idioma dos sites, programas, materiais complementares ou similares referidos pelos autores nesta obra.

ALTA BOOKS
GRUPO EDITORIAL

Rua Viúva Cláudio, 291 – Bairro Industrial do Jacaré
CEP: 20.970-031 – Rio de Janeiro (RJ)
Tels.: (21) 3278-8069 / 3278-8419
www.altabooks.com.br – altabooks@altabooks.com.br
Ouvidoria: ouvidoria@altabooks.com.br

Editora
afiliada à:

ASSOCIADO

Em memória dos meus avós, minha herança como escritora

Hazel e Dana Mavity
Faye e Howard Dallas

Capítulo Um

Não fazia nem uma hora que a nossa mãe tinha sido enterrada e meu irmão Cheet já havia vendido a fazenda. Nem era dele para vender. E eu disse isso a ele.

— Cheet — falei —, a fazenda não é sua para vender.

— Se não é minha, não sei de quem seria. E com certeza não é sua — respondeu ele.

— É do papai.

— O papai tá morto e ninguém vai levantar ele da cova, igual Jesus fez com Lázaro.

— Você não sabe se ele morreu.

— Ele foi embora em 1859 e estamos em 1863 e, nesse tempo todo, escreveu só três cartas. A última faz quase dois anos. Isso quer dizer que morreu e a mamãe definhou por saber disso, e isso é um fato. As últimas palavras dela foram: "Olá, Manley."

— Isso não quer dizer que ela o viu no céu.

— Então, você acha que ela está no inferno?

Cheet sempre distorcia o que eu dizia.

— Tô dizendo que a gente não sabe se o papai morreu.

Posso ser teimosa quando quero, mesmo que tudo o que eu faça seja repetir a mesma coisa. Eu podia ter discutido que não foi a partida do papai que matou nossa mãe. Ela já estava fraca muito antes de ele ir embora e, para falar a verdade, acho que isso talvez tenha sido um dos motivos pelos quais ele foi embora.

— Você já disse que não sabe se o papai morreu. Eu digo que sim e, mesmo que não tenha morrido, quem é que vai cuidar da fazenda até ele resolver voltar para a casa? — perguntou Cheet. — Acha que eu vou dar comida para os porcos e espalhar estrume até o papai aparecer com o rabo entre as pernas e sem nem um "muito obrigado"? Você sabe como ele é.

— Ele vai voltar para a casa orgulhoso e rico — insisti.

Eu acreditava no papai, embora ninguém mais na família acreditasse. Mamãe vivia implicando com ele e o Cheet zombava dele, então, talvez, fosse por isso que o papai tivesse se apegado mais a mim. Ele me ensinou a pescar, a arar a terra e a montar em cavalos como um menino. Dizia que eu era o melhor filho que ele tinha, apesar de ter o Cheet e o Boots. Meu irmão mais velho dizia que eu era jovem demais para saber que o papai era um fracasso. Talvez fosse mesmo, mas alguém tinha que acreditar nele. E o papai acreditava em mim. Antes de partir, me fez jurar que, se algo acontecesse com ele, eu ficaria responsável por cuidar do Boots. Era meu dever jurado e sempre repetia isso nas cartas.

Tinham sido só três, como o Cheet disse, e eram bem curtas, porque o papai não escrevia muito bem. Eu as li tantas vezes que já sabia de cor.

Querida muié e famia — ele tinha escrito na primeira. *Cheguei no Colorado e mina de ouro é coisa rara. Tô mais sozinho que um gambá. Cheet larga o baralho e faz tua parte na fazenda, e Haidie, num esquece da tua promessa com o Boots. Com afeição, seu pai, Manley P. Richards.*

Ele não dizia nada para mamãe.

Agora, eu e o Cheet estávamos sentados na cozinha: ele ao lado do fogão a lenha, que era o único lugar quente da casa. Passava um bom tempo naquela cadeira, mesmo antes da mamãe morrer — ali ou no celeiro, estudando truques de baralho e jeitos de trapacear, achando que iria virar um jogador de barco a vapor, com colete de seda e gravata de laço. Ele me obrigava a jogar com ele à noite — o vovô tinha ensinado a gente — e, para dizer a verdade, eu jogava melhor que o Cheet e trapaceava melhor também, mas quase sempre o deixava ganhar, porque ficava bravo ao ponto de cuspir marimbondos quando perdia.

Depois que ficou frio demais no celeiro, Cheet disse que precisava ficar perto da mamãe, caso ela precisasse de alguém para levantá-la, e que só ele era forte o bastante para isso. Isso queria dizer que eu e o Boots tínhamos que cuidar da fazenda.

O Boots estava ordenhando agora, e eu me juntaria a ele assim que terminasse de lavar a louça que o pessoal tinha deixado. As mulheres trouxeram torta de uva-passa — torta de velório, como a gente chamava, porque era isso que sempre levavam para velar um corpo —, bolo, feijão assado e uns potes de picles de pepino doce que tinham preparado, embora eu não soubesse o porquê que alguém ia querer comer picles depois de um enterro. O Cheet tinha acabado de cortar um pedação de bolo de caramelo, espalhando migalhas por toda a mesa, que eu também teria que limpar. Eu queria dizer para ele que agora podia ajudar na ordenha, já que a mamãe estava morta e enterrada e não precisava mais ser levantada, mas sabia que era melhor não provocar quando ele estava mergulhado nos próprios pensamentos.

— Aposto um dólar que o papai nunca mais volta.

Soltei um resmungo.

— Se eu ganhasse, você ia pagar essa aposta com o dinheiro que pegou da venda da fazenda.

Cheet deu de ombros.

— Bom, já está feito e não tem nada que você possa fazer agora — disse ele. — A fazenda está vendida. Assinei os papéis antes mesmo da mamãe estar debaixo da terra.

— Por quanto você vendeu? — perguntei.

— Novecentos e cinquenta dólares.

— Ela vale mil e quinhentos. Você foi passado para

atrás — falei. Essa é a mais pura verdade. Como o Cheet disse, estávamos em 1863, e parecia que a guerra ainda duraria muito tempo, o Norte contra o Sul. Nossa boa terra agrícola em Illinois valia até mais que mil e quinhentos.

— Mais vale um pássaro na mão do que dois voando.

— E o que a gente vai fazer com esse dinheiro?

— "A gente"? — zombou ele. — Quer dizer o que *eu* vou fazer com ele? O dinheiro foi dado para mim. Não vi o nome de Mary Haidie Richards em papel nenhum. Eu tenho dezenove anos e posso usá-lo como quiser. Você tem catorze e é menina, não tem direito nenhum. Azar o seu.

As palavras dele me pegaram de surpresa. Eu não tinha pensado nessas coisas até agora — não que alguém pudesse me culpar. Eu não esperava que o papai ficasse fora tanto tempo e nunca tinha parado para pensar no que fazer se a mamãe morresse. Também não esperava que o Cheet fosse vender a fazenda e, agora que ele tinha feito isso, eu não fazia ideia do que nós três íamos fazer. Eu não queria viver em um barco no rio enquanto o Cheet jogava fora o dinheiro, mas aonde mais Boots e eu poderíamos ir? Além disso, se eu não ficasse de olho no Cheet, ele gastaria tudo mais rápido do que chuchu que cresce na horta.

— Melhor você me dar o dinheiro para guardar? — falei.

— "Melhor você me dar o dinheiro para guardar" — repetiu o Cheet, zombando de mim. Era maldade da parte dele. — O dinheiro é meu. Por que eu daria para uma criança igual a você?

—Porque um terço é meu, outro terço é do Boots e eu não confio que você não vai apostar tudo em um jogo.

—Toma aqui sua parte, então — disse ele, enfiando a mão na bolsa e tirando duas moedas de ouro de vinte dólares.

—Quarenta dólares! Minha parte é quarenta dólares?

— As duas partes. Sua e do Boots. Tô sendo mais que generoso. Isso é mais do que qualquer um tem para onde vocês vão.

Fiquei encarando meu irmão.

—Como assim "para onde a gente vai"? Quer dizer que não vamos ficar juntos?

—Tenho planos para mim. E tenho planos para a vocês também.

Encarei Cheet por um longo tempo, digerindo o que ele havia dito. Será que ele queria me mandar para ser uma criada? Pensei nas poucas opções de trabalho que eu teria... E, então, me lembrei das mulheres que trabalhavam na Red Feather Road, e estremeci. Cheet não podia estar pensando naquilo. Ele não valia grande coisa, mas pelo menos me protegeria se estivéssemos juntos. Sem ele, o que seria de mim e do Boots?

O plano de Cheet, ao que parece, era nos mandar para um orfanato. Ele já tinha providenciado nossa entrada no Lar do Bom Pastor para Crianças Abandonadas e Órfãos, em Smoak, Illinois.

Naturalmente, eu protestei.

— Nós não somos crianças abandonadas, nem órfãos, senhora — falei para a sra. Tallbridge Walker, que era a diretora do lar. Ela disse que devíamos chamá-la de sra. Walker, presumindo que eu fosse chamá-la de "Jessica". Fui muito bem-educada para fazer isso. — Temos um pai que está temporariamente no Oeste, descobrindo uma mina de ouro.

— Muito bem, então quando ele voltar, poderá pagar pela sua estadia, Mary.

— É Haidie, senhora.

Ela baixou os olhos para um papel que Cheet já tinha preenchido.

— Diz aqui que seus nomes são Thomas Benton Richards e Mary Haidie Richards. Seu nome é Mary.

— Eu me chamo Haidie — insisti, teimosa, sem encará-la e preferindo olhar ao redor da sala, que era feia e muito sem graça. Havia uma escrivaninha, cadeiras de madeira enfileiradas contra a parede, uma cruz com quase cinco palmos de altura e um quadro da Virgem Maria com um olhar triste. Se não houvesse uma placa dizendo "orfanato", ninguém saberia o que era aquele lugar, pois não havia brinquedos nem retratos que sugerissem a presença de crianças.

— Haidie não é um nome adequado para uma moça. Você se chama Mary, em homenagem à mãe de Nosso Senhor, não é?

O lar do Bom Pastor era católico, embora a senhora Walker não fosse uma freira. Afinal, não dava para ser esposa de Jesus e a *sra.* Walker ao mesmo tempo, não é? O Bom Pastor não era um lugar ruim para um orfanato. Eu sabia, porque costumava ir lá com papai quando ele vendia batatas para eles., mas não era tão bom quanto o Lar Judaico para Crianças Desafortunadas. Papai vendia batatas para eles também

— as boas. O Bom Pastor comprava as que sobravam. Se eu tivesse que ser órfã, preferia ser judia.

— Então? — disse a senhora Walker e eu tive que me lembrar qual era a pergunta dela. — Você não foi batizada em homenagem à Santa Mãe? — insistiu ela.

Não fui batizada em homenagem à mãe de ninguém, mas, sim, à minha tia, Mary Haidie, uma mulher de proporções incomuns que acreditava em óleo de rícino para crupe e varinhas de salgueiro para educar crianças. Sempre que a gente a visitava, ela ameaçava arrancar nosso cabelo quando éramos malcriados, e disso ela entendia bem do assunto, a julgar pela peruca que se equilibrava na cabeça feito um pequeno gambá mal-humorado. Papai tinha esperança de que ela deixasse algum dinheiro para gente em troca do direito de me dar o nome, mas nisso nos frustramos amargamente, porque a única coisa que ela deixou foi um retrato a óleo de si mesma. O dinheiro foi para os batistas lavadores de pés. Eu não reclamei quando o retrato foi vendido junto com a fazenda. Na verdade, demorou até eu perceber que ele tinha sumido, porque a gente o guardava no celeiro.

— Sim, senhora, acho que meu nome é uma homenagem à mãe de Jesus — respondi, porque era isso que ela queria ouvir e não me fazia mal nenhum dizer.

Agora, deixa eu contar uma coisa que é bom você saber a meu respeito. Eu minto. Não minto por teimosia nem por maldade. Minto porque me convém — e pode ser que seja útil para você também, se quiser experimentar. E é uma coisa fácil. Consigo olhar alguém bem nos olhos e mentir até cansar. Não vejo mal nenhum nisso, nenhum mesmo.

— Estou tentando explicar: eu e o Boots não somos órfãos. Cheet não tinha o direito de mandar a gente para cá. Ele vendeu a fazenda por quase mil dólares e quer ficar com tudo para gastar em coisa errada.

A diretora se virou para Cheet, que me lançou um olhar fulminante.

— Ela é mentirosa — disse ele. — mamãe bateu nela e bateu de novo, mas não conseguiu livrá-la da mentira. Haidie, quer dizer, Mary, não tem verdade no coração. Já nasceu com essa maldição.

Talvez tenha percebido que falou demais e que a diretora podia recusar a gente, porque logo acrescentou:

— Fora isso, ela é uma boa menina, muito trabalhadora.

— E quem é o mentiroso agora? — retruquei. — Meu irmão tá com quase mil dólares e vai gastar tudo jogando cartas nos barcos a vapor no rio. Se vai largar a gente aqui, devia ao menos ter coragem de se alistar de novo pro lado da União. A guerra já dura dois anos e precisa de homens, até dos imprestáveis.

A guerra não ia bem para o nosso lado ianque, mas Cheet não podia levar a culpa por isso, porque tinha voltado para casa depois de dois meses dizendo que fora ferido e dispensado. Mas eu, pessoalmente, achava que ele tinha desertado.

— Se você é o guardião legal deles... — A diretora franziu a testa.

— Sim, sou. Mas estou a caminho do seminário, onde vou estudar para o sacerdócio.

Fiquei olhando para o meu irmão com a boca tão escancarada que dava para enfiar uma batata sem encostar na língua, pensando que nunca na vida eu tinha contado uma mentira tão cabeluda quanto aquela. Dona Walker fez o sinal da cruz.

— Um padre! Ora, que coisa maravilhosa. Todas as crianças do orfanato rezarão pelo senhor. É uma honra receber seu irmão e sua irmã.

— Pergunta para ele se sabe os livros da Bíblia — falei para ela. — Manda-o citar um versículo do livro de Jorge.

Cheet me lançou um sorriso triste e foi aí que eu soube que tinha perdido. Ele era capaz de enfeitiçar até uma cadeira.

— Tem minha permissão para castigá-la na face direita, na face esquerda e no traseiro, sempre que quiser.

E com o dedo, desenhou uma cruz no ar.

— Quais são as idades de Mary e Thomas? — perguntou dona Walker a Cheet.

— É Boots, senhora. Pode me chamar de Mary se quiser, mas meu irmão é Boots. Ele nem ia saber que era com ele se a senhora chamasse por Thomas.

— Boots não é nome.

Mas ela estava errada quanto a isso. Meu irmãozinho era Boots desde o dia em que aprendeu a engatinhar e enfiou a cabeça dentro de uma das botas do papai. Agora ele olhava da sra. Walker para mim, sem saber quem ele devia ser.

— O nome dele é Thomas — disse a sra. Walker, espiando para ver se Boots ia contestar. Não contestou. — Agora, quanto às idades — continuou a diretora. — O senhor disse que Thomas tem dez, e Mary, doze.

Mais uma vez, comecei a protestar. Eu tinha catorze, quase quinze, mas me calei quando ela acrescentou:

— Não aceitamos meninas com mais de catorze anos. Preferimos crianças pequenas. Mas, considerando que o senhor vai ser padre, aceitaremos Mary se ela tiver doze.

Agora você pode se perguntar o porquê eu não protestei. Não foi porque eu sabia que Cheet discutiria comigo se eu dissesse minha idade verdadeira, foi porque queria ficar de olho no Boots. Ele nunca tinha ficado sozinho e ficaria com medo sem mim.

Além disso, um plano já começava a se formar na minha cabeça.

— Cheet, já que você vai entrar para o sacerdócio — então, desenhei uma cruz no peito com o dedo —, queria que me desse as cartas de papai que você tem nesse bornal. Você sabe tão bem quanto eu que eles não deixam padres noviços ficarem com objetos pessoais.

Cheet não sabia se isso era verdade ou não. Além do mais, ele não tinha mesmo interesse nas cartas. Então enfiou a mão na bolsa para pegá-las. Mas eu fui mais rápida e puxei o bornal. Meus dedos encontraram a bolsinha de dinheiro e escondi duas moedas dentro de um dos envelopes. Outra coisa que você devia saber sobre mim é que posso ser ladra quando quero. Na verdade, já considerei a ideia de virar batedora de carteira, mas ninguém em Smoak nunca teve dinheiro para pôr no bolso.

Cheet assinou uns papéis e depois desenhou uma cruz sobre nossas cabeças. Desejei boa sorte a ele. Não odiava Cheet, embora ele tivesse passado a perna em mim e no Boots, ficando com a nossa parte do dinheiro e largando a gente num orfanato. Ele não tinha jeito para ser pai, assim como não tinha jeito para ser fazendeiro. Não teria se saído melhor criando a gente do que cuidando da lavoura e teria levado a gente pro buraco junto com a fazenda. Pelo menos no orfanato a gente teria o que comer, e o Boots aprenderia a ler e escrever melhor do que eu conseguiria ensinar. Cheet não era uma má pessoa. Só não era um irmão muito bom.

— Se comportem, ouviram? — gritou Cheet para a gente.

— Que Deus te abençoe, padre Cheet — falei.

Boots observou a diretora acompanhar nosso irmão mais velho para fora da sala e então se virou para mim, com o rosto sério.

— O que vai acontecer com a gente? — perguntou.

— A gente vai ficar aqui e ser os melhores malditos órfãos que eles já tiveram. Depois, na primavera, vamos fugir e encontrar o papai.

Se eu não soubesse que fugiríamos um dia, não teria aguentado ficar tanto tempo naquele orfanato. Mamãe estava morta. Eu já tinha chorado por ela muito antes de vê-la partir de vez. Era uma mulher arredia e nunca foi forte e, depois que papai foi embora, ela simplesmente definhou. Quando as cartas dele pararam de chegar e mamãe se convenceu de que ele tinha morrido, passou a maior parte do tempo na cama, dizendo que não tinha mais motivo para viver. Acho que ela não considerava Boots e eu motivo suficiente. Ela não queria mais nada além de se juntar a papai no céu e suas últimas palavras, como Cheet contou, foram "Olá, Manley", Manley sendo o nome de papai, é claro. Pensar que ela estava feliz quando partiu me ajudava bastante, embora eu ache que Deus, ou os anjos, ou quem quer que esteja no comando, tenha a enganado. Nada neste mundo me convencia de que papai já estava morto.

Como eu já sabia que mamãe não duraria muito, meu luto veio antes. Mas Boots, esse chorou sem parar, e foi aí que eu amaldiçoei papai. Nem um pote de ouro valia toda a tristeza que ele fez recair sobre Boots.

Achei que já tivesse esgotado toda a tristeza quando mamãe morreu, mas senti a falta dela como a gente sente de uma boa chuva. Ela tinha sido uma mãe ruim para mim e para o Boots., ainda assim, era uma alma delicada e me amava do jeito dela. Toda manhã, perguntava se eu já tinha feito minhas orações e lavado o rosto. No fim do dia, eu entrava no quarto, sentava ao lado da cama e segurava sua mão e ela sorria para mim. E nos dias bons de mamãe — que não eram muitos —, eu pensava que a gente era como uma pessoa só: ela a alma e eu o corpo, como tinha sido quando eu era pequena. Éramos as únicas mulheres naquela casa. Além de Cheet e Boots, mamãe teve sete ou oito outros meninos que morreram ao nascer ou logo depois nenhum viveu tempo bastante para ganhar um nome. Só ela e eu chorávamos por eles. Eu sabia o quanto ela os lamentava, porque a outra coisa que disse quando morreu foi:

— Olá, meus bebês.

Então, mesmo que papai não estivesse lá no céu, mamãe estava com os filhos que perdeu.

Acho que você já deve ter ouvido as histórias sobre como tratam os órfãos em um orfanato: como deixam passar fome, batem e os fazem trabalhar até quase morrer. Pode até ter um fundo de verdade nisso, mas devo dizer que as freiras do Bom Pastor não eram de todo ruins. Comiam a mesma papa e pão preto que a gente e faziam o melhor que podiam para nos ensinar a amar Jesus e lavar o pescoço. Claro que elas não tinham dinheiro algum, então os órfãos precisavam trabalhar duro para garantir comida e pagar a conta do carvão.

Boots foi designado para a horta, mas como ainda era inverno, ele não tinha muito o que fazer, então ia para a escola, que ficava no porão do orfanato. Não gostava muito, porque era novo ali, peixe fresco, foi como os outros meninos o chamaram, e vivia sendo desafiado para briga. Ora, Boots era briguento. Eu mesma já saí ferida por causa dele., mas ele não se saía muito bem contra três ou quatro meninos de uma vez, ainda mais quando eram maiores. Então, ele teve sua conta de hematomas e nariz ensanguentado. Às vezes, à noite, eu o ouvia gritar:

— Haidie!

Mas como eu estava em outro quarto e as freiras dormiam perto das portas, não podia ir até ele.

Fui designada para trabalhar na lavanderia e já vou dizendo que isso não foi nada fácil para mim, porque nunca fui do tipo que acha que limpeza tem a ver com santidade.

Lavar roupa era um trabalho árduo até nos dias bons e, no inverno, era um verdadeiro inferno. A gente fervia as roupas em água escaldante e depois enxaguava tudo em água gelada, que tínhamos que carregar do riacho. Às vezes, era preciso quebrar o gelo para conseguir chegar até ela. Se tivéssemos que lavar só a roupa dos órfãos e das freiras, não reclamaríamos tanto, mas o orfanato se sustentava lavando a roupa suja de metade da cidade de Smoak, a metade mais porca. Por cinco centavos cada peça, ou três por dez centavos, um homem podia mandar lavar uma camisa coberta de sujeira de curral e gordura de porco, que voltava limpa e engomada, dura como banco de igreja. O preço era tão barato que eu mesma teria gastado uma das minhas moedas de ouro para mandar lavar a minha roupa e a de Boots — só que a nossa era lavada de graça. No fim do dia, minhas mãos ficavam em carne viva, sangrando, e meus pulsos tão cansados de esfregar e torcer que eu mal conseguia desabotoar os sapatos.

Ser lavadeira tinha, ao menos, uma vantagem. Como eu disse, às vezes ouvia Boots me chamar à noite. Quando perguntei, ele disse que estava sonhando, mas eu vi os novos hematomas. Então, um dia, o encurralei em um canto e disse que ou me contava o que estava acontecendo ou eu contaria à sra. Walker que tinha alguma coisa errada.

Ele respondeu que não era dedo-duro, e que, além disso, levaria uma surra e seria chamado de mariquinha se o menino que estava batendo nele descobrisse que havia reclamado. Mas eu disse que, se não me contasse quem estava o atormentando, eu o abandonaria quando fosse embora procurar o papai.

Então, Boots confessou que Dolph Bates era seu inimigo e incitava os outros meninos a baterem nele. Eu já conhecia Dolph de antes de ele virar órfão. Era um valentão, mais cruel que urtiga, e me espantei por não ter adivinhado logo que era ele quem implicava com Boots.

— Por que ele te persegue? — perguntei.

— Porque ele é ruim mesmo.

— Isso ele é.

— O que você vai fazer, Haidie?

— Deixa comigo — falei. — Mas você precisa fazer a sua parte. Da próxima vez que ele implicar com você, diga que tem uma surpresa guardada para ele. Quando ele perguntar o que é, só dá um sorrisinho.

— Mas ele vai me bater.

— Ele vai te bater de qualquer jeito, mas não vai durar muito. Eu tenho um plano.

Outra coisa sobre mim: eu sou boa de plano.

Como já disse, eu trabalhava na lavanderia. Uma vez por semana, as crianças do orfanato trocavam de roupa — cada menina tinha dois vestidos e cada menino duas camisas e dois macacões. Eu fiz questão de decorar o que o Dolph vestia e peguei a camisa dele quando ela chegou para lavar. Depois de lavada e passada, coloquei carrapichos, pequenas sementes com espinhos, bem pequenos no bolso, de modo que, quando Dolph vestisse a camisa, os carrapichos arranhassem o peito dele. Contei para o Boots o que tinha feito e ele disse que todos os meninos deram risada quando viram Dolph coçando o peito sem que deixassem Dolph perceber. Isso fez Boots se sentir melhor, mas não impediu Dolph de continuar implicando com meu irmão.

No dia seguinte de lavagem, eu roubei um pouco de pimenta-do-reino vermelha da cozinha e esfreguei por dentro do macacão dele, bem na parte onde os joelhos ralados encostavam no tecido. Ele deu um grito e começou a pular de dor. Os meninos riram de novo. Dessa vez, sem se importar tanto se Dolph estava vendo ou não.

Mas ainda não era o bastante. Então, no dia de lavagem seguinte, esfreguei a pimenta vermelha na parte da frente do macacão, bem onde eu achava que o tecido encostava nas partes íntimas dele. Quando ele vestiu o macacão, não foi tão ruim, porque estava de pé e a roupa meio folgada. Mas, na hora do café da manhã, quando se sentou, começou a uivar e a se coçar, depois a se arranhar com as duas mãos, até que a sra. Walker se levantou de onde estava sentada ao fim da mesa.

Quando viu o que Dolph estava fazendo, deu um tapa em sua cabeça e disse que, se não parasse, acabaria ficando cego.

Mandou Dolph continuar sentado quando as outras crianças saíssem do refeitório, porque depois ela decidiria o castigo. Quando Boots passou por ele, olhou Dolph nos olhos e abriu um sorriso. Os outros meninos não sabiam o que tinha acontecido, mas sabiam que Boots tinha se vingado e aquilo foi o fim das agressões.

Quando a gente terminava o trabalho na lavanderia, tinha aula. Nós, meninas, tínhamos que aprender a ler, escrever e trabalhar como criadas, porque era o único tipo de emprego que uma órfã podia esperar conseguir. Eu já conhecia boas maneiras, porque mamãe tinha sido uma Haidie de Chicago, o que, em Illinois, significava que você era fina feito pelo de sapo. E como mamãe tinha me ensinado a escrever direitinho, a sra. Walker me colocou como responsável pela caligrafia e foi assim que consegui ficar de olho em Boots.

Ele também sabia ler e escrever, mas eu o mandei fingir que não era bom nisso para poder ficar na minha sala de aula, onde sentava na frente. Às vezes, quando eu fingia corrigir o que ele tinha escrito na lousa, rabiscava um bilhetinho, como, por exemplo, "Queixo erguido" ou "Alguém aí precisa de pimenta?". Uma vez, quando eu estava circulando pela sala para ver o que os órfãos estavam fazendo com o giz, vi que Boots tinha escrito na lousa: "Quando nóis vai achá o pai."

"Assim que o tempo melhorar", escrevi de volta.

Algumas das outras meninas do orfanato também davam aula, porque as freiras tinham afazeres demais. Ser esposa de Jesus não era moleza, não era como ser a mulher do prefeito de Smoak, que ficava sentada tomando chá e comendo bolo. Jesus esperava que Suas noivas tirassem leite das vacas, tratassem dos porcos e se matassem de trabalhar nos campos. E pode acreditar, elas não eram flores delicadas. A maioria era feia de doer. Perguntei a uma das mais bonitas, a irmã Teresa, que ainda estava em treinamento para freira, porque queria virar freira. Afinal, ela era uma gracinha, com aqueles olhos de pomba, que fazia qualquer rapaz virar o pescoço.

— Não foi ideia minha. Sou o que eles chamam de incorrigível. É da minha natureza — disse ela.

Eu não entendi a palavra, mas não quis admitir, então perguntei:

— E o que você fez para ser incorrigível?

— Engravidei — explicou ela.

Isso eu entendi. Ela tinha parido.

— O bebê é órfão?

— Não, meu pai o entregou para a minha irmã antes de me colocar aqui.

— E quem é o pai?

— Isso eu não conto.

— Pode contar para mim.

Ela pensou um pouco, passando a língua pelos lábios.

— Por que eu faria isso? Nunca contei para ninguém.

— Por que não contaria? Quem sabe eu consigo ajudar.

— E como você faria isso?

— Sou boa em fazer planos. E, além disso, não acho que virar freira seja uma boa ideia para você nessa idade.

Teresa não respondeu.

— É o Billy Stover, aquele que entrega a roupa lavada, não é? — Eu já tinha visto os dois trocando olhares apaixonados no curral, o Billy tentando enfiar a mão por debaixo do vestido dela. Irmã Teresa sempre chorava quando ele ia embora.

— Ele mesmo — ela admitiu.

— Por que você não se casou com ele?

— Eu queria. O Billy tem até uma fazenda, mas eu era muito nova, e agora que vou ser freira, não posso mais. Eles não me deixam sair, além disso, quem aceitaria casar a gente? O padre que passa por Smoak de vez em quando contaria para o meu pai se eu tentasse me casar e ele não deixaria. Ele diz que eu sou pecadora e nem o próprio Deus odeia o pecado tanto quanto ele.

— Você podia pedir para o pastor Campbellita casar vocês.

— E me casar fora da Igreja? Aí mesmo que vou para o inferno. Estou presa.

— Talvez não — falei, sentindo uma ideia começando a se formar no fundo da minha mente. — Se eu te ajudasse, você retribuiria o favor?

— Claro — ela respondeu, franzindo a testa.

— Jura pela cruz? — Como a gente estava na lavanderia de um orfanato papista achei que isso valeria como promessa.

Irmã Teresa assentiu com a cabeça.

— Mas o que você poderia fazer?

— Espere só para ver.

Por mais brava que eu estivesse com Cheet, tinha que admitir que ele não era de todo ruim. Uma vez por mês, mais ou menos, ele voltava para nos visitar, dizendo para as freiras que agora era padre de verdade e que o seminário havia o enviado para pregar a obra de Deus entre os pagãos — que deviam ser os jogadores, imagino eu. O mais perto que ele já chegou de trabalhar para o Senhor foi usar cartas marcadas para arrancar dinheiro de um batista do livre-arbítrio. A sra. Walker achava que ele tinha sido escolhido para ajudar os desamparados e me dizia que, ao tomar a decisão de virar padre tão jovem, ele era a pessoa mais santa que já conhecera.

— Eu poderia fazer muito mais se não tivesse feito voto de pobreza — dizia ele, com cara de cachorro que quebrou o vaso. A sra. Walker não podia ajudar nesse aspecto, dizia que mal tinha dinheiro para os órfãos pobres e famintos que já estavam sob seus cuidados. Quando fiquei a sós com ele, falei que qualquer um que roubasse dinheiro de órfãos era mais baixo que barriga de cobra, e, que se fizesse isso, estaria tirando comida da boca dos próprios irmãos.

— Ora, eu jamais faria algo assim — disse ele.

Mas eu sabia muito bem.

— Faria, sim. Mas se fizer, vou te deixar careca igual a tia Mary Haidie — avisei.

Eu não entendia por que Cheet ainda aparecia para nos ver depois de ter largado a gente no Lar do Bom Pastor. Mas quem sou eu para julgar? Isso não é coisa para órfãos. E, no fundo, eu ficava feliz com a visita — ele era da família e acho que eu o amava. Talvez ainda houvesse um restinho de decência no Cheet, ou talvez ele se sentisse culpado pelo jeito como nos tratou, porque sempre trazia balinhas para nós. Deu um gorro de lã para o Boots e um lenço de seda para mim, que cheirava a perfume — então imagino que ele tenha pegado de alguma moça elegante —, mas o que valia era a intenção.

* * *

Esperei até o degelo da neve para pedir um favor ao Cheet.

— Você me deve essa e não vai te custar nada — argumentei.

— Ah, qual é, Haidie. Eu não sou padre de verdade. Não posso oficializar nada. Isso não vale — ele respondeu, depois que expliquei o que queria. Só contei para ele uma parte do plano, porque sabia que ele seria contra a segunda metade.

— Só eu e você sabemos disso.

— Seria um pecado.

— Também é pecado trapacear nas cartas e fingir que é padre. E desde quando você se importa com pecado, hein?

— Isso seria pior que apostar. Eu estaria oficializando uma união ilegal.

— Eles já estão unidos.

— Mas eu não sou padre de verdade.

— Podia ter me enganado — retruquei.

Cheet me lançou um olhar esquisito.

— Bom, você enganou a sra. Walker e é isso que importa.

E de fato, enganou tanto que ela até pediu para ele celebrar um culto para os órfãos. Cheet disse que não faria isso porque era tarefa do padre oficial, que não ia gostar de ver outro se metendo.

— Não conta para ele que fui eu quem disse, mas é uma questão de respeito — ele falou para a sra. Walker.

Agora, Cheet tentava descobrir se havia algum ganho no que eu estava propondo, mas, exceto por lavar suas roupas, eu não tinha nada a oferecer.

— Por que você quer que eu faça isso? — perguntou ele.

— Porque ela é boa para o Boots.

Quando Cheet aceitou, fui falar com Teresa.

— Você se lembra da sua promessa? Que, se eu te tirasse daqui, faria uma coisa por mim? — perguntei.

Ela assentiu, me observando como cachorro à espera de um osso.

— Arranjei um jeito.

Teresa juntou as mãos em forma de capelinha. Então, sua expressão se tornou vazia, e, atrás dela, a sra. Walker disse:

— Meninas, tem trabalho esperando.

— A Mary acabou de me perguntar se eu achava que ela podia ser noiva de Jesus um dia — disse Teresa.

Ela inclinou a cabeça para o lado e baixou os olhos.

— Eu disse que ela teria que se arrepender dos pecados primeiro.

Gostei ainda mais de Teresa naquele momento, porque percebi que ela também era uma boa mentirosa igual e isso poderia ajudar a mim e ao Boots.

— É verdade isso, Mary? — perguntou a sra. Walker.

Eu já estava começando a me acostumar com esse nome, mas ficaria feliz em deixá-lo para trás assim que saísse dali.

— Sim, senhora. Mas eu carrego um punhado de pecados. Não sei se Jesus iria me querer. Posso acabar profanando a casa dele.

A sra. Walker pensou um pouco.

— Você ainda é muito nova.

— Tenho catorze anos! — E então tapei a boca com a mão. Seria expulsa do orfanato se ela descobrisse minha idade verdadeira.

— Você tem doze. Seu santo irmão me contou e disse que você é mentirosa. Mentir é um pecado grave.

— Sim, senhora.

— Preguiça também é pecado. Tem roupa para lavar. Você não vai querer se apresentar diante do Senhor com a roupa suja.

Eu e Teresa saímos juntas e caímos na risada assim que chegamos à lavanderia.

— Conseguimos enganá-la — disse Teresa, embora eu não tivesse tanta certeza. A sra. Walker era do tipo que era bom ter cuidado.

Enquanto esfregávamos as roupas no tanque de lavar, puxei assunto sobre ela sair do orfanato.

— Eu não posso fugir. E para onde fugiria? Eles fariam o maior escândalo e começariam a me caçar feito cão atrás de raposa.

— E se você pudesse se casar com o Billy?

— Já falei, o padre não faz isso sem a permissão do meu pai e se eu me casasse com qualquer outro, estaria vivendo em pecado e com certeza arderia no fogo do inferno.

— Meu irmão é padre. Às vezes ele vem me visitar.

Teresa parou de esfregar o macacão no tanque e se virou para me encarar, enquanto absorvia a ideia.

— Se fosse um casamento de verdade, com um padre, então meu pai não poderia desfazer. Seu irmão é mesmo padre?

— É sim — falei. Como expliquei para o Cheet, Teresa jamais saberia que passaria o resto da vida vivendo em pecado, então que mal faria a mentira?

— Ele pode celebrar casamentos?

— É para isso que servem os padres, não é?

Teresa limpou a espuma das mãos e sacudiu a água. As mãos dela até seriam bonitas se não estivessem tão vermelhas e rachadas.

— Teria que ser um casamento em segredo, claro. Mas, depois da cerimônia, você podia morar em Smoak, naquela fazenda do Billy que você me falou. E, talvez, até conseguisse seu bebê de volta.

Ela assentiu.

— É tudo que eu queira. Você acha que seu irmão vai aceitar? A sra. Walker vai ficar uma fera.

— Vai, sim. Mas antes, vou te contar o que quero em troca.

Não demorou muito até o Cheet voltar e eu tratei de lembrá-lo da promessa que me fez.

— Acho que não vai fazer mal nenhum. Eles têm algum dinheiro para me pagar?

— Não, e nem pense em cobrar nada deles.

— Eu só perguntei.

Ele fez uma pausa.

— E o que eu devo dizer?

— Você já foi em muitos casamentos para saber.

Tivemos sorte: a sra. Walker e as freiras tinham ido ao mercado naquela manhã. Então, levei o Cheet até a lavanderia, e esperamos com a Teresa até o Billy aparecer com um monte de roupa para lavar.

Cheet tirou da sacola uma Bíblia que eu havia roubado da igreja e pediu que Teresa e Billy ficassem de frente para os tanques.

— A gente não devia se casar na igreja? — perguntou Billy.

Cheet balançou a cabeça.

— Lavanderia é um ótimo lugar. Serve para lavar os pecados e todo o resto.

Ele já estava entrando no clima. Limpou a garganta e começou:

— Amados irmãos, estamos aqui reunidos neste lugar...

Billy interrompeu de novo:

— Você não devia casar a gente em latim?

— Você fala latim? — perguntou Cheet.

— Claro que não.

Cheet assentiu e então começou a falar em francês: palavras que tinha aprendido com um trabalhador contratado, tempos atrás. Acho que ele disse:

"Não vou catar estrume" e "Você tem uma garrafa aí?". Tiveram outras palavras que jamais haviam sido pronunciadas em uma casa de Deus, mas como Teresa era considerada incorrigível, não deveria se escandalizar — embora também não entendesse francês.

Quando Cheet terminou, disse:

— Pronto!

— Agora coloque a Teresa na carroça da lavanderia e fuja como o diabo antes que a sra. Walker volte — falei. — E você também, Cheet, chispa daqui!

— Por que eu?

— Porque quando a sra. Walker descobrir, vai ter um troço. E a fúria da sra. Walker é pior que a fúria de Deus.

— Tá certo — concordou. — Venho ver vocês no mês que vem.

Azar o seu, pensei. *Eu e o Boots não estaremos mais aqui.*

A sra. Walker ferveu de raiva quando descobriu que Teresa tinha se casado com Billy Stover, mas, no fim das contas, não ficou zangada com Cheet, só com Teresa. E não havia nada que ela ou o pai de Teresa pudessem fazer, porque o casal feliz tinha sido casado por um padre — ou pelo menos era o que achavam.

— Se eu soubesse o que ela estava aprontando, teria avisado ao padre Cheet. Aquela menina é lisa feito cobra em chão de mármore — disse a sra. Walker. Ela balançou a cabeça e eu fiquei me perguntando onde tinha aprendido uma expressão daquelas. Não havia chão de mármore no orfanato, com certeza. — Ele vai ter que se explicar à diretoria do Bom Pastor.

— Sim, senhora — falei. — Ele vai assumir a responsabilidade. Não teve nada a ver com a senhora.

— Assim espero. — Ela estava mais preocupada com o que os diretores iriam pensar do que com a perda de Teresa, que, verdade seja dita, nunca teria sido uma boa freira. Se o que me contou era verdade, ela gostava demais de contato físico.

Fiquei com medo de a sra. Walker não deixar mais Billy Stover voltar ao orfanato depois do ocorrido, mas ela precisava do dinheiro da lavanderia, então ele continuou vindo três vezes por semana e ainda me deu um sorriso maroto quando disse que o casamento podia acabar com uma pessoa.

O casamento de Teresa foi um rebuliço e tanto no orfanato, porque nunca acontecia nada. Esperei até a poeira baixar, até quase o fim da primavera, e então lembrei ao Billy de que ele e Teresa me deviam uma.

— Ela está lá fora esperando — disse ele. — Quer ir na carroça da lavanderia?

— Melhor não, senão vão atrás de vocês. Uma hora depois de apagarem as luzes, espere um quilômetro estrada abaixo. A gente te encontra lá.

Eu não tinha contado o plano para o Boots com medo de que ele se gabasse para os outros meninos. Só após o jantar contei que a gente fugiria naquela mesma noite.

— Quando for para a cama, vista toda a roupa que você tiver — falei. — Eu venho te buscar.

Uma freira dormia no quarto dos meninos, mas era preguiçosa e normalmente já estava roncando antes mesmo de os garotos se ajeitarem nas camas.

Esperei até ela começar a roncar alto, parecendo um ganso. Então, enfiei meu segundo vestido pela cabeça, peguei minhas coisas — que não eram muitas: as cartas do papai, a aliança de casamento da mamãe e o dinheirinho que o Cheet me deu pela venda da fazenda (mais as moedas de ouro que roubei dele). Aí me esgueirei até o quarto dos meninos e toquei no braço do Boots.

Ele não respondeu. Tinha adormecido. Eu o belisquei, mas ele só resmungou.

— Boots — sussurrei. Depois, mais alto: — Boots!

— Haidie? — gritou ele.

O grito acordou a freira.

— Quietos, meninos! — ralhou a mulher. E, para o meu desespero, ela se levantou. Rolei para debaixo da cama do Boots e fiquei ouvindo os passos dela cruzando o corredor entre as camas, até parar bem ao lado da cama dele.

— Nada de cochichos, meus jovens — ordenou ela.

Dessa vez, o Boots acordou mesmo e as tábuas sob o colchão rangeram quando ele se sentou e disse:

— Haidie, é você?

Agora eu estava perdida. Ela deu um passo em direção à cama e, pela luz do luar, vi seus pés descalços, com os dedos todos encolhidos. Estendi a mão e belisquei seu dedão com as unhas, como se fosse uma mordidinha.

Ela deu um pulo, puxou o pé e disse:

— Maldito rato!

Quase soltei uma risada com a blasfêmia, mas o beliscão funcionou: ela voltou marchando para a cama, se enrolou no cobertor e pegou no sono de novo.

Então, enfiei os dedos pelas frestas e cutuquei o colchão três ou quatro vezes, só para o Boots saber que eu ainda estava ali e não pegar no sono. Esperamos até todo mundo voltar a dormir, para, então, eu conseguir sair debaixo da cama e me esgueirar pela freira com o Boots para sairmos do quarto e descermos as escadas.

Eu havia me esquecido da porta da frente. A sra. Walker a trancava toda noite com uma chave grande que usava pendurada no pescoço. Caminhamos até a cozinha na ponta dos pés, mas uma das freiras já estava preparando o pão para crescer até de manhã. Por isso, levei o Boots até a lavanderia. A escada estava escura e a gente ouvia os ratos correndo por ali.

— Acho que é melhor a gente ficar — sussurrou Boots, mas eu disse que nunca encontraríamos o papai se não fugíssemos agora. Aquela era nossa única chance. Então ele me seguiu, agarrado à barra da minha saia.

A luz da lua entrava pela janelinha no alto da lavanderia, e consegui ver a porta que o Billy Stover usava. Não estava trancada. A gente se esgueirou para fora e correu estrada abaixo, torcendo para que o Billy não tivesse desistido e ido embora. Mas ele estava lá. Subimos na carroça e o Billy cobriu a gente com sacos.

— Se alguém aparecer, finjam que são um fardo de roupa suja — aconselhou.

Billy deu uma chicotada leve no cavalo e seguimos pela escuridão. Ele parou uma vez para conversar com um homem que passou de charrete.

— Acordou cedo por causa da lavanderia ou está na rua até tarde? — perguntou o homem.

— Ainda nem fui para casa — disse Billy. — Acabei de me casar.

O homem resmungou uns impropérios, mas Billy só desejou boa noite e seguiu adiante.

Com o balanço da carroça e os sacos pesados para deitar, eu e o Boots acabamos pegando no sono e só acordamos quando o Billy parou de novo.

— Chegamos.

Eu me sentei e olhei ao redor.

— Cadê o rio?

— Então, esse é o problema... A gente só vai conseguir chegar até o barco amanhã à noite. Você vai ter que passar o dia aqui, com a Teresa.

— Vai ser o primeiro lugar onde vão nos procurar. A sra. Walker sabe que eu e a Teresa somos amigas e que meu irmão celebrou o casamento de vocês.

— Ele fez o quê?

— Ele casou você e a Teresa.

— Ah, isso não é problema. A Teresa arrumou um esconderijo para você.

— Não na casinha — disse o Boots. — Eu não vou me esconder na latrina.

— Nem espero isso de você. Tem uma casa na árvore lá no bosque. Eu e a Teresa íamos lá às vezes...

Ele parou no meio da frase.

— Tem um cobertor, um jarro d'água e a Teresa deixou comida em uma caixa que os guaxinins não alcançam. Eu venho buscar vocês amanhã à noite, depois que escurecer.

E saiu para guardar o cavalo.

A casa na árvore era um ótimo esconderijo. Com todos os galhos e folhas secas ao redor, não dava para ver nem mesmo se a pessoa estivesse bem embaixo dela, e lá de cima a gente conseguia enxergar o rio Mississippi. Eu e o Boots dormimos melhor do que jamais tínhamos dormido no orfanato e comemos melhor também, porque na caixa tinha pão branco e ovos cozidos. Ficamos ali, naquele cantinho aconchegante, ouvindo os passarinhos cantarem o dia inteiro, até o início da noite.

O Boots estava tentando imitar o canto de um tordo quando ouvi um barulho lá embaixo e tapei a boca dele com a mão.

— Shhh — sussurrei.

Provavelmente era só o Billy Stover com a carroça da lavanderia, mas eu quis ser cautelosa e, ainda bem, porque um minuto depois, ouvi a voz de um homem gritar:

— Teresa Stover, tem dois órfãos sumidos do Bom Pastor, e é bom que não estejam aqui!

Teresa saiu da casa furiosa e gritou:

— Eles não estão aqui. Pode revistar a casa e o celeiro se quiser.

— Pois vamos fazer isso. E o galinheiro e a casinha também.

Pelo vão entre as tábuas da casa na árvore, consegui ver Teresa parada no terreiro, as mãos na cintura, encarando dois homens com uma cara de poucos amigos.

Eles entraram na casa, depois saíram e revistaram o celeiro. Em seguida, ficaram parados no terreiro, e um deles perguntou:

— Onde foi que você os escondeu?

— Por que está perguntando para mim? Nunca tive nada a ver com os meninos do orfanato.

— Um deles é menina.

— Menina?

— Mary Richards.

— Pois aleluia. Isso é a melhor coisa que ouvi desde que saí de lá.

— Você é abusada demais — disse um dos homens, mas o outro mandou ele deixar para lá, que estavam perdendo tempo e era melhor se apressarem e procurar em outro lugar se quisessem a recompensa.

— Que recompensa? — perguntou Teresa.

— Dez dólares.

Teresa ficou observando os homens irem embora, parada no portão, até que sumissem estrada abaixo. Depois foi até a casa da árvore.

— Ouviu isso? Tem uma recompensa por você.

— Vai me entregar? — perguntei.

— Eu não, mas o Billy talvez entregue.

— Seu marido? — perguntei.

Ela assentiu com a cabeça.

— O Billy não é o que eu achava que fosse — disse. — Antes ele era tão gentil, com um jeito doce de falar, mas agora que a gente está casado, ele espera que eu o sirva, e me estapeia quando eu o desagrado. Ele manda em mim. E ainda é doido por dinheiro. Vasculha a roupa da lavanderia procurando moedas ou qualquer coisa que possa vender. Antes de nos casarmos, ele era o homem mais doce que já conheci. Acho que a gente nunca sabe mesmo.

— Só porque um gato nasce dentro do forno, não quer dizer que ele seja uma torta — falei. — Você se arrepende de ter se casado com ele?

— É melhor do que ser freira, mas não muito. No fundo, eu queria mesmo era ter meu bebê de volta. Mas o bebê chama minha irmã de mãe. Ela ficaria de coração partido se eu tomasse a criança de volta. Eu não conseguiria fazer isso. — Ela sorriu para mim. — Mas isso não é problema seu, você tem outro e dos grandes. Quando o Billy souber dessa recompensa, vai te entregar mais rápido do que um coice de mula. Acho que vamos ter que te esconder em outro lugar.

Eu já vinha matutando. Não me desceu muito bem o fato do Billy não ter arranjado um barco na noite anterior, e fiquei desconfiada se ele não estaria esperando o orfanato oferecer uma recompensa para depois nos passar a perna.

— Acho melhor eu e o Boots irmos embora. Fala pro Billy que, depois que aqueles homens apareceram, eu fiquei com medo e pedi informação de como pegar a estrada do correio. Diga que não quis mais ficar por aqui e que eu e o Boots não somos fortes o bastante para atravessar o rio remando sozinhos.

Teresa assentiu.

— É um bom plano. Eu iria com vocês, se não fosse casada com ele. É pecado abandonar o marido. Não tenho escolha.

Levantei a cabeça de repente.

— Tem, sim. Meu irmão não é mais padre do que a sra. Walker. Ele só finge que é. Na verdade, você não é casada.

— Não sou? — Teresa me olhou, boquiaberta. — Isso quer dizer que eu posso deixar o Billy... Mas para onde eu iria? Meu pai não me aceitaria. Acabaria pior do que já estou.

— A gente está indo para oeste, procurar meu pai. Por que não vem com a gente?

Teresa não levou nem meio minuto para decidir.

Ela escreveu uma carta para o Billy dizendo que nos mostraria o caminho para a estrada do correio e depois passaria a noite na casa da irmã.

— Ele sabe ler? — perguntei.

Teresa piscou e inclinou a cabeça.

— Não sei. Nunca perguntei.

Eu e o Boots juntamos nossas coisas, enquanto Teresa colocava um vestido e um par de botas em um saco, junto com a comida que tinha na despensa.

— Você acha que a gente precisa de cobertores também? — perguntou ela.

— O Billy não vai notar que eles sumiram? — questionou Boots.

— E você acha que ele não vai notar que eu sumi? — retrucou Teresa e foi buscar os cobertores. Depois acrescentou:

— Já que é para fazer, que seja direito — e, para completar, pegou o dinheiro do saquinho, deixando para Billy três moedas de um centavo e uma de vinte e cinco.

— Mais uma coisa — falei, pedindo para Teresa pegar uma calça e uma camisa do Billy e cortar meu cabelo.

— Pra quê? — perguntou ela.

— Vão procurar por um menino e uma menina. Além disso, se eu e o Boots vamos andar rumo ao oeste, vai ser bem mais fácil para mim como menino. Ninguém contrata menina para cuidar de cavalo ou conduzir carroça.

— Uma transgressão dessa é pecado.

— A Bíblia diz que o pecado maior é não cuidar de um irmão. Nunca leu isso? Está no livro de Jorge.

— Nunca fui muito chegada à leitura da Bíblia.

Ela achou uma tesoura e tosou meu cabelo, e fez um trabalho tão malfeito que eu não só fiquei parecendo um menino, mas um menino pobre, ainda por cima.

Logo que o céu começou a escurecer, encontramos um barco a remo escondido na margem do rio e nós três remamos juntos até atravessar o Mississippi.

Capítulo Dois

Teresa havia decidido fugir sem nem pensar no que faria depois que estivesse longe. Achava que ficaria comigo e com Boots até descobrir um rumo, o que servia bem para nós três — ao menos por um tempo. Se os captores de órfãos atravessassem o rio, estariam atrás de um menino e uma menina, não de uma mãe com dois filhos. Achamos que os homens que havíamos visto não iriam tão longe por causa de dez dólares, mas não tínhamos tanta certeza quanto a Billy Stover. Então, por precaução, descemos o rio por um dia em um barco roubado até chegar a Fort Madison. Depois, escondemos o barco e seguimos a pé até a cidade.

Eu nunca tinha me distanciado mais de oito quilômetros de Smoak e achava que o resto do mundo não devia ser muito diferente. Por isso, me espantei ao ver uma dezena de casas cem vezes mais chiques que qualquer coisa da nossa terra. Teresa chamou aquilo de mansões e era o que eram mesmo — casas enormes com torres, mirantes, varandas e sacadas. Tinham cercas de ferro na frente e cerquinhas de ferro bem miudinhas nos telhados. Havia um centro comercial com prédios de tijolo de três andares, altos o bastante para deixar a gente zonzo só de olhar para cima; um banco, meia dúzia de lojas e um lugar que só vendia livros.

Nunca imaginei que houvesse tanta gente no mundo que soubesse ler.

— Acho que isso aqui deve ser tipo a cidade de Nova York — falei para o Boots, que olhava para os prédios de boca aberta.

Mas Teresa zombou.

— Isso aqui nem é Chicago — falou com autoridade, pois dizia já ter estado naquela cidade. Parou em cada vitrine, os olhos arregalados diante dos vestidos sofisticados e badulaques. — Adoraria esse — falou, apontando para um inútil chapéu amarelo com fitas de cetim compridas como rabo de cavalo, pendendo de um laço. As violetas presas no chapéu pareciam quase de verdade.

— Melhor guardar seu dinheiro — falei. — Você não vai precisar disso para onde a gente vai.

— E onde seria?

— Para o Território do Colorado. Vamos atrás do nosso pai.

Nunca tinha contado a ela meu plano de encontrar papai. Não sabia se ela era capaz de guardar segredo e tinha medo que comentasse com alguém no orfanato — ou com Billy. Claro que eu só estava sendo cautelosa quanto ao Billy. Não sabia, ainda, que ele era um traidor.

— Colorado! Isso dá mais de cento e cinquenta quilômetros, não? Como a gente vai andar tudo isso?

Naquele momento, ela já não parecia tão sabida assim.

— Não é tão longe. A gente vai trabalhar em troca de comida e abrigo. Sou tão boa quanto qualquer menino com cavalos e Boots é muito melhor que a maioria da idade dele. Vamos conseguir emprego com alguém indo para oeste. Eu já pensei em tudo. Tem um monte de gente indo para o território.

— Por que não pegamos o trem?

— Porque não temos dinheiro. E ele nem vai até o Colorado.

— Eu tenho medo dos índios — protestou Teresa.

— Não precisa ter medo. Tem soldado que já foi dispensado do serviço e quer fazer fortuna no Oeste. Vai ser como dia de feira em Smoak, cheio de gente pela pradaria — menti descaradamente, porque eu não fazia a menor ideia sobre os índios.

— Não sei... — disse Teresa, olhando para o chapéu. A mão dela foi ao bolso, onde guardava o dinheiro do Billy. — Talvez eu devesse ficar por aqui.

— E fazer o quê? Acha que o Billy vai te deixar em paz? Você feriu o orgulho dele, fugindo assim depois de só um mês de casada. E se ele atravessar o rio e sair procurando nas cidades? Uma mulher sozinha, todo mundo nota. Quando o Billy perguntar, alguém vai acabar contando. Além disso, o que você faria? Tudo que sabe é cozinhar e cuidar de casa. *E de homem*, pensei, mas não disse. Se for pro Colorado, talvez arranje um homem rico para se casar.

— Seria bom — disse Teresa. — Tem certeza de que quer que eu vá com vocês?

Eu não tinha certeza nenhuma. Achava que eu e Boots talvez nos saíssemos melhor sozinhos. Teresa daria trabalho e atrasaria a gente. Eu e Boots daríamos conta com mais facilidade se fossemos só nós dois, mas Teresa era minha amiga e, sem ela, eu já estaria de volta ao orfanato.

— A gente vai ficar junto — prometi.

Posso ser mentirosa, mas quando dou minha palavra, eu cumpro.

Eu estava com pressa de partir para o Colorado. Estava ansiosa para ver papai, mas também preocupada com o Billy. Quanto mais eu pensava nele, mais certa eu ficava de que ele viria atrás da Teresa. Ter sua esposa fugindo é um abalo e tanto para a alma. Além do mais, ele esperou muito tempo para se casar e, pelo que Teresa me contou, Billy gostava mesmo era de ter alguém para se agarrar. Seria mais fácil achar a esposa de antes do que arrumar uma nova.

Assim que Teresa concordou em ir para oeste com a gente, fomos até o estábulo, onde dois carroções estavam sendo carregados. Deixamos que Teresa falasse por nós, já que fingiria ser nossa mãe. Ela se aproximou de um dos homens e contou que estava levando os filhos para se juntar ao marido no Território do Colorado. O homem lambeu os lábios enquanto olhava para ela e disse que ficaria feliz em levá-la, mas que não queria dois fedelhos junto. Bom, eu não podia culpá-lo — eu e Boots parecíamos mesmo mirrados, altos e magros, e meu cabelo mais parecia telha velha, mas Teresa me contou depois que, mesmo se estivesse sozinha, não viajaria com aquele homem.

Agradeceu e se virou para o outro. Foi a mulher dele quem respondeu, dizendo que já tinham crianças demais para dar conta. Era uma figura feia, a boca toda afundada por causa dos dentes que perdera e, depois de avaliar Teresa, ainda disse que não gostava da ideia de ter outra mulher por perto para atrapalhar. Entendemos bem o que ela quis dizer e resolvemos voltar no dia seguinte.

Então, um homem que carregava um carroção com mantimentos disse que estava indo para Omaha e que, desde que a gente não se importasse de viajar em cima dos barris, ter companhia até que não era uma má ideia... Não ia até o Território do Colorado, mas a gente poderia se juntar a uma caravana em Omaha. Se Teresa cozinhasse, e eu e Boots ajudássemos com os animais, ele consideraria um trato justo.

— Sou um homem fácil de agradar. A comida de que mais gosto é a que consigo arranjar — disse ele a Teresa.

Ela se virou para mim, esperando minha opinião. Eu me sentiria mais segura viajando com uma família e não com um homem sozinho, mas ele parecia ser boa gente — simpático, corpulento, braços duros como nó de carvalho, cabelo cor de palha, um pouco ralo no alto da cabeça. Fiquei imaginando se ele estava de olho na Teresa e depois tentaria se livrar de mim e de Boots. Pensei nisso por um momento, mas sabia que não tínhamos muito tempo. Um carroção puxado por burros e mulas era mais rápido do que um puxado por bois, e esse era um senhor carroção: eram seis animais, todos pretos, nenhum daqueles preguiçosos de cor clara, e nenhum parecia com a boca ferida, pelo que pude ver. O carroção era bem construído, com freio, então não seria preciso parar e travar as rodas nas descidas.

Então assenti e Teresa estendeu a mão para o homem, aceitando o acordo.

— Eu e Boots ajudamos a carregar, moço — falei.

— Então, esse aí é o Boots — disse o homem. — E como você se chama, rapaz?

— Haidie — disse Boots.

Já era tarde para mudar nossos nomes, mas talvez não fizesse diferença. Ele era o único em Fort Madison que sabia quem a gente era. Então, se Billy perguntasse por Teresa, Haidie ou Boots, ninguém saberia de quem ele estava falando.

— O sobrenome é Richards — falei antes que Teresa dissesse que se chamava Teresa Stover. Era claro que todos nós teríamos que ter o mesmo sobrenome. — Somos Boots, Haidie e sra. Richards.

O homem nos observou por um bom tempo, avaliando a mim e a Boots, depois olhando Teresa. Provavelmente estava pensando que Teresa parecia jovem demais para ser mãe de dois meninos do nosso tamanho. Mas não comentou nada, apenas tocou a aba do chapéu e disse:

— Prazer em conhecê-la, sra. Richards. Sou Jacob Crowfoot, mas pode me chamar de Jake. E aquele ali é meu cachorro — apontou para o vira-lata mais feio que já vi —, se chama Tige. Agora, vá se sentar na sombra, sra. Richards, enquanto seus meninos e eu terminamos de carregar o carroção. Acho que a gente pode sair ao nascer do sol.

— Ainda preciso fazer umas compras. Meus sapatos estão com o solado furado.

Ela tirou o dinheiro do Billy e contou. Eu e Boots tínhamos conseguido boas botas no orfanato, em melhor estado do que os sapatos da Teresa, e eu esperava que durassem até o fim da viagem. Achei melhor guardarmos as moedas de ouro para outras necessidades. Teresa não sabia do nosso dinheiro. Não que eu desconfiasse dela, mas, se soubesse das moedas, poderia achar que um terço era dela. Provavelmente pensava que, como todo órfão, a gente não tinha um tostão e por mim tudo bem.

Teresa se afastou e quando voltou, usava um par de sapatos pesados — e um chapéu amarelo com violetas roxas e longas fitas que iam até a cintura.

— Ele estava me chamando — explicou.

Eu não disse nada. O dinheiro era dela, mas

Jake resmungaram, zombando:

— Céus, sra. Richards, dizem que os índios têm uma queda por amarelo.

"Céus" era o jeito de praguejar mais intenso de Jake, ao que parecia.

Ele era bom condutor de carga, chamava a si mesmo de tropeiro. Levava mantimentos até Omaha, onde os lojistas acrescentavam uma margem de lucro de mil por cento e vendiam tudo para quem seguia rumo ao oeste. Depois, voltava com peles de búfalo que eram embarcadas pelo Mississippi até curtumes no leste.

— Normalmente não levo gente, mas desta vez não estou com pressa, e até gosto da companhia — disse, olhando para Teresa, e eu fiquei aliviada que ela tivesse decidido vir com a gente. Duvido que Jake escolhesse a mim e a Boots só pela companhia.

— Peguem o resto das suas tralhas para estarmos prontos logo, com a luz da alvorada — disse Jake, colocando o saco de roupas da Teresa no carroção.

— A gente não tem mais nada — falei.

Quando Jake franziu a testa, acrescentei depressa:

— Eu e Boots... Nossa sacola caiu do barco, direto no rio.

— E não dava para pescar de volta?

— Afundou como uma pedra de moinho. Afundou feito a rocha eterna — acrescentei, para dar mais ênfase.

— Nem tinha como pescar — disse Boots.

— Bom, vocês não podem ir para o oeste sem casaco.

Jake enfiou a mão no bolso e tirou uma moeda de ouro.

— Vão até o armazém e comprem um casaco para cada um e mais um par de jardineiras. E mais um par de botas não faria mal também, já que depois de Omaha, vocês vão andar um bocado, enquanto sua mãe vai montada. A não ser que queiram ir descalços, o que eu não recomendo. Eu teria que pagar um ajudante mesmo, então não saio perdendo se gastar um pouco com roupa para os meninos.

Eu e Boots saímos depressa, achamos uma loja e começamos a olhar o que tinha.

— A gente espera um preço melhor, já que vai levar tudo em dobro — falei para o homem que nos olhava com cara feia.

— Espera um preço melhor, é? Em dobro! — Ele torceu os lábios. — Quem é você, o presidente Lincoln equipando uma centena de rapazes para lutar contra os confederados? — O homem tinha o mesmo jeito de falar do Cheet.

— Sim, senhor. Espero que o segundo par de botas saia pela metade do preço.

— Pois, eu não estou no ramo de distribuir mercadoria para criança atrevida.

— Então, acho que essas crianças atrevidas vão comprar em outro lugar — respondi, enquanto eu e Boots já estávamos indo para a porta.

— Ei, vocês dois, esperem aí — o homem gritou, mas a gente continuou andando. — Eu disse para esperar!

Virei e repeti:

— Metade do preço no segundo par.

— Dou vinte e cinco por cento de desconto.

— Vamos embora, irmão, ele está só fazendo a gente perder tempo.

— Esse garoto é esperto — disse um homem encostado no balcão. — Melhor aceitar logo ou vai perder a venda.

— Tá bom, tá bom — resmungou o lojista. — Minha boa vontade ainda vai ser minha ruína.

— Não é o que parece. O senhor ainda vai lucrar bem — falei. — E metade do preço também no segundo par de jardineiras. E nos casacos.

— Vocês vão me deixar na miséria antes de terminar — suspirou o homem. Mas, quando pedi para ver as jardineiras, ele as tirou do cabide.

Segurei as peças contra meu corpo e o do Boots. Pareciam do tamanho certo. Mesmo assim, devolvi a minha.

— A costura está solta do lado.

— Imagine, um menino reparando em costura — disse o homem encostado no balcão. — O que eu disse? Ele é danado.

Examinei o segundo par de jardineiras. Depois, eu e Boots experimentamos botas de couro grosso e casacos de lã.

— Preciso de lã para tricotar meias. E agulhas — falei. E, antes que algum dos homens dissesse algo sobre meu conhecimento em trabalhos manuais, acrescentei: — Nossa mãe vai fazer para gente.

O homem embrulhou as compras num papel pardo e amarrou tudo com barbante. Entreguei a moeda do Jake e ele me deu o troco. Contei, depois contei de novo, e disse que estavam faltando três centavos. Ele contou o dinheiro, revirou a gaveta e pegou as três moedas, jogando-as sobre o balcão. Enquanto eu pegava o troco, acrescentei:

— Que tal dois pirulitos para selar o negócio? Estamos indo para os garimpos e não vamos ver doce por um bom tempo.

— E sem dúvida vão passar alguém para trás numa mina de ouro.

— A gente não passa ninguém pra trás — falei.

— Você tem três centavos na mão. Gaste com o doce.

— Posso precisar deles, caso a gente encontre índios.

— Imagino que sua cara vai ser suficiente para espantá-los.

O homem encostado no balcão deu uma boa gargalhada e disse:

— E aí, vai dar ou não?

O lojista fez uma careta, mas tirou dois pirulitos de hortelã de um pote de vidro. Jake aprovou nossas compras e pareceu surpreso quando entreguei o troco.

— Seus pequenos são honestos — disse ele para Teresa.

Ela ergueu um pouco o queixo e respondeu:

— Eu os criei assim.

Teresa queria passar a noite em um hotel. Nunca tinha dormido em cama de pena, só em colchão de palha de milho, e disse que talvez nunca tivesse outra chance. Naquela manhã, tínhamos passado por um hotel bonito no centro comercial, com uma baita luminária cheia de penduricalhos de vidro no saguão, bem acima de um balcão de madeira com tampo de mármore. Parecia o lugar mais chique que eu já tinha visto e achei que um lugar daqueles devia ter não só penas no colchão, mas lençóis nas camas. Falei que sempre quis dormir entre lençóis. Teresa disse que ela também, e que aquela era a chance dela, mas eu não queria gastar o dinheiro — mesmo sendo dela — e disse que era melhor a gente se acostumar a dormir no chão, porque era assim que seria até chegarmos ao Território do Colorado.

Então, depois que Teresa preparou o jantar e a gente lavou a panela e os pratos de lata, nos acomodamos para dormir debaixo do carroção. O chão não era pior do que as camas do orfanato. Tínhamos passado dias difíceis e estávamos exaustos, então pegamos no sono logo.

Mas Jake, não. Disse que ia até a cidade resolver uns assuntos e que nos via mais tarde. Achei que devia estar indo visitar os *saloons*, porque era pouco provável que encontrasse algum depois dali até Omaha.

Lá pelas três ou quatro da manhã, ouvi alguém tropeçando, e, achando que não podia ser o Jake, porque fazia barulho demais para um homem só se ajeitando para se enrolar num cobertor, levantei a cabeça. Mas *era* o Jake e ele estava com um arreio na mão, prestes a colocar no lombo de um dos animais. Fiquei com medo de que tivesse esquecido que a gente estava debaixo do carroção, então me sentei e falei:

— Ei, Jake.

— Olá, rapazinho.

— Você não vai dormir?

— Achei melhor a gente sair bem cedo.

— E por quê?

— Fui até a cidade, bebi demais e agora parece perda de tempo dormir só por uma ou duas horas.

Ele fez uma pausa enquanto passava os arreios em um dos burros — um grandalhão chamado Big Blue.

— Fiquei conversando e perdi a noção do tempo. Um sujeito me contou que a mulher dele fugiu, lá do outro lado do rio, e que ele tinha vindo buscá-la. Falou que faria da vida dela um inferno. Perguntei o que ele tinha feito para ela sair correndo assim, e o desgraçado quase me cortou com uma faca. Achei melhor cair fora.

Senti Teresa prender a respiração ao meu lado e percebi que havia escutado.

— Provavelmente é um covarde. Tem homem que não sabe fazer outra coisa senão descer o cabo de vassoura na mulher. Uma vez tivemos um vizinho que ficou tão bravo porque a esposa queimou o jantar, que enfiou um garfo no braço dela. O braço inchou tanto que ela teve que amputar.

— Não me diga — respondeu Jake.

— Você não trouxe esse sujeito com você, trouxe, Jake? A gente não gostaria de viajar com um homem desses — falei, sabendo que Teresa ainda estava paralisada de medo.

— Também não fui com a cara dele. Quando saí, ele estava mais bêbado que um gambá. Acho que não acorda antes do sol estar alto. Quer me ajudar aqui? Podemos deixar sua mãe e seu irmão dormindo até a hora de partir.

Saí depressa do cobertor. Teresa também se levantou.

— Vocês vão querer café da manhã — disse ela.

— Vamos andar um bocado e parar quando o sol esquentar. Aí deixamos os animais descansarem — disse ele, virando-se para pegar o segundo burro, o velho Samuel.

Teresa sussurrou para mim:

— Imagine só. Ele topou com o Billy. Ainda bem que não sabe que sou a esposa dele.

Mas ele sabia. Para mim estava tão claro quanto água de fonte e era por isso que a gente estava partindo tão cedo. Jake era um homem bom. Devia ter percebido, assim que Billy começou a falar, que a mulher que ele procurava estava dormindo debaixo do carroção dele, fazendo Jake voltar correndo e começar a arrear os animais para que Teresa pudesse escapar.

Gostei dele por isso. E prometi para mim mesma que eu e Boots retribuiríamos à altura.

Colocamos nossos cobertores debaixo da lona que cobria a mercadoria no carroção, e eu conferi as cordas para ter certeza de que estavam bem firmes.

— Quer que eu alimente os animais? — perguntei.

— Já fiz isso — respondeu Jake.

Jake com certeza sabia o que estava fazendo, porque, antes de piscarmos duas vezes, já estávamos na estrada — ele e Teresa sentados no banco do carroção, e eu e Boots estendidos sobre a lona.

Com o sacolejar do carroção e o amanhecer ainda longe, Boots voltou a dormir — mas eu não. Fiquei deitada de costas, olhando para o céu, procurando estrelas. Eu sentia falta das estrelas no orfanato e prometi a mim mesma que sempre estaria em um lugar de onde pudesse vê-las todas as noites pelo resto da vida. Mas naquela hora, não tinha estrela alguma. Estava escuro como breu. Jake devia saber bem para onde estava indo, porque apressava os animais com determinação. A noite estava agradável, um pouco fria, e eu estava agradecida a Jake pelo meu casaco novo de lã.

Tirando o trote dos animais e o tilintar dos arreios, não se ouvia nada. Eu sentia o cheiro das flores nos quintais por onde passávamos, lilases, na maioria. Eu sabia, porque a gente plantava lilases na fazenda, mas também havia outras cujo nome não conhecia. Fiquei pensando se no Colorado haveria flores.

— No que você está pensando, Haidie? — perguntou Boots.

Nem havia percebido que ele estava acordado. Estávamos no campo agora, passando por fazendas. Aqui e ali, uma mulher já tinha se levantado e estava na cozinha. Eu via a silhueta pela janela. Fumaça espiralava das chaminés, e as janelas estavam acesas com velas e lampiões de querosene. Ao longe, um galo cantou.

Coloquei as mãos debaixo da cabeça e olhei para o céu, onde já começavam a surgir uns fiapos de cinza.

— Estava pensando que talvez papai tenha uma casa grande, com muitos criados para servi-lo.

— Então, por que ele nunca foi buscar a gente?

Era uma boa pergunta e eu sabia que a resposta podia ser que papai não tivesse conseguido nada e estivesse envergonhado. Mas, por causa do Boots, afastei esse pensamento e respondi:

— Acho que ele quer que tudo esteja perfeito antes.

— Você acha que ele vai ter um pônei para eu montar?

— Duvido — falei, só para provocar.

Boots suspirou. Então, me apressei em dizer:

— Aposto que vai ser um cavalo de verdade. Você já está grande demais para um pônei.

— Será que papai sabe o tamanho que eu estou? Vai ver ele ainda acha que sou um bebê.

— Se não souber, vai saber assim que olhar para você.

— Aposto que ele nem vai me reconhecer. Você acha que a gente vai saber quem ele é?

Eu já tinha pensado nisso. E se papai tivesse deixado a barba crescer e a gente passasse por ele na rua sem nem notar? Mas, não podia dizer isso para o Boots.

— Claro que vamos. Você me reconheceria, não reconheceria?

— Bom... quase nem te reconheço com o cabelo todo cortado assim.

Mandei o Boots ficar quieto, porque não queria que Jake ouvisse.

Um minuto depois, aquele cachorro feioso, o Tige, começou a latir. Vinha correndo ao lado do carroção. Era um cachorro forte, grande, com o pelo espesso como tapete persa e mandíbulas de tartaruga-mordedora. Jake tinha feito as devidas apresentações, e ainda bem, porque eu não ia querer arrumar encrenca com aquele bicho.

— Quieto — disse Jake ao Tige, e então se virou no banco. — Provavelmente está sentindo cheiro de gato.

— E o que um cachorro grande desses se importa com um gato? — falei, zombando.

— Não estou falando de gatinho, não. Estou falando de gato selvagem, um puma.

Senti um leve arrepio.

— Ele avisa, é?

— Sim. Ele me avisa quando tem puma, urso ou os invasores do Quantrill por perto. É o melhor cachorro que conheço para farejar essas coisas.

— Pois espero que ele não sinta o cheiro deles, porque morro de medo — disse Teresa.

— Ora, minha jovem, fique tranquila. Dificilmente vamos topar com o sr. Quantrill deste lado do Missouri.

Achei que Jake só queria acalmar a Teresa, porque rio nenhum impediria aquele rebelde assassino do Sul. Eu já ouvira falar muito dele, até mesmo no orfanato. Ainda assim, não pensei muito em confederados nem na guerra do Sul enquanto a gente seguia viagem, tranquilos na luz suave da manhã. Ouvíamos vacas mugindo ao longe, galos cantando. De vez em quando, um homem gritava, e umas duas ou três vezes passamos por carroções de fazendeiros viajando na direção contrária. Não paramos para o café da manhã. Teresa enfiou a mão na caixa de mantimentos e distribuiu o pão de milho da noite anterior e a gente foi roendo aquilo mesmo.

Jake só parou ao animais quando o sol já estava alto no céu, perto de um riacho, e disse que era hora de descansar um pouco. Teresa se ofereceu para fritar bacon e fazer umas panquecas, se ele acendesse o fogo, mas Jake disse que era melhor deixar isso para a noite. Podíamos comer o pão de milho que sobrou, feijão frio e tomar o leitelho que ele tinha comprado bem cedo quando voltou para a carroça.

Eu e Boots demos água para os animais enquanto Teresa arrumava as sobras. Tínhamos acabado de sentar debaixo de uma árvore boa e frondosa quando aquele cachorro, o Tige, começou a rosnar. Jake pôs a mão sobre ele e olhou para a estrada em direção à Fort Madison. Estávamos tão ocupados esperando o Billy Stover aparecer por trás que nem vimos o sujeito saindo das árvores pelo outro lado.

Tige latiu, mas Jake mandou ele se aquietar. O sujeito era um garoto e estava vestido com a roupa mais miserável que eu já vi — pior que órfão. A camisa toda esfarrapada e a calça amarrada por uma corda. Estava descalço e carregava um par de sapatos feitos à mão pendurados no ombro. Parecia tão surpreso de ver a gente quanto a gente de vê-lo.

— Olá — disse Jake, com a mão ainda em Tige. — Estamos prestes a tomar leitelho com pão de milho. Você parece que aceitaria uma bocada.

O garoto olhou pro pão de milho e lambeu os beiços.

— Eu não diria não.

— Você é daqui região? — perguntou Jake.

— De perto.

Jake ficou examinando o garoto por um instante, depois abriu um sorriso.

— Aposto que está fugindo para se alistar na União, estou certo?

O menino olhou de lado para o Jake, com uma expressão de culpa no rosto.

— Estou indo ser soldado, sim, senhor. Mas o senhor não conte para ninguém, está bem? Meu pai me daria uma surra e me arrastaria de volta pra casa.

— Se for pra União, não conto, não. Agora, se fosse para se alistar com os rebeldes, aí sim eu pensaria duas vezes. Eu servi à União, mas fui ferido na perna em Shiloh e, desde então, não sirvo para lutar mais do que uma galinha com uma perna só. Meu nome é Jake Crowfoot.

— Minder Evans. Mas não diga que me viu.

— Faço um trato com você. A gente não diz nada se você também não disser que viu a gente. Se alguém perguntar se passou por uma mulher ou dois garotos em um carroção, você diz que "não, senhor". E se perguntarem se eu vi um rapaz com ombros de boi, digo que também não vi.

— Fechado — disse Minder Evans.

Ouviu-se um barulho perto da estrada e Jake olhou por cima do ombro, para o lado leste, enquanto o menino olhou para o oeste, mas era só um cervo entre as árvores. Depois de um tempo, o garoto pendurou de novo a trouxa no ombro e enfiou um pedaço de pão de milho dentro da camisa. Jake desejou um bom dia e a gente ficou observando enquanto ele seguia pelo caminho.

— Eu não sabia que você tinha sido soldado — disse Teresa a Jake.

— Sra. Richards, há muita coisa que a senhora não sabe sobre mim e nenhuma delas é assunto para uma dama como a senhora — respondeu ele. — Já andei muito por aí e vi um bocado de coisa, mas a pior de todas foi um campo de batalha cheio de rapazes mortos, com a cabeça estourada e as tripas pra fora. Eram meninos que tinham se alistado por diversão e não faziam ideia do que era a guerra. Espero nunca mais ver algo assim.

Ele olhou para longe, mas o que via estava dentro da cabeça.

— Fico contente se a senhora não me perguntar mais nada sobre isso.

Eu e Teresa não dissemos nada, mas Boots perguntou:

— Posso ver sua perna?

— Pode ver as duas — respondeu Jake.

Ele arregaçou a perna esquerda da calça e tudo o que vimos foi uma perna cheia de calombos. Depois arregaçou a direita e vimos uma cicatriz que ia do joelho até dentro da bota. A perna era pela metade da largura normal e o joelho estava virado para o lado errado

Fiquei com pena do Jake. A perna dele não era da nossa conta, mas ele não parecia se incomodar de mostrar. Levantou-se e foi aí que percebi que ele mancava da perna direita. Provavelmente sempre mancou, mas eu nunca havia reparado.

— Os animais já descansaram o suficiente. Se ficarem aqui mais tempo, vão ficar preguiçosos e se recusar a puxar o carroção. Melhor a gente seguir logo. Aliás, melhor seguir agora mesmo.

Ele olhou de novo para o leste, na direção da estrada, e foi então que percebi que ele tinha escolhido um lugar escondido para nossa parada do meio-dia.

Passamos por viajantes indo para o leste e alguns homens a cavalo também cruzaram com a gente, mas não muitos. Os animais mantinham um bom ritmo. Era um dia preguiçoso para viajar. Eu e Boots ficamos estendidos na lona, confortáveis como se estivéssemos em uma rede. O sol banhava nosso corpo, mas sempre que começava a esquentar demais, vinha uma brisa boa. A gente ouvia o canto de passarinho, e depois de um tempo, Teresa começou a cantar. Ela nunca tinha cantado no orfanato e a voz era doce como mel. Jake também deve ter achado, porque depois de um tempo, entrou no coro e os dois juntos soavam melhor que qualquer coral que já ouvi. Ela cantava nos agudos, ele nos graves. Teresa começou com hinos da igreja, mas Jake preferia canções patrióticas. Cantou *Tenting on the Old Camp Ground, Tramp, Tramp, Tramp* e *Lorena.*

Eu e Boots não éramos grandes cantores, mas éramos barulhentos e cantamos. Minha música preferida era Oh*! Susanna*. Continuamos até Jake dizer que era hora de procurar um lugar para descansar. Ele saiu da estrada principal e escolheu um ponto cercado de árvores; se alguém passasse por ali, não veria a gente. Achei que, se Billy estivesse no nosso encalço, jamais pensaria em procurar a gente ali.

Claro que eu estava errada.

Eu e Jake levamos os animais até o riacho para dar água, enquanto Teresa preparava as coisas para o jantar. A gente tinha pulado o café da manhã e não comido grande coisa no almoço, então estávamos todos com fome o bastante para comer até carniça, mas Teresa preparou algo bem melhor.

Fez uma fornada de pão de milho na panela de ferro e fritou carne de porco, depois cozinhou um monte de folhas verdes que a gente havia encontrado perto do riacho e colocou vinagre por cima. Com o leitelho que Jake tinha comprado de manhã, tivemos um jantar de primeira.

Enquanto Teresa lavava tudo, já que agora eu era "menino", não precisava ajudar na cozinha, eu, Jake e Boots ficamos deitados na grama alta, olhando para o céu, vendo o dia escurecer. Jake pegou o cachimbo, acendeu com um graveto do fogo e se encostou numa pedra, fumando. A gente estava tão sossegado que nem deu muita atenção ao barulho nos arbustos. Até aquele cachorro feioso, o Tige, cochilava.

Então veio uma voz de dentro do escuro:

— Ninguém se mexe. Estou armado. Vocês têm tanta chance quanto minhoca em galinheiro.

Boots se arrastou até perto de mim, enquanto Jake se sentou bem ereto — não assustado, mas também sem fazer nenhum movimento precipitado.

— Billy! — gritou Teresa. Ela desabou no chão e se encolheu como se quisesse desaparecer. Fiquei com o coração apertado por ela e estendi a mão, mas ela estava longe demais para eu alcançar.

— Isso mesmo. Vim buscar você, Teresa.

Jake continuou imóvel. Eu sabia que ele tinha uma arma, mas ela estava no carroção — o que não ajudava em nada agora.

— Calma aí, rapaz — disse Jake, com a voz calma, como se estivesse falando comigo ou com Boots.

— Calma coisa nenhuma, velho. Você está com a minha mulher. Eu devia te matar por isso. E talvez mate mesmo.

— Não fiz nada disso. Essa senhora está indo para o oeste encontrar com o marido.

— Ela tem um marido e ele está bem aqui.

— Billy... — começou Teresa.

— Cala essa boca. Você não vale nem o que o gato enterra, mas é minha e não admito atrevimento. Já mostrei que você deveria ficar de boca fechada, mas não adiantou.

— Ela não é sua esposa — falei.

— E você cale a boca também. Abra essa boca de novo e te levo de volta para o orfanato.

Ele lançou um olhar para Jake.

— Ela fugiu. O irmão dela também.

— Ela? Eu achava que era um menino — disse Jake, sem parecer muito surpreso.

— E é esperta, também. Melhor tomar cuidado com ela. Capaz de te roubar até ficar cego. Levou meu dinheiro, minha comida e minha mulher.

— Ela não é sua mulher — falei de novo.

— Já mandei calar a boca.

Teresa juntou as mãos e se virou de joelhos, como se fosse rezar. Jake não parecia abalado, mas também, ninguém tinha ameaçado *levá-lo* de volta para Smoak. Ele bateu o cachimbo contra uma pedra e o guardou no bolso. Depois se levantou, devagar, para não atiçar Billy. De pé, com as costas voltadas para o restinho de luz, com toda a tranquilidade, Jake parecia duas vezes maior que Billy — que, para falar a verdade, era um sujeito de bom tamanho, mas encolhia diante de Jake.

Billy apontou a arma e disse:

— Nem se atreva a se mexer, velho.

— Nem pensei nisso. Então, é Billy, é?

— É sr. Stover para você.

Boots soltou uma risadinha e eu tapei a boca dele com a mão.

— Sr. Stover — repetiu Jake. — Parece que o senhor quer levar sua esposa de volta para casa, mas ela não quer ir. Por quê?

— Isso não é da sua conta. Ela é uma mulher teimosa e está mais do que na hora de aprender quem é que manda. — E acrescentou, caso Jake não tivesse entendido: — Quem manda sou eu.

Jake assentiu como se estivesse considerando as palavras de Billy. Coçou a canela com a ponta do outro pé.

— Céus... não sei mais do que um coelho sabe de matemática, mas me parece que não se deve obrigar uma senhora a ir para onde não quer.

— É meu direito — disse Billy.

Jake olhou para Teresa.

— E por que você não quer voltar?

Teresa olhou de Jake para Billy, depois voltou os olhos para Jake e respondeu com a voz baixa:

— Ele era tão cruel que eu não sabia o que fazer. Uma vez jogou uma panela cheia de água suja na minha cabeça e eu vivia com medo de levar um tapa a qualquer momento. — Ela fez uma pausa. — Ele também maltrata os bichos. Chutou a gata contra a porta e furou o olho da coitada. E espanca os cavalos quando se irrita.

— Não suporto esse tipo de coisa — disse Jake. — Nem homem que bate em mulher, nem em bicho.

Jake deu um passo à frente, mas Billy ergueu a arma e fez um gesto mandando Jake recuar. Jake não recuou, mas parou.

— Teresa é minha esposa — insistiu Billy, teimoso.

— Não é — falei.

Billy virou a arma para mim, mas Jake se colocou na minha frente e levantou a mão, mandando Billy se acalmar.

— Por que diz isso, menino? — perguntou ele.

Olhei para Teresa, que parecia querer abrir um buraco na terra para se esconder. Imaginei que as coisas entre ela e Billy tinham sido ainda piores do que eu pensava.

— Eles não são casados...

— Fomos casados por um padre. Irmão da Haidie. Ela sabe disso — interrompeu Billy.

— É verdade isso? — perguntou Jake.

— Mais ou menos. Eles foram casados pelo nosso irmão, meu e do Boots. Nisso, Billy não mentiu, mas o Cheet não é padre coisa nenhuma. Ora, o único motivo que levaria o Cheet a entrar numa igreja católica seria para roubar a caixa das esmolas. Cheet nem tem religião e muito menos é sacerdote. Ele inventou essa história só para que o orfanato aceitasse a mim e o Boots, depois que nossa mãe morreu e nosso pai foi para o Oeste.

— Ah, não dê ouvidos a ela. Isso não é verdade — disse Billy, mas sua voz já soava confusa.

— É sim — se meteu Boots. — Cheet não é mais padre do que seu cavalo.

— Ele casou a gente em latim.

— Em francês e é melhor você não saber o que ele disse. Você tem vivido em pecado — retruquei, não que Billy fosse se importar.

— Teresa não faria isso — respondeu ele.

— Ah, ela também não sabia. Achei que nenhum dos dois jamais descobriria, então que diferença fazia? Enquanto vocês acreditassem que estavam casados direitinho, Teresa não precisaria virar freira e ainda ajudaria a gente a fugir do orfanato. Claro que nunca teríamos feito isso se soubéssemos que você era esse brutamontes.

— Eu não sou brutamontes. Só trato ela como esposa. Ela é só uma mulher.

Ele parou, pensou um instante.

— É verdade isso, Teresa? O que ela disse... é verdade?

Teresa assentiu, mas como estava escuro, Billy não viu e então sussurrou:

— É.

Billy pareceu mais confuso do que nunca e olhou para a própria mão que segurava a arma, enquanto Jake se aproximava um pouco. Billy notou e fez sinal para ele recuar e Jake deu dois passos para o lado.

— Acho que não importa mais. A gente já viveu como marido e mulher. Podemos nos casar de verdade, com um padre de verdade. Ora, Teresa, a gente tem um filho.

— Um filho que minha irmã está criando. Você não quis saber dele. Nunca foi vê-lo quando eu estava no orfanato. Ora, Billy, você nem sabe o nome dele.

Billy franziu a testa e pareceu considerar aquilo. Depois disse:

— Você *diz* que é meu, mas podia ser do Hugh.

— Billy, você sabe que não é!

— Você se despe mais fácil que galinha na muda.

— Nunca fiz isso!

— Na época, cheguei a pensar se o Hugh...

Teresa cerrou os punhos e se lançou contra Billy.

Acho que Jake estava esperando exatamente por aquele momento, porque ele gritou:

— Tige, ataque!

Você pode estar se perguntando o que aquele cachorro feioso do Tige estava fazendo esse tempo todo. Estava sentado perto da fogueira, cochilando. Mas, com o comando, Tige avançou em cima de Billy, cravando os dentes na jaqueta dele. Billy largou a arma e Jake a pegou no mesmo instante. Quando viu que Tige não estava machucando de verdade, só dando um bom susto, Jake deixou o cachorro se divertir um pouco, mas, depois de um tempo, o mandou parar.

Billy ficou caído no chão, xingando e choramingando, dizendo que o cachorro tinha mordido até o osso, embora a jaqueta não tivesse nem rasgado. Até que Jake se cansou das lamúrias e disse:

— Céus, rapaz, é melhor você parar com essa choradeira antes que eu mande o cachorro arrancar um pedaço de verdade.

— Você não faria isso — disse Billy, mas com um tom que não soava muito certo.

— Você estava pronto para atirar em mim. Na senhora Richards. Ou nesses dois meninos.

— A arma nem estava carregada. Ora, Teresa levou todo o meu dinheiro. Não sobrou nem para a bala.

Jake conferiu a arma.

— Pois essa é de lascar! — Ele se virou para Teresa, que olhava de Billy para Jake. — Como foi que a senhora se envolveu com um sujeito tão imprestável, dona?

Teresa abaixou os olhos e deu de ombros.

— Ele me elogiava tanto que me deixou enfeitiçada. Quem me dera ter tido mais juízo.

— Acho que agora temos um dilema nas mãos — disse Jake. Depois olhou para o Billy, ainda estirado no chão. — Comeu alguma coisa hoje?

— Não — respondeu Billy, puxando a manga do casaco na luz da fogueira, tentando ver se havia algum estrago.

— A senhora se importaria de preparar um prato para ele, sra. Richards? Acho que podemos nos dar ao luxo de ser generosos, já que ele não está mais nos ameaçando com uma arma.

Billy ergueu a cabeça ao ouvir "sra. Richards", mas não disse nada. Teresa serviu pão de milho e carne de porco que tinha separado para o café da manhã e estendeu o prato para Billy com o braço bem esticado, como se tivesse medo de que ele fosse agarrar sua mão. Mas ele não fez isso. Estava com fome demais. Pegou o prato de lata, enfiando a comida na boca com as mãos. Eu e Boots atiçamos a fogueira, porque não queríamos que Billy escapasse no escuro. Quando terminou de comer, ele se recostou em uma pedra. Já não parecia tão perigoso, mais parecia o rapaz que entregava roupas lavadas, como antes.

— Como foi que você conseguiu encontrar a gente? — perguntou Teresa.

— Alguém lá do estábulo viu um homem com uma mulher e duas crianças saindo bem cedo de manhã. Cruzei com um sujeito na trilha, descalço, carregando os sapatos na mão. Perguntei se ele tinha visto vocês, mas ele disse que vinha de longe e que não tinha ninguém assim atrás dele. Talvez tivesse sido melhor eu ter voltado naquela hora.

Jake assentiu.

— Como eu disse, temos um dilema.

Teresa olhou para mim, querendo saber o que a palavra queria dizer, e eu expliquei:

— Um problema.

— Isso a gente tem mesmo —disse ela.

Todos se viraram para Jake, esperando que ele explicasse a situação.

— Você apareceu aqui com uma arma e tentou levar a senhora Richards à força. Ela não quer ir e como vocês não são casados, ela tem esse direito.

Fiquei imaginando se Jake teria deixado Teresa ir com Billy, caso eles *fossem* casados.

Billy encarou Teresa, com uma expressão carrancuda.

— Isso não faz diferença.

— Faz para ela e como eu assumi a responsabilidade de levá-la até o Território do Colorado, tenho que cumprir com minha palavra. Se deixarmos você aqui, como vamos saber que não vai nos seguir até St. Joe, arranjando confusão?

— Achei que a gente ia... — Boots começou a dizer, mas eu tapei a boca dele com a mão.

Aquele Jake era esperto como um gato escaldado.

Billy deu um sorrisinho maroto e ficou olhando para o chão.

—Achei vocês uma vez. Consigo achar de novo.

— Então, talvez seja melhor a gente só te dar um tiro e acabar com isso.

Billy ergueu os olhos depressa, mas Jake não estava sorrindo.

— Você não faria isso.

— Você teria atirado na gente.

— Eu disse que não tinha bala nenhuma.

— A gente não sabia disso.

Billy pensou um pouco, parecendo não saber se aquilo fazia sentido ou não.

— Ela pegou meu dinheiro. Se ela me devolver, eu vou embora em paz. Também nunca foi grande coisa como mulher mesmo.

Teresa ignorou a ofensa e respondeu:

— Não tenho seu dinheiro.

— Mas foi você quem pegou.

— Gastei tudo. Comprei um chapéu novo e um par de sapatos. O dinheiro acabou.

Eu sabia que aquele chapéu tinha sido um erro.

Ficamos todos em silêncio por um momento, tentando achar uma saída. Então, Jake enfiou a mão no bolso, mas eu já sabia o que ele ia fazer e não queria que ele desse dinheiro para Billy Stover. Billy era problema nosso. Além do mais, eu não queria ficar devendo nada a ninguém. Então falei:

— Tenho uma moeda de ouro de dez dólares. Você pode ficar com ela se jurar que vai embora e nunca mais vai atrás da Teresa.

Billy levantou a cabeça de repente e eu vi os olhos dele brilharem.

— Onde foi que você conseguiu tanto dinheiro?

— Meu irmão Cheet me deu. Depois que vendeu a fazenda — menti. Cheet não tinha feito nada disso. A moeda era uma das que eu roubei dele no dia em que nos deixou no orfanato. — Se aceitar, tem que jurar a Deus que não virá atrás da gente e, se quebrar a promessa, coisas terríveis vão acontecer com você.

— Que coisas terríveis?

— Pestilência.

— O quê?

Eu também não sabia bem o que significava "pestilência", mas soava assustador.

— Vai ficar coberto de furúnculos. Vai crescer pelo na palma da mão e depois você vai ficar cego. Vai terminar os dias em um hospício.

As freiras ameaçavam os meninos com essas mesmas palavras, embora não fosse por quebrar promessa a Deus. Era por praticar o que as irmãs chamavam de "vício solitário", algo que, segundo elas, os irlandeses faziam mais que qualquer outro povo. Achei que essa ameaça assustaria mais o Billy do que dizer que ele iria para o inferno. Quase todo mundo achava que acabaria no inferno mesmo.

— Não é verdade, Teresa?

Ela assentiu, solene, embora eu tenha a impressão de que a boca dela se curvou um tantinho nas pontas.

Ficamos todos olhando para Billy, que resmungou:

— Ah, inferno.

Ergui a moeda de dez dólares e deixei a luz do fogo brilhar sobre ela. Os olhos de Billy faiscaram, e ele estendeu a mão, mas eu fechei o punho ao redor da moeda e a apertei contra o peito.

— Tem que jurar antes.

— Tá bom, eu juro —disse Billy.

— Jura o quê?

— Juro que não vou mais seguir vocês.

— Tem que dizer mais que isso. "Juro a Deus que vou voltar para Smoak e nunca mais procurar por Teresa, nem por Boots, nem por Haidie. Nunca vou contar para ninguém onde eles estão e, se eu encontrar com eles, vou fingir que nem conheço."

— É promessa demais — respondeu Billy.

Dei de ombros e enfiei a moeda de dez dólares de volta no bolso.

Billy começou a se levantar. Jake pousou a mão na cabeça de Tige e o cachorro começou a rosnar. Billy sentou de novo, dizendo:

— Esse é um cachorro feio para diabo.

— O quê? — Jake pareceu ofendido. — É o cachorro mais bonito que já vi, não é?

Pensei ter visto ele piscar para mim, mas estava escuro demais para ter certeza.

— Bonito sim, senhor — concordei e Boots assentiu.

— É, sim — resmungou Billy.

A fogueira tinha baixado e Boots foi buscar mais lenha, empilhando-a nas brasas, que voltaram a arder.

— E o que você vai fazer, Billy? —perguntou Teresa.

— Acho que vou jurar, mas não consigo me lembrar das palavras — respondeu ele.

Eu também não lembrava, então inventei outras e Billy repetiu. Depois, mandei que desenhasse uma cruz sobre o coração. Entreguei a moeda, e Billy mordeu para ver se era de verdade. Disse que estava cansado e de ressaca e que ia dormir. Eu não queria que ele dormisse ali com a gente e comecei a dizer alguma coisa, mas Jake balançou a cabeça.

— Melhor deixar ele ficar aqui, assim não tenta se esgueirar no meio da noite. Saiba, Sr. Stover, que eu sou um sujeito de sono leve, acordo cada vez que alguém se mexe. Então é melhor não tentar nada. E se eu não ouvir, o Tige ouve, e você não vai querer irritar esse lindo cachorro.

Billy ainda dormia quando a gente se levantou na manhã seguinte. Teresa o acordou e entregou um prato do café da manhã que havia preparado para nós. Comemos juntos e depois eu e Boots fomos com Jake buscar os animais, deixando o Tige com Teresa. Ela e Billy devem ter conversado, porque quando voltamos, ele estava selando o cavalo e parecia ter aceitado que voltaria sozinho para Smoak.

— Você perdeu um bom homem — disse Billy para Teresa enquanto montava.

Não que alguém tenha notado, pensei, mas Teresa, sendo mais gentil que eu, respondeu:

— Acho que perdi mesmo.

— Nunca mais vou te ver.

— Acho pouco provável.

Ele começou a se afastar, mas parou e se virou:

— Como foi que você chamou aquela criança, afinal?

— Chamei de William, em homenagem ao pai.

Capítulo Três

Nunca mais vimos Billy Stover. Durante os dias seguintes, Teresa olhava por cima do ombro a cada cinco minutos, mas Jake nem se deu ao trabalho de ver se Billy estava nos seguindo. Imagino que ele soubesse que Billy tinha ido embora de vez. Muito provavelmente, Billy voltou para Smoak e se gabou de ter vendido a esposa por uma moeda de ouro de dez dólares — a maior quantia que já tivera na vida. Ou, então, gastou tudo em bebida em Fort Madison. Podia ter comprado umas balas e voltado, esperando nos abater, mas se foi isso, já estávamos longe demais para ele nos encontrar. Talvez, acreditando que tínhamos ido para St. Joseph em vez de Omaha, tenha seguido para lá. Ou pode ser que tenha ficado com medo demais daquele cachorro feioso do Tige para sequer pensar em voltar. Seja como for, ele estava fora das nossas vidas e com o tempo Teresa pareceu aceitar.

— Não sinto falta do Billy — me disse ela.

— Isso dá pra ver — falei, olhando entre ela e Jake. Ela parecia estar bem caída por Jake. — E o seu bebê? E o William? Você não sente falta dele?

— Nunca conheci meu bebê. Foi levado embora assim que nasceu. Quando fui buscá-lo na casa da minha irmã, ele nem me reconheceu. Na verdade, chorou pela minha irmã quando tentei pegá-lo no colo. Eu o amo, mas já não é mais meu, então é melhor eu ir pra bem longe — ela fez uma pausa. — E o nome não é William. É Sarah. Billy nunca me perguntou se era menino ou menina, e nem sequer foi vê-la. Agora, se for à casa da minha irmã arrumar confusão, vai perguntar por um menino. Dá pra acreditar? — Ela parecia até orgulhosa da artimanha, e eu tinha que admitir que era uma baita mentira, quase do tamanho da que eu contei dizendo que Cheet era padre. — Mas ele não vai procurar — continuou Teresa. — O que um homem como ele ia querer com um bebê? Ele não se importou com ela quando eu estava no orfanato, então por que se importaria agora? — Ela parou de andar e olhou para dentro do mato, talvez um pouco envergonhada. — Não posso dizer que me arrependo de ter sido incorrigível, porque a Sarah é uma preciosidade e minha irmã a ama como se fosse dela. Então como pode ser pecado, como dizem as freiras, quando se ganha um bebê tão querido assim?

Tínhamos parado para almoçar ao lado de um riacho, e eu e Teresa tínhamos descido um pouco pela margem. Agora estávamos sentadas numa pedra, com os pés dentro d'água. Embora eu tivesse minhas botas do orfanato e o par que Jake me comprara, queria economizá-las para a caminhada de Omaha até o Território do Colorado, então andava descalça a maior parte do tempo. Além disso, fazia calor e as botas deixavam meus pés suando, o que causava bolhas. Eu vinha tricotando meias para Boots, para Teresa e até para Jake, mas ainda não tinha feito nenhuma para mim.

— Você sente falta de Smoak? — perguntei.

— Nem um pouco. Me sinto leve e livre aqui em Iowa. E você?

Assenti.

— Já ficou sozinha alguma vez?

— Só no orfanato. E mesmo assim, não estávamos exatamente por conta própria.

— Não mesmo! — Ela deu um chute na água, levantando um respingo que caiu em nós duas. A água fria era uma delícia. Ela virou o rosto na direção das árvores, onde o sol deixava as folhas com um brilho dourado. — Estava pensando que talvez eu fique em Iowa mesmo e nem vá até o Território do Colorado.

— Omaha fica em Nebraska, não em Iowa — falei, virando para encará-la. — E o que você faria lá?

Ela deu de ombros.

— Dava um jeito. Eu sou trabalhadora.

— Numa lavanderia?

— Eu faria qualquer coisa antes de lavar roupa. Qualquer coisa.

— Qualquer coisa? — Eu não sabia muito sobre a tal da Red Feather Road lá em Smoak, onde as mulheres, de roupa de baixo, ficavam penduradas nas janelas chamando os homens, ou até saíam na rua e arrancavam o chapéu deles, obrigando os cavalheiros a entrarem para pegar de volta. Mas no orfanato as freiras nos ameaçavam, dizendo que se a gente não rezasse e não obedecesse aos mais velhos, ia acabar numa casa da Red Feather. Então eu tinha uma boa noção do que acontecia por lá.

Teresa me lançou um olhar afiado.

— Ora, não do jeito que você tá pensando. Posso ser incorrigível, mas não sou uma rameira.

Disse a ela que estava só brincando, embora não tivesse tanta certeza assim. Usar vestidos elegantes e beber vinho em troca de se deitar com um homem parecia uma forma bem mais fácil de ganhar a vida do que esfregar roupa suja numa tábua de lavar.

— Então o que você estava pensando em fazer?

Teresa virou o rosto, mas não antes de eu perceber que suas bochechas estavam coradas.

— Sei lá. Jake disse que acha que eu posso fazer quase qualquer coisa. Trabalho honesto, ele chama.

Isso me fez lembrar dos últimos dias. Pensando bem, notei que Teresa sentava muito perto de Jake no banco da carroça. Ela servia o prato dele primeiro e estava sempre pronta pra largar o próprio jantar e encher a caneca de café dele. E eu tinha visto ela se arrumar. Ora, por que uma mulher no meio do mato ia alisar o vestido, ajeitar o cabelo e morder os lábios pra deixá-los vermelhos, mil vezes por dia, se não fosse por causa de um homem? E por que Jake ficava olhando para Teresa quando ela se sentava à beira da fogueira à noite e passava a escova nos cabelos, levantando o queixo pra que as ondas pretas escorressem pelas costas feito uma cachoeira? E então me lembrei de uma vez em que acordei à noite e fui pegar água, pisei no cobertor da Teresa e vi que ele estava vazio. Pensei que ela tivesse ido achar um cantinho privado, mas talvez não fosse isso. Não era da minha conta, claro, mas isso não me impediu de perguntar:

— Você já teve conexão com ele?

— Ora, Haidie! — disse ela, me lançando um olhar como se estivesse muito ofendida. Ainda assim, não negou.

— E então? — insisti.

— Sou uma dama.

— Ah, não venha bancar a fina comigo, Teresa. Eu sei que você viveu como marido e mulher com Billy Stover sem nunca ter se casado.

— E de quem foi a culpa?

Ela tinha me pegado naquela, mas aí lembrei que o motivo de ela ter sido mandada para o orfanato era justamente por ser incorrigível. Ainda assim, não comentei. Só falei:

— Gosto dele — do Jake, quero dizer.

— Ele é o melhor dos homens.

— Isso ele é. Se não fosse por Jake, eu e Boots estaríamos órfãos de novo, e você teria voltado para o Billy Stover. Ainda ganhamos botas e casacos nessa. Você podia se sair pior do que com Jake Crowfoot.

— Você acha que ele já tem esposa?

Tirei os pés da água e examinei a sola do meu dedão. Tinha pisado num espinho no dia anterior e o lugar ainda ardia. Havia uma casquinha do tamanho da ponta de uma agulha onde eu o tinha arrancado.

— Não sei dizer.

Teresa ficou pensando.

— Acho que ele teria me contado.

— E faria diferença?

Teresa enxugou os pés na grama e se levantou, alisando a saia.

— Não sei, Haidie. Fui burra a vida inteira. Teve o bebê, teve o tempo com o Billy, e outras coisas que você nem sabe... então se envolver com um homem casado não seria a pior coisa que já fiz. Acho que daria conta, se fosse o caso, mas preferia que não fosse.

— Talvez você encontre alguém melhor no Colorado.

— Talvez. Mas se o Billy Stover serve de exemplo, não sou muito boa em escolher homem. E pra falar a verdade, nem sei se quero mesmo ir até o Colorado. Jake diz que é tudo pradaria, sem uma árvore no caminho, até você chegar nas montanhas — e aí é cada montanha que levaria um ano inteiro pra atravessar.

— Pelo jeito, quem não quer que você vá pro Colorado é o próprio Jake.

Teresa não respondeu. Calçou os sapatos, abotoou e disse que já estávamos sentadas tempo demais, que Jake devia estar ansioso pra pegar a estrada.

Estávamos avançando com tudo. Os burros e mulas conseguiam cobrir de quarenta a sessenta quilômetros por dia, então não levaria nem duas semanas para atravessarmos Iowa. Quando eu fazia minhas orações à noite, agradecia ao Senhor por ter nos colocado no caminho de Jake Crowfoot. Estávamos mesmo orgulhosas de tê-lo conhecido.

Como Teresa disse, ele era o melhor dos homens, mas não era nenhum bobo. Podia até estar caído por Teresa, mas fazia eu e Boots trabalharmos feito gente grande. Parecia também que tinha esquecido que eu era uma menina. Às vezes a gente se divertia bastante, outras vezes era duro. Jake dizia que estava nos preparando para entrar numa caravana rumo ao Território do Colorado e que um dia a gente ia agradecer por saber lidar com animais de tração, carregar carga e dormir no chão. E quiçá ele tivesse razão. Esperava que ajudássemos a arrear os animais todas as manhãs — e burros e mulas são os bichos mais traiçoeiros que já pisaram na terra. São matreiros, especialmente um burro como o Big Blue. No minuto em que eu achava que tinha terminado de prendê-lo, ele escapava do arreio. Uma vez me mordeu no ombro, e eu pensei que Jake fosse me poupar depois daquilo, mas ele só disse que, se eu não fosse mais esperta do que um burro, não valia grande coisa. Ele me fez começar tudo de novo com o Big Blue, mas eu não me importei. Como Jake dizia, se a gente queria entrar numa caravana, tinha que saber trabalhar.

Já estávamos dias longe de Fort Madison e não muito distantes de Omaha, sentados para o jantar numa dessas noites, quando ouvimos uma voz vinda das árvores:

— Olá, do acampamento!

— Billy — sussurrou Teresa, escorando-se do lado de Jake.

Jake se levantou devagar e foi até a carroça, onde guardava o rifle.

— Apareça — chamou.

Nesse momento, um homem saiu da sombra e entrou na luz da fogueira, parando a poucos passos de onde eu, Boots e Teresa estávamos sentados. Ainda não tinha escurecido de vez, e eu tinha acabado de reavivar o fogo, então deu pra ver bem o sujeito. Era um homem barbeado, com um bigode preto que caía nos cantos da boca. Vestia uma camisa branca com babados na frente, que fazia ele parecer um pombo; usava um alfinete de peito com um "farol" de diamante que cintilava ao reflexo das chamas e um lenço escarlate no pescoço que brilhava como seda. Tinha um casaco de fraque e calças do exército confederado enfiadas por dentro de botas de verniz, um tanto gastas. Pela aparência, era um janota. Quando viu Teresa, tirou o chapéu alto — era de castor — e segurou-o diante do peito, fazendo uma reverência quase até o chão.

— Senhora, é um prazer — disse ele.

— Quem seria o senhor? — perguntou Jake.

Ainda segurando o chapéu, o homem se virou para Jake e anunciou:

— Sou Cornelius Vander. — E bateu no chão com uma bengala de ébano com a ponta de ouro para dar ênfase.

Jake o observou com atenção.

— Não é Cornelius Vanderbilt, não?

O homem deu uma gargalhada, como se Jake tivesse contado a coisa mais engraçada do mundo, embora eu, Boots e Teresa não tivéssemos entendido.

— Vejo que é um homem do mundo. Esse seria meu ilustre primo. Foi meu infortúnio que a família se dividisse há muitos anos e me coubesse apenas um nome truncado.

— O que quer dizer "truncado"? — sussurrou Boots.

— É sueco — falei, sem saber também.

— Entendo — disse Jake, ainda com a mão apoiada na lateral da carroça.

— E com uma fortuna bem menos ilustre, também. Na verdade, senhor, estou sem um tostão. Quebrado. Isso mesmo.

Jake não comentou isso. Em vez disso, perguntou:

— O que está fazendo tão longe assim vestido desse jeito?

— Um mal-entendido.

Jake deve ter decidido que o homem era inofensivo, porque deixou o rifle na carroça, foi até a fogueira e ficou estudando o tal do Vander. Então deu uma fungada.

— Um mal-entendido com cartas ou com outro tipo de vigarice?

— Senhor, não tem o direito de...

— Responda — disse Jake, ríspido.

— Fui acusado injustamente de trapacear nas cartas. Meus oponentes não eram cavalheiros, mas canalhas. Usaram uma linguagem tão profana que precisei abrir a janela pra deixar os palavrões saírem. Eram o tipo mais grosseiro de homens que já vi, nada parecidos com os viajantes de alta classe que se encontra num barco a vapor.

— Nosso irmão é jogador de barco a vapor — disse Boots antes que eu pudesse impedi-lo.

— De fato. Posso saber o nome dele?

— Cheet. Cheet Richards.

— Ah, sim. — O Sr. Vander pôs o chapéu de volta na cabeça e bateu palmas. — Um jovem encantador. Já o encontrei em minhas viagens, tão honesto nas cartas quanto se pode desejar, um adversário à altura. Eu mesmo já perdi quantias consideráveis diante de seu conhecimento superior dos baralhos. Iria ainda mais longe, não fosse por esse infeliz nome de batismo.

Eu e Boots trocamos olhares.

— Será que tem dois Cheet Richards por aí? — sussurrou ele.

Mas eu sabia muito bem.

— O senhor é um mentiroso — falei, o que era o sujo falando do mal lavado, embora o sr. Vander não soubesse disso. — Cheet não é honesto, nem digno. O senhor nunca encontrou com ele.

O sr. Vander se esticou todo, o que não era muito mais alto do que Teresa, e estufou o peito.

— Homens já morreram por me chamar assim — trovejou. — Tem sorte de ser apenas um menino, jovem senhor, ou eu o faria se arrepender dessas palavras. Ninguém chama Cornelius Vander de mentiroso.

— O senhor é um mentiroso e um fanfarrão. Agora vá ficando no seu lugar — avisou Jake. A voz era baixa, mas dura.

Todo o ar saiu de sr. Vander, como uma bexiga de porco furada.

— E esperaria que o menino pedisse desculpas?

Jake me olhou, mas eu balancei a cabeça.

— Apostaria um milhão de dólares como ele nunca viu o Cheet na vida — falei.

Jake inclinou a cabeça, estudando o sr. Vander.

— Quero uma parte dessa aposta.

— Estava apenas sendo cortês — disse o sr. Vander. — Não quis ofender seu filho.

Jake não o corrigiu. Soprou o ar pelo nariz e disse para Teresa:

— Imagino que ainda tenha um restinho do jantar.

E se voltou para nosso visitante:

— Já comeu?

— Há um bom tempo — respondeu ele, lançando um olhar para além da fogueira, onde Teresa tinha guardado os restos da comida. — Mas não quero roubar o de vocês.

— Não vai — garantiu Jake.

O homem começou a contornar a fogueira, mas Jake ergueu a mão.

— Prefiro ficar com sua arma.

O sr. Vander pareceu que ia protestar, mas ao se virar para Jake, avistou Tige. Enfiou a mão no bolso do casaco, tirou um revólver e entregou a Jake.

— Espero não me arrepender de confiar no senhor — disse.

— A outra também — disse Jake, estendendo a mão.

— Senhor?

— A outra arma. Nunca vi um jogador que andasse só com uma.

O sr. Vander suspirou e tirou a bota, de onde puxou uma pistola de um tiro presa num coldre no tornozelo.

— O senhor não se incomoda se eu verificar se há uma terceira? — perguntou Jake.

— Senhor, eu preferia vestir uma armadura completa a andar com três armas. — Mas deixou Jake revistá-lo. Jake não encontrou mais nenhuma arma, mas retirou uma faca, daquelas bem feiosas, com um fio afiado como palavrão atravessado.

— Quer que eu fique nu? — perguntou o sr. Vander.

— Melhor isso do que nos matar enquanto dormimos.

Jake apontou com a cabeça para o outro lado da fogueira e Teresa lhe entregou um prato. Enquanto nosso visitante devorava a comida dela, Jake começou a circular o acampamento, cada vez indo mais longe, até que estava quase entrando na mata.

O sr. Vander só notou o que Jake fazia depois de acabar o jantar. Ao vê-lo se aproximar das árvores, suspirou e disse:

— Debaixo daquele carvalho.

Jake apanhou um par de alforjes, trouxe até a fogueira, abriu e despejou tudo no chão. Além de uma camisa extra e uma ceroula, havia dois baralhos; um recipiente com dados; uma pequena presilha de metal que reconheci como um holdout — aparelho usado para trapacear em jogo de cartas; uma tira de couro e um navalhete; e três cartões de visita. Jake me entregou e eu li em voz alta:

— "Cornelius Vander, Esq., Solicitador"; "Rodney Cornelius, Seguros"; e "Sir C. Vanderbilt, Por Ordem de Sua Majestade, a Rainha".

— Homem honesto — zombou Jake.

— Prefiro pensar que sou empreendedor.

— Isso com certeza — disse Jake, revirando os pertences mais uma vez. — Mas não vejo dinheiro nenhum.

— Lamentavelmente, como já disse, estou quebrado. Meu pequeno porta-moedas foi levado pela mesma quadrilha de patifes que mencionei antes.

O sr. Vander limpou o prato com o último pedaço de pão de milho e estava prestes a enfiá-lo na boca quando lançou um olhar para Tige. Pensou melhor e estendeu o pedaço ensopado de molho para o cão. Eu preferiria dar de comer a uma dúzia de lobos a alimentar o Tige, mas o sr. Vander não teve medo. Tige se levantou, cheirou a mão dele, engoliu o pão de milho e abanou o rabo.

Jake ficou pasmo.

— Tige geralmente não vai com ninguém além de mim — disse.

— Ele é um animal nobre, uma criatura digna de ser o fiel companheiro de um rei — disse o sr. Vander. — Deve descender de uma linhagem de campeões. Jamais vi um animal tão magnífico. "Cachorro" é um nome muito comum para ele.

— Nunca vi o Tige simpatizar com ninguém assim — repetiu Jake, olhando demoradamente para o sr. Vander. — O que aconteceu com seu cavalo?

— Ele me abandonou, lamento dizer, logo eu, que sou amante de todos os animais. Tinha tirado a sela e estava lhe dando água quando o ingrato empinou e disparou. Fiquei só com a sela e os alforjes que estão aí na sua mão. A sela tive que deixar para trás, mas vim andando com os alforjes. É tudo o que tenho neste mundo. Aquele bruto não me deu escolha senão seguir a pé, com as próprias canelas.

— Tem alguém no seu encalço? Responda com sinceridade.

— Um bando de desordeiros, mas acredito que seguiram o cavalo. Por isso sou até grato pela rasteira do animal. Juro ao senhor que não peguei o dinheiro deles. Sou um homem honesto.

Jake lançou-lhe um olhar que dizia claramente que não acreditava nem um pouco, mas não comentou.

— Ficaria muito grato se me permitisse acompanhá-los, seja lá pra onde estiverem indo.

— Vai deixá-lo andar com a gente? — perguntou Teresa.

— Não se assuste, sra. Richards. Tige gostou dele. E Tige é o melhor juiz de caráter que já conheci — disse Jake.

— Mas ele é um charlatão — protestei.

— Como seu irmão?

Essa me pegou.

— Pelo menos ele não abandonou duas crianças num orfanato — disse Jake.

— O senhor não sabe o que ele fez — disse Teresa.

— Não sei, mas tenho um pressentimento.

Ficamos todos em silêncio, pensando. Então Boots falou:

—A carroça é do Jake.

— Não levo ele se for deixar vocês desconfortáveis, mas acredito que não podemos deixar um homem sozinho por aqui, sem cavalo, sem comida, sem nada. Isso não parece certo.

— Não tinha pensado nisso — disse Teresa. — Além do mais, o senhor nos acolheu sem saber nada sobre a gente.

— E eu estava certo sobre vocês.

O sr. Vander ficou afastado enquanto a gente falava dele como se ele nem estivesse ali. Eu quase esperava que dissesse que devíamos nos sentir honrados com sua companhia, mas ele tinha perdido a soberba.

Jake o observou por um instante e depois olhou para Teresa.

— Suponho que possa se juntar a nós, sr. Vander, mas vai ter que ir sentado em cima da carga com os meninos. — Fiquei feliz de ele não ver necessidade de avisar ao homem que eu era uma menina. — E se eu pegar o senhor sequer olhando pros nossos pertences, te deixo aí mesmo, não importa se a gente estiver no meio de um acampamento indígena. É assim que vai ser.

— Excelente, senhor.

— E esperamos que faça sua parte do trabalho. Ninguém aqui vai lhe servir.

— Eu não esperaria outra coisa.

Jake foi até o homem e estendeu a mão.

— Jake Crowfoot é o nome. E esta aqui é a sra. Richards, Haidie e Boots. Pode me chamar de Jake.

— E você deve me chamar de Corny, como fazem meus amigos.

Jake deu um sorriso torto ao ouvir a palavra "amigos". Depois mandou Corny me ajudar a dar água para os animais.

— Eu fico com o Velho Samuel. Você pega o Big Blue — avisei a ele.

Corny não era má pessoa. Era bem-humorado e sabia mais sobre animais de carga do que eu sabia — ou queria saber. Sempre que ia trabalhar, vestia luvas. Não fazia nada que pudesse machucar as mãos.

— Na minha profissão, é preciso manter as mãos macias e flexíveis. Uma simples cutícula inflamada pode alterar o destino de uma carta — explicou. Depois completou: — Por falta de um prego, perdeu-se o cavalo.

— Hein? — falei.

— Duvido que a República dependa do virar de uma carta — disse Jake.

Para um tropeiro, Jake era mais instruído do que eu pensava, embora eu ainda não entendesse muito bem onde Corny queria chegar.

— Ele mantém as mãos macias pra poder sentir onde lixou as cartas — explicou Jake.

Eu entendi, mas Boots não, então Jake acrescentou:

— Ele lixou a borda das cartas altas. Você não consegue ver a olho nu, mas um bom trapaceiro sente a diferença.

— E se o outro cara do jogo também consegue sentir? — perguntou Boots. — Aí ele tá num belo aperto, né?

Os olhos de Jake brilharam.

— Imagino que foi por isso que o Corny ali fugiu sem o cavalo. O clima deve ter esquentado bastante de onde veio.

Corny ergueu um pouco o queixo, num gesto de desagrado com as palavras de Jake, mas não negou nada. A verdade é que Jake tinha um bom faro pra avaliar os homens e as mulheres também, pensei, olhando para Teresa.

Embora soubéssemos que Corny era um charlatão, ficamos contentes por tê-lo conosco. Ele colhia mato verde pelo caminho, ervas como ele chamava, e acrescentava ao que quer que Teresa estivesse cozinhando. Davam mais sabor que sal e não deixavam a gente com tanta sede. Seu canto não era grande coisa, mas ele tocava bem a gaita e acompanhava as músicas que cantávamos. À noite, depois do jantar, contava histórias das pessoas famosas que conheceu e das partidas que ganhou e perdeu. Claro que, quando ganhava, era por causa da habilidade dele; quando perdia, era porque canalhas e malandros tinham trapaceado.

Algumas das histórias dele eram umas mentironas daquelas. Disse que tinha ganhado seu chapéu de cartola do próprio Abraham Lincoln, e que a faca era presente do Jim Bowie em pessoa. Contou que tinha sido um Bowery Boy e lutado contra os Dead Rabbits num tumulto.

— Quem é que lutaria contra um coelho morto? — zombei.

— Eram jovens desprezíveis, chamados Dead Rabbits porque um dos nossos nobres companheiros atirou uma lebre falecida bem no meio deles. Eu estava do lado da honra. Celebramos muitas vitórias com quantidades calorosas de rum. — Ele se virou para Jake. — O senhor, por acaso, teria uma garrafa daquele néctar dos deuses?

— Não tenho.

— Melhor assim. Eu esvaziaria a garrafa mais rápido do que o senhor acaba uma xícara do excelente café da sra. Richards. — Ele pareceu um pouco melancólico e ficou em silêncio por um momento.

— Serviu no exército? — perguntou Jake.

Era uma pergunta meio traiçoeira. Eu imaginei que, se Corny tivesse sido Confederado, estava perdido. Jake ia botar ele para fora do acampamento mais rápido do que se diz "Maldito rebelde".

— Não servi. Tentei me alistar várias vezes, mas fui recusado por causa de um defeito congênito, ou seja, uma perna ruim.

Ele esticou as duas pernas e deu pra ver que a esquerda era mais curta que a direita. Eu já tinha reparado que ele mancava, mas achava que era de tanto andar.

— E foi o lado da União que o senhor tentou se alistar? Ouvi dizer que os rebs não são tão exigentes assim.

— Foi sim. Tenho orgulho em dizer que sou unionista de corpo e alma e parto imediatamente se o senhor não partilhar desse sentimento.

— Eu também sou — disse Jake —, mas estava curioso pra saber de onde vieram as calças confederadas.

Corny olhou para baixo e sorriu.

— Ora, ganhei num jogo de cartas, é claro. Há mais de uma maneira de depenar o Sul.

— De onde é que o senhor vem, Corny? — perguntei.

Jake pareceu surpreso com a pergunta e depois me contou que era costume, no Oeste, nunca se perguntar de onde um homem vinha. Mas Corny não pareceu se importar.

— Do Kentucky, jovem senhor. Fui criado com Abraham Lincoln e o acompanhei até Illinois, onde viajávamos juntos pelos circuitos judiciais.

— É mesmo? — perguntou Jake.

— Com certeza.

— Então como é que o senhor conseguiu ser Bowery Boy ao mesmo tempo?

— Com grande destreza, senhor.

Jake riu daquilo. Todos sabíamos que Corny era cheio de conversa fiada, mas suas histórias animavam as noites.

O que eu mais gostava nele era que nos ensinava novas maneiras de jogar. Começou com o jogo da noz. Pegou três cascas de noz-pecã dos alforjes e me perguntou se eu achava que tinha bons olhos. Eu disse que sim.

— E o que apostaria nisso?

Jake pôs a mão no braço do sr. Vander e apertou.

— Aqui não vai ter jogo, Corny. Não vou deixar você trapacear o menino.

— Senhor! — disse Corny, com cara de ofendido. — Sou um homem honesto. O senhor se oporia a apostarmos pregos de ferradura?

Jake concordou que isso estava tudo bem e foi até a carroça, voltando com um punhado de pregos.

— Quem ganhar devolve pra mim — avisou.

Corny tirou uma tábua lisa que carregávamos na carroça e a colocou no chão. Depois posicionou as cascas com o lado cortado para baixo sobre a tábua. Tirou uma bolinha de gude minúscula do bolso do colete e a pôs sobre a madeira.

— A graça está em ver se a mão é mais rápida que o olho — disse ele.

Movia as cascas como um raio, deslizando a bolinha debaixo de uma, depois de outra. Quando terminou, parecia satisfeito e disse:

— Agora, rapaz, aposto um prego como você não consegue me dizer sob qual casca está a bolinha.

Jake piscou pra mim, avisando que o jogo era uma armadilha, mas eu só franzi a testa e estudei as cascas. Toquei numa com o dedo, depois mudei de ideia e apontei para outra.

— Aquela ali? — perguntou Corny. — Aposta dois pregos de ferradura?

— Cinco — falei. Em vez de virar a casca, agarrei a mão de Corny e a virei. A bolinha caiu no chão.

— Mas menino! — exclamou Corny.

— Te peguei! — disse Jake. — Trapaceiro perde todos os pregos. Vamos, entrega.

— Era só um truque, pra testar os olhos do menino.

— Eu já conheço o jogo da casca — falei. — Foi o Cheet que me ensinou. Não vou ser passado para atrás por você.

Corny teve que rir.

— Essa foi boa! Você daria um excelente *capper*.

— É um comparsa — explicou Jake. — Quando o jogo empaca, ele entra em cena, aposta o dinheiro, encontra a bolinha e ganha a aposta. Depois sai gritando que venceu no jogo da casca, e isso anima o povo.

— Você e eu faríamos uma bela dupla. Aqui, aceite um charuto de um dólar, que adquiri pela soma generosa de cinco centavos, enquanto pensa no assunto — disse Corny.

Jake interceptou o charuto e anunciou:

— Haidie não fuma, mas eu sim.

Corny tirou outro charuto para si e um pequeno cortador de charuto dourado, que entregou a Jake.

— Que pena, eu poderia lhe ensinar os caminhos do bom tabaco também, Haidie, senhor.

— Estamos indo para o Colorado procurar nosso pai — falei.

Jake tinha acendido o charuto e fez uma careta — e eu imaginei que o gosto devia ser tão ruim quanto o cheiro. Corny apenas riu e tragou o dele.

— Pois então, vou lhe ensinar algumas habilidades, caso essa busca pelo seu *paterfamilias* não dê em nada. Você tem a mente rápida e mãos pequenas e macias como as de uma garota.

Boots começou a rir, mas lancei a ele um olhar severo.

Assim, nas paradas do meio-dia e depois da janta, além das horas em que ficávamos sentados em cima da carga na carroça do Jake, Corny tirava as cartas e os dados dos alforjes e me ensinava como usá-los. Ele me mostrou coisas que nem o Cheet sabia, como *All Fours* e *Old Sage*. Também me ensinou truques de trapaça: como lixar cartas, prender o *holdout* na manga do casaco e deslizar para ele uma carta que eu tivesse escondido na mão.

Corny usava um anel enorme de diamante ou, pelo menos, dizia que era diamante. Eu achava que era vidro. Corny me mostrou como, ao virar o anel pra palma da mão, ele funcionava como um espelhinho, permitindo ver as cartas que estavam sendo distribuídas.

Disse que eu era um talento nato, que se espantava de Cheet não ter me levado como cúmplice, pois achava que nós dois poderíamos ter ganhado a vida muito bem com as cartas. Pediu de novo que eu virasse seu *capper*, pra atrair otários pro jogo, mas eu disse que nada nos impediria — a mim e a Boots — de seguir até o Território do Colorado.

— Que pena — disse ele, e me pareceu mesmo triste. Poderia ter sido uma vida interessante. Então, fiquei um pouco triste também.

Nos últimos trechos da viagem até Omaha, não percorremos tantos quilômetros por dia. Jake dizia que era por causa do Corny, que agora ia com a gente na carroça, mas ele era um sujeito mirrado, não pesava muito mais do que um saco de farinha. Acho que Jake estava era diminuindo o passo de propósito, só pra passar mais tempo com Teresa.

Ela me contou que tinha perguntado se ele era casado e ele respondeu que não.

— Não há nada mais baixo que um homem com duas esposas — disse ela.

— E você acreditou?

— Acreditei — respondeu, embora com um ar meio incerto. — Claro que eu não sou lá grande coisa pra julgar homem. Acreditei em tudo que o Billy Stover me disse. Acho que não tem salvação pra mim.

— Jake é um homem melhor — falei. Depois perguntei: — E é isso que você quer, então? Casamento?

Ela deu de ombros.

— Acho que tive sorte de experimentar o casamento com o Billy, uma espécie de casamento de amostra, por assim dizer. Só Deus sabe o que eu estaria fazendo se tivesse mesmo me casado com ele. Estaria presa, né? Você me fez um favor, e tanto, ao fazer seu irmão fingir que nos casou. — Fez uma pausa. — Jake não me pediu em casamento nem nada, e não sei se vai. Ele nem me pediu pra ficar em Omaha, só deu umas indiretas. Acho que tô contando minhas batatas antes de desenterrar, veja só.

Ela tinha pegado gosto pelas palavras preferidas de Jake.

Jake talvez não tivesse pedido que Teresa ficasse com ele, mas eu achava que, de um jeito ou de outro, ela nos deixaria em Omaha e não posso dizer que eu lamentaria. Por mais que eu gostasse dela e por mais que devesse por ela ter conseguido que a gente subisse na carroça de carga com Jake, achava que eu e Boots talvez tivéssemos mais facilidade por conta própria. Alguém conduzindo uma carroça coberta teria mais chance de aceitar dois meninos dispostos a ajudar do que dois meninos e uma mulher.

Estávamos a um dia de Omaha e tínhamos parado cedo para passar nossa última noite. Jake disse que os animais estavam exaustos, mas eu achava que ele estava era querendo prolongar o tempo com Teresa. Talvez até estivesse pensando em fazer um cortejo. Por mais que eu estivesse ansiosa pra chegar logo a Omaha, não me importei com o descanso a mais. Estava toda dolorida de tanto viajar em cima da carga, e, claro, os animais andavam rápido demais para meu passo — diferente de uma carroça puxada por bois, que dá pra acompanhar andando ao lado. Além disso, eu tinha esperança de que Jake estivesse mesmo pensando em casamento.

Eu, Boots e Jake demos água pros cavalos e depois amarramos as pernas deles pra que pudessem pastar. Teresa pegou a frigideira pra preparar o jantar e Corny saiu recolhendo lenha pro fogo. Jake tinha escolhido um bom lugar: uma clareira cercada de árvores, um pouco afastada da estrada. Já não tínhamos medo de Billy Stover, então não precisávamos mais nos esconder.

Quando terminamos de cuidar dos animais, eu e ele arrastamos uns troncos perto da fogueira, para termos onde sentar durante a janta. Estava mesmo aconchegante. Ficamos ao redor da fogueira depois de comer, e Teresa e Jake cantaram "My Old Kentucky Home". Corny fungou ao ouvir a música e talvez fosse mesmo do Kentucky e tivesse uma mãe, ou até uma esposa, por lá. Esfregou os olhos, se levantou e disse que ia até o riacho procurar umas folhas verdes pra Teresa cozinhar no café da manhã.

Claro que lá fora estava escuro como fundo de bota, a lua ainda nem tinha aparecido. Ele não ia enxergar nada. Mas nenhum de nós comentou. Acho que sabíamos que Corny precisava de um tempo sozinho. Tínhamos criado apreço por ele. Veja só, até confiávamos nele. Então só ficamos ali sentados, sem nem levantar os olhos quando ele se afastou, usando seu chapéu alto, como sempre, e levando a bengala, como de costume.

Jake e Teresa cantaram outra música, e eu me deitei no chão com a cabeça apoiada num tronco, ouvindo a noite, pensando que, se a gente nunca encontrasse papai, eu não me importaria de viver como tropeira.

Claro que ainda teríamos que crescer e ganhar mais idade, mas eu e Boots poderíamos trabalhar com alguém como o Jake, talvez até com o próprio Jake, e, quando tivéssemos juntado dinheiro suficiente, já estaríamos velhos o bastante para comprar um par de mulas. Mulas e burros não eram meus bichos preferidos, mas eu tinha aprendido a lidar com eles.

— Tem gente que tenta meter juízo numa mula na base da pancada — Jake nos disse. — Mas mulas e burros são como qualquer outro bicho. Se você trata bem, eles obedecem. Claro que são teimosos e têm vontade própria, e não faz mal xingar, porque eles não entendem e isso alivia a alma. Mas se consegue mais colaboração com gentileza do que com grosseria. Acho que isso vale pra vida toda, com burros e mulas, e com gente também.

Fiquei ali deitada pensando no que aconteceria se a gente não achasse papai. Ou se não arranjasse trabalho com um tropeiro. Talvez eu e Boots pudéssemos encontrar uma mina de ouro por conta própria, mas alguém teria que ensinar como se faz isso.

Olhei para o céu, desejando que as estrelas aparecessem, ouvindo a cantoria e o barulho de Corny voltando pela mata, pensando que ele estava fazendo uma algazarra danada, porque normalmente se movia como um ratinho. Então, senti um arrepio subir pelas costas, porque de repente soube que não era o Corny fazendo aquele barulho.

Jake deve ter percebido a mesma coisa no mesmo instante, porque de repente se levantou e começou a andar na direção da carroça, ainda cantando, como se não quisesse que ninguém percebesse que estava desconfiado de alguma coisa. A carroça era onde ele guardava o rifle. Também era onde ele tinha amarrado o Tige. Aquele cachorro feioso tinha saído atrás de um coelho e atravessado o acampamento inteiro, derrubando o prato de jantar do Jake, então ele o prendeu a uma roda da carroça. Agora, Tige estava latindo e pulando feito doido. Mas Jake não foi rápido o suficiente.

— Eu não faria isso. É melhor ficar onde está — disse uma voz.

Dois homens surgiram na luz da nossa fogueira, com armas nas mãos. Eram feios de dar dó, com barbas desgrenhadas e o cabelo cortado pior do que o meu. Os olhos eram cruéis e reluziam no reflexo do fogo.

— Ora, o que temos aqui? Uma família, é isso? — disse um deles. Passou a língua pelo lábio inferior enquanto olhava para Teresa.

— Estão convidados para o jantar — disse Jake, como se os dois fossem apenas uns moleques que tinham se esbarrado no nosso acampamento.

— A gente não veio pra jantar. — O homem soltou uma risada maldosa.

Fiquei observando bem o rosto dos dois, prestando atenção nos detalhes, pra ter certeza de que reconheceria se encontrássemos eles de novo. E então tive um pensamento horrível. A maioria dos ladrões, pelo menos os que eu tinha visto nas revistas do Cheet, usava lenço cobrindo o rosto pra não serem reconhecidos. Se esses dois não se davam ao trabalho de esconder a cara, talvez fosse porque não se importavam que víssemos quem eram. Talvez fosse porque planejavam nos matar.

Jake parecia não perceber. Estava mais doce que torta de maçã.

— Sentem-se, rapazes, a gente prepara um café pra vocês. As noites aqui na mata ficam bem frias.

— Eu faço — disse Teresa, se levantando. Mas o homem deu um chute nela com a bota, e ela caiu de novo.

Eu esperava que Jake pulasse no pescoço daquele sujeito, mas ele apenas disse:

— Ora, vamos, não precisa disso. — E após uma pausa acrescentou: — Em que podemos ajudar vocês?

O mais alto dos dois ficou encarando Teresa por um bom tempo.

— Acho que estou com apetite, sim — disse, cuspindo tabaco no chão.

As mãos de Jake se fecharam em punhos, mas ele não disse nada.

O homem se agachou ao lado da fogueira e encarou Teresa bem de frente.

— É novinha — disse ao parceiro. — E até que é bonita. Sempre gostei das bonitas.

— E quem não gosta? — respondeu o segundo homem.

— Deixe-a em paz — rosnou Jake.

Ele lançou um olhar pra carroça, onde Tige esticava a corda com força, os dentes à mostra. Mas Jake o tinha amarrado bem demais. Ele não conseguia se soltar.

— Você não vai me dizer o que fazer. Quem tá com a arma aqui sou eu.

— Ah, deixa a moça em paz — disse o outro homem. — A gente não é desse tipo, não.

— Bom, primeiro vamos atrelar aquela carroça — disse o menor dos dois, virando-se para Jake e soltando uma risada rouca. — Agradecemos demais por ter trazido essa carga até aqui pra nós. De verdade. Vamos conseguir um bom preço em Omaha. Claro que não vai ser o valor cheio, já que vamos ter que vender rápido, mas vai servir. Não é mesmo, Dan?

— E por que foi dizer meu nome? — reclamou Dan. — Agora acho que vamos ter que dar cabo deles.

— Meus animais não obedecem a ninguém além de mim — Jake disse a eles.

Começou a se levantar, mas o segundo homem apontou a arma e mandou:

— Esses bichos são burros demais pra reconhecer alguém. Vai atrás de quem bater mais forte. Se derem trabalho, a gente mete um tronco neles. Agora fica quietinho. Tenta alguma coisa e... — Ele fez uma pausa, depois acrescentou: — Talvez seja bom pensar nas suas crianças.

Boots se encolheu do meu lado, tentando parecer menor. Eu passei o braço em volta dele e o puxei pra perto, pensando no que poderíamos fazer e me perguntando onde estava Corny. Então, me veio um pensamento horrível: e se Corny fosse um deles? E se ele tivesse armado tudo pra nos assaltarem? Afinal, os dois apareceram no acampamento justo quando Corny saiu. Vai ver ele se encontrou com eles na mata e botou os homens atrás da gente.

— Vai pegar os animais — disse o homem menor.

— Eu? Vai você — respondeu Dan.

— E deixar você cuidando desse povo? Esqueceu do que aconteceu da última vez?

— Ah, me poupe. Aquilo não foi culpa minha.

— Eu disse pra ir pegar os animais. Faça o que eu mando.

Dan suspirou, mas então se levantou e seguiu na direção da mata onde os animais estavam pastando. Parou de repente.

— Talvez o garoto aí possa me ajudar. Não quero levar coice de mula. — Apontou a arma pra mim.

Olhei suplicante para Jake, mas não havia nada que ele pudesse fazer.

— Levanta, moleque — disse Dan. — Se fizer alguma gracinha, o Lige ali vai atirar na sua mãe.

— Agora quem é que tá dando nome? — respondeu Lige. — Bom, tanto faz. — Ele pensou por um instante. — Me dá sua arma. Você não vai querer que o menino te ataque.

Dan deu de ombros e entregou a arma ao parceiro.

Quando a gente começou a se afastar na direção dos animais, Lige gritou:

— Lembra, garoto, se tentar alguma coisa, eu atiro na sua mãe.

— Ouviu isso? — perguntou Dan.

Eu disse que sim, senhor.

— Agora trate de pegar aquelas mulas pra mim.

Achei melhor começarmos pelos animais que tinham se afastado mais do acampamento. Isso me daria tempo de bolar um plano. Talvez eu conseguisse convencer Dan a esquecer essa história de roubo. Claro. E, quem sabe, eu conseguisse convencer o Mississippi a correr para o norte.

— Vamos pegar o Big Blue primeiro. Se conseguirmos atrelá-lo, o resto vai ser mais fácil.

— Nunca conheci um burro que fosse fácil.

— O Big Blue é bonzinho — falei, pensando se eu conseguiria fazer com que ele arrancasse a cabeça do Dan numa mordida. Mas mesmo que conseguisse, Lige ainda estava lá no acampamento com duas armas apontadas para Jake, Teresa e Boots.

Fomos pela mata na direção de onde tínhamos amarrado o Big Blue e o Velho Samuel. Não era longe do acampamento. Eu ainda conseguia ver o brilho da fogueira.

— Ali estão eles — falei, apontando.

Dan me encarou e, de repente, disse:

— Você não é um menino, é? Sempre gostei de mocinhas.

Entendi muito bem o que ele quis dizer, mas antes que eu pudesse correr, ele agarrou meu braço e me puxou para perto. Quando tentei me soltar, ele rasgou minha camisa. Segurava meu braço com tanta força que doía e me olhou com um sorriso nojento, passando a língua pelos lábios.

— Ora, ora — disse ele.

Mas então parou.

— Você ouviu isso?

— Talvez um puma.

— Não tem puma nessas matas.

— Tem urso.

— É... — Ele riu e começou a me puxar mais.

De repente, algo acertou a cabeça dele com força e ele soltou um “Uhhh” bem alto. Depois caiu no chão e ficou imóvel. Lige deve ter ouvido o barulho, porque gritou:

— O que tá acontecendo aí? Tudo certo, Dan? Cadê esses bichos?

— Maldita mula! — gritou uma voz que soava quase como a do Dan. Foi quando levantei os olhos e vi Corny me encarando com um sorriso e a bengala nas mãos. Ele limpava o topo com um lenço, parecia sangue.

— Você está bem? — sussurrou Corny.

Desviei o olhar, envergonhada por ele saber o que Dan estava prestes a fazer comigo. Depois sussurrei de volta:

— Esse homem tá morto.

— E já vai tarde. Peço desculpas por não tê-lo acertado antes. — Ele me observou com atenção, depois disse: — Acho que devemos manter os detalhes só entre nós dois, Haidie.

Corny se abaixou sobre Dan e apalpou o pulso.

— Ainda não morreu, mas a vida tá escapando.

Ergueu a bengala outra vez e estava prestes a esmagar a cabeça de Dan quando agarrei a ponta e disse:

— Não, Corny. Isso seria assassinato.

Corny ponderou.

— Posso fazer isso depois. Agora, me conte o que aconteceu. Eu estava voltando para o acampamento quando vi os dois facínoras. Soube na hora que não prestavam.

Contei tudo a ele.

— O problema é que o Lige tá com duas armas e a gente não tem nenhuma.

— Um problema fácil de resolver. Agora, jovem senhor, corra de volta para o acampamento e diga ao salteador que o parceiro dele está em estado precário. Talvez ele não acredite de imediato, mas seus sentidos vão se embotar enquanto pensa no que fazer. Isso vai me permitir me posicionar por trás dele.

Corny até podia ter conseguido esmagar o crânio de Dan no escuro, mas era pouco provável que conseguisse se aproximar de Lige sem ser visto. Ainda assim, valia a tentativa. Eu não conseguia pensar em plano melhor. Era quase certo que Lige acabaria atirando em um de nós, mas se Corny conseguisse derrubá-lo, Jake talvez conseguisse alcançar uma das armas.

Esperei tempo suficiente para Corny dar a volta e se posicionar do outro lado da fogueira. Então soltei um grito e corri de volta para o acampamento.

— Aquele homem tá machucado! O Big Blue deu um coice nele e ele tá caído no chão! — ofeguei.

— O quê? — Lige se levantou e mandou eu me juntar aos outros. Ele não era nenhum idiota. — O que você fez com ele, moleque? Devíamos era ter matado vocês todos antes de ir pegar os animais. Acho que agora vou ter que fazer isso. Você primeiro, grandão. — Lige apontou a arma para Jake.

— Senhor! — Não consegui ver Corny, mas ouvi sua voz alta e clara.

Lige se virou de uma vez — e nesse instante, um tiro ecoou.

Jake? Corny?, pensei. *Qual dos dois tinha sido atingido?*

Mas foi Lige quem caiu no chão, largando as armas e agarrando o peito. Jake se abaixou num pulo e pegou as armas, bem quando Corny surgiu na luz da fogueira, com uma pistola de tambor na mão.

— Por que esperou? Por que não atirou logo? E se tivesse errado? — perguntei.

— Eu não teria errado, senhor. Já conheceu algum jogador que não fosse bom de pontaria? Nossa vida depende disso. Pode apostar. Eu o chamei em voz alta porque um cavalheiro não atira pelas costas.

Jake se inclinou sobre Lige, encostando o ouvido na boca dele.

— Está morto. E o outro?

— A caminho da perdição quando o deixamos. Recomendo que o amarremos, não vai ressuscitar.

— Como conseguiu pegá-lo?

— Com minha bengala. Veja, o pomo não é de ouro, mas de ferro fundido com revestimento dourado.

Jake balançou a cabeça diante daquilo, depois perguntou:

— Aquele sujeito tinha deixado a arma com o parceiro. De onde veio essa pistola?

Corny abriu um sorriso.

— O senhor disse que nunca conheceu um jogador que não andasse com uma segunda arma. Pois bem, eu nunca conheci um que não andasse com uma terceira. Chamo este revólver de "meu mascote". Estava no meu chapéu, senhor. No meu chapéu.

Capítulo Quatro

Dan ainda estava respirando quando o encontramos na mata onde Corny tinha lhe acertado a cabeça. Estava bem machucado, embora Jake dissesse que ele viveria. Carregamos Dan de volta para o acampamento e, pela manhã, ele já começara a gemer e se mexer. Estávamos tomando café quando ele abriu os olhos. No começo ficou confuso, mas logo nos reconheceu tentando se levantar e teria conseguido se Jake já não o tivesse amarrado à roda de uma carroça.

— Onde está o Lige? — perguntou.

Jake apontou para o chão.

— Já foi. E digo mais: o inferno ainda seria pouco pra ele.

— Ora, vocês são mais baixos que barriga de cobra — disse Dan. — Mataram ele e me atacaram de surpresa.

— Não fomos nós — falei —, foi o Corny. — Apontei para Cornelius Vander, que estava sentado num tronco e parecia menor que um menino.

— Um sujeito mirrado desses não poderia me derrubar — insistiu Dan.

— Então você é mais mirrado ainda — disse Teresa. — E mais covarde também.

— Bom, agora vocês me pegaram de surpresa. Imagino que já pegaram a minha arma também. Podem deixá-la na beira da estrada quando forem embora. Eu a encontro lá.

— Que nada! — disse Jake. — Nem pensar!

— Quase me mataram, mas não conto pra ninguém, se me deixarem quieto. Meia morte é coisa séria, pode até dar enforcamento.

— Não quando foi você quem tentou matar a gente primeiro. Talvez devêssemos ter feito com você a mesma coisa — debochou Jake. — Além disso, se a gente te solta, você logo assalta o próximo carroceiro que passar. E olhe lá, se a gente te solta, talvez até se adiante e tente nos emboscar de novo antes de chegarmos a Omaha.

— Eu nem tenho cavalo.

— Isso é verdade. Encontramos ele amarrado na mata, junto com o cavalo do seu parceiro. Acho que agora alguns de nós vão montar até Omaha. Mas não vai ser você.

Dan viu que não ia conseguir se safar no papo, então começou a se queixar.

— Eu não fiz nada com vocês. Eu e o Lige só estávamos brincando.

— A moça não viu assim — disse Jake.

Jake lançou um olhar para Teresa, que mexia uma panela sobre o fogo, mas eu tinha certeza de que, pelo jeito como ele me olhou, Dan estava falando de mim.

— Nunca machuquei ninguém — disse Dan.

— Você não veio ao nosso acampamento para bater papo. Veio pra matar a gente.

Jake mexeu seu mingau com a colher — mingau com umas ervas que o Corny tinha catado — e começou a comer.

— Quer dar um pouco pra ele, Haidie? — perguntou. Eu estava ajudando Teresa a servir o café da manhã.

Dan sorriu pra mim, e foi um erro, porque tinha só meia boca de dentes manchados de fumo, e aquele sorriso me deu um calafrio.

Entreguei o prato para o Jake.

— Pode dar pra ele, se quiser, Jake. Por mim, que morra de fome.

Jake franziu a testa pra mim, depois olhou para o Corny, que balançou a cabeça, e eu soube que Jake tinha percebido que algo tinha acontecido entre mim e Dan lá na mata. Ele colocou a panela na frente de Dan.

— Toma, come aí, que a gente já vai partir.

— E como é que eu vou comer amarrado desse jeito? Solta minhas mãos.

Lancei um olhar assustado para Jake e ele respondeu:

— Vai ter que se virar. Come direto da panela ou não come. Dá no mesmo pra mim, por Deus, mas acho que você vai achar as iguarias da sra. Richards bem melhores do que o que vão te servir na cadeia.

— Cadeia? — Dan parou com a cabeça a meio caminho da panela e olhou pra acima.

Corny soltou uma gargalhada alta.

— O senhor acha mesmo que vamos desatar suas amarras para que possa se dedicar a rapinas e pilhagens? De forma alguma. Temos a intenção de vê-lo encarcerado. Pode apostar.

Essas palavras deixaram Dan tão furioso que ele se atirou pra frente, puxando as cordas, mas Jake o tinha amarrado direitinho. Tige se levantou, rosnando e mostrando os dentes, e Corny agarrou seu bastão e o ergueu.

— Quieto aí. O senhor quer outra surra? Seria um prazer te dar outra.

Corny estava mesmo cheio de energia naquela manhã, mas quem tinha feito o que ele fez certamente tinha direito de estar assim.

Dan desistiu, abaixou-se e começou a devorar a comida direto da panela, lambuzando a barba com mingau de milho. Estava tão engraçado que Boots deu risada. Quando terminou, tentou limpar a barba na camisa, depois lançou um olhar raivoso para Corny.

— Você não pegou o Lige sozinho.

— Claro que não. O rapaz ali criou uma distração — disse ele, virando-se para mim. — Você é um jovem elegante, meu caro. Eu não teria conseguido atirar no salteador sem você e sua atitude corajosa. Acredito que deverá receber parte da recompensa.

Naquele momento, tive certeza de que Corny sabia que eu era uma menina — e que não queria me denunciar.

— Recompensa? — perguntei.

— Sem dúvida haverá uma recompensa.

Olhei para Jake, que assentiu com a cabeça.

— Imagino que o xerife vai ficar muito satisfeito em descobrir quem tem assaltado os carroceiros pela trilha. Provavelmente esse sujeito aí vai acabar na forca, já que o parceiro dele foi morto.

— Mas não fui eu quem matou — protestou Dan.

— Uma mera formalidade. Seu parceiro foi morto durante a execução de um crime. Isso faz de você culpado — garantiu Corny. — Sim, será prisão ou enforcamento.

— Um é o inferno. O outro é danação — disse Jake.

— Vocês me deixariam ser enforcado? — perguntou Dan.

— Não dou a mínima se for — disse Jake. — Nem por um rato morto.

O rosto de Dan ficou branco como cal, e ele voltou a se lamentar e implorar, jurando até pelo nome da mãe que ia deixar de vez os maus caminhos. Continuou com isso o caminho todo até o rio Missouri. Mas não nos enganou.

No fim daquele dia, quando chegamos a Council Bluffs, do outro lado do rio, frente a Omaha, Corny montado no cavalo de Dan e eu no de Lige, pedimos informações até o gabinete do xerife. Quando chegamos lá, Jake deixou Tige de guarda com Dan, que estava amarrado em cima da carroça de carga, e entrou para contar ao xerife como os dois homens tinham tentado nos assaltar, como teriam nos matado se não fosse por Corny.

Ele voltou e os dois descarregaram o corpo de Lige, que estava enrolado num cobertor no alto da carroça. O xerife puxou Dan para fora do vagão, onde Jake o tinha amarrado, e o empurrou direto para dentro da cadeia com um chute. Dan protestou, mas o xerife disse:

— Tem uns carroceiros por aqui que gostariam de pôr as mãos em você. Quando descobrirem quem é, vão armar uma festa de laço. Imagino que saiba o que isso quer dizer.

Jake nos contou que Corny provavelmente ganharia uma medalha por ter matado Lige e capturado Dan. Havia uma recompensa de trezentos dólares pelos fora-da-lei e o xerife entregaria o valor a Corny no dia seguinte.

— Por direito, é dele — disse Jake.

— Ele merece. Estaríamos mortos se não fosse por ele — disse Teresa. — O senhor é um homem corajoso, sr. Vander. Poderia ter ido embora, mas voltou e nos salvou.

Corny abaixou a cabeça. Podia se gabar de si mesmo, mas não gostava que os outros fizessem isso.

— Vamos dividir entre quatro — disse ele, e então olhou para Boots e se corrigiu: — Cinco.

— Por que faria isso, Corny? — perguntei.

— Porque é o certo.

Ele desviou o olhar, como se não quisesse continuar falando sobre o assunto.

— Ora, isso dá mais de vinte e cinco dólares pra cada um — disse Teresa.

— Sessenta, pra ser exata — falei.

— Sessenta dólares! Nunca tive tanto dinheiro. — Ela se virou pra mim. — Posso te devolver sua moeda de ouro.

— Foi o preço da viagem, e bem pago — respondi.

— Não, pode ficar. Eu só ia gastar com chapéus. Não sou muito boa com dinheiro. Ele escapa de mim.

— Melhor arrumar alguém pra cuidar de você — falei.

Fui até Jake, que estava apertando a corda por cima da lona, e perguntei por que Corny dividiria a recompensa. Afinal, ele estava sem dinheiro, e trezentos dólares lhe dariam um bom recomeço.

— Vejo que você não entende muito dos homens do jogo — respondeu ele. — Podem te enganar até ficar sem nada, mas são os sujeitos mais generosos que já conheci. Dividiriam até a última batata. E nem fazem alarde quando ajudam alguém. Ora, um jogador tem mais chance de ficar na miséria por dar dinheiro aos outros do que por perder numa partida.

Eu sabia que ele nunca tinha conhecido o Cheet.

Na manhã seguinte, atravessamos o rio até Omaha, cada um de nós com sessenta dólares extras no bolso. Eu e Corny também estávamos montados. Depois que descobriu que nenhum dos dois tinha cavalo próprio, o xerife disse que achava justo os animais fazerem parte da recompensa. Assim, quando chegamos ao lado de Nebraska do rio, Jake e Teresa seguiram para Omaha na carroça, Corny montado na Lady Luck, e eu e Boots no Outlaw. Não tínhamos perguntado ao Dan como os cavalos se chamavam, então nós mesmos os batizamos. Estávamos um brinco. Outlaw era preto, com duas estrelas brancas na testa. O xerife ainda me deu a sela, enfeitada com estrelas de prata.

Corny olhou em volta até descobrir onde ficavam os *saloons* e anunciou que seguiria seu caminho.

— Não gosto de me separar de uma companhia tão distinta, mas as cartas me chamam — disse ele.

Tirou o chapéu, fez uma reverência e beijou a mão de Teresa. Apertou a mão de Jake e disse que talvez tivesse morrido lá em Iowa, se Jake não o tivesse acolhido.

— Não esquecerei tamanha gentileza — falou.

Chegou a apertar a pata de Tige e declarou:

— Você é um príncipe de animal.

Por fim, veio até mim e Boots, que estávamos sentados no Outlaw.

— Você é um menino corajoso — disse a Boots. — Diante da adversidade, agiu como um homem. Vai longe.

Boots talvez não tenha entendido todas as palavras, mas se remexeu de orgulho.

Então, Corny pegou minha mão.

— O senhor é um jovem nobre, meu caro.

Puxou o bigode, que acabara de encerar e brilhava como vela preta, e me lançou uma piscadela.

— Você também se portou como um homem.

Corny tocou o diamante que usava no peito. Enquanto nós montávamos acampamento na noite anterior, ele tinha encontrado uma loja de secos e molhados e comprado uma camisa branca. Mandara escovar o paletó e as calças, vaporizar o chapéu e engraxar as botas — e estava novamente com cara de dândi. O diamante faiscava como fogo contra a camisa, branca como a lua. Corny tirou o alfinete e limpou a pedra no colete florido.

— Acredito que, um dia, o senhor possa usar isto em minha memória — disse. Abriu meu casaco e prendeu o alfinete no bolso de dentro.

Constrangido com o gesto, Corny deu um passo atrás e pigarreou.

— Desejo sucesso na busca por seu pai. Se algum dia eu puder ser útil, ou se mudar de ideia sobre unir forças em termos de negócios, basta entrar em qualquer casa de jogos e perguntar pelo paradeiro de Cornelius Vander.

Ao montar a Lady Luck, Corny tocou o fundo falso de seu chapéu e o colocou na cabeça. Então se voltou para Jake.

— Lembre-se, senhor: três armas.

Depois me disse:

— Se a sorte me faltar em Omaha, talvez eu venha a encontrá-la — e a você — no Colorado.

Ficamos ali parados enquanto Corny se afastava a cavalo. Ele não olhou para trás, mesmo assim ficamos observando, até que sumiu no meio de uma fileira de carroças de carga e cobertas de pradaria.

— O que vai acontecer com ele? — perguntei.

— Ah, ele vai se virar bem por um tempo, talvez por muito tempo até. Mas um dia, vai acabar levando um tiro por causa de um jogo de pôquer ou vai ter uma maré de azar e terminar na sarjeta. Quando o jogo crava as garras em você, nunca mais solta. É um negócio traiçoeiro.

Jake estalou os arreios no lombo dos animais, e eu e Boots o seguimos até um entreposto de cargas. Sentamos do lado de fora com Teresa enquanto ele vendia a mercadoria.

— E você, o que vai fazer? — perguntei.

Tinha me ocorrido que Outlaw não podia levar nós três até Denver e que teríamos de comprar outro cavalo se Teresa viesse conosco. Isso nos custaria boa parte do dinheiro.

— Jake disse que não se importaria se eu voltasse com ele até o Mississippi.

— Casada?

— Ele não falou nada disso.

— E se você encontrar o Billy de novo?

— Ora, a gente nem pensou em voltar pra Fort Madison. Talvez a gente vá pro sul, até Keokuk, ou talvez até mais ao norte, pra Galena. Jake diz que o frete está rendendo muito agora, com todas essas minas de ouro no Território do Colorado. Vai ver a gente ainda se encontra por lá um dia. Você acha que eu devia ir com ele, Haidie?

— Eu gosto dele.

— Ah, não tem nada nele que não seja gostável. Mas não é essa a questão. Eu perguntei se devo ir.

Eu queria que ela fosse, mas respondi apenas:

— Você é quem tem que decidir isso.

Teresa assentiu.

— Se não der certo, posso sempre seguir até Denver e encontrar vocês por lá. Imagino que até lá você já esteja morando numa bela mansão.

— É, pode ser.

— Você acha que vai ficar em Denver mesmo? — perguntou ela.

Dei de ombros.

— A gente vai ficar com papai, onde quer que ele esteja.

— E você acha que vai encontrar ele?

— Claro — respondi, tentando parecer segura. — Ele escreveu pra gente dizendo que estava em Georgetown, a oeste de Denver, mas pode ser que tenha se mudado.

— E se ele tiver morrido? — perguntou Teresa.

Boots, que estava desenhando na terra com um graveto, ouviu a pergunta e levantou os olhos pra mim. Se eu tivesse parado pra pensar, saberia que havia uma boa chance de papai estar no céu, mas eu não deixava minha cabeça ir por esse caminho. Ele não podia estar morto. Alguém teria escrito pra gente, não teria?

— Você acha que ele morreu, Haidie? — sussurrou Boots.

— Acho que não. Papai não faria isso com a gente.

Mas todos sabíamos que, talvez, papai não tivesse tido escolha alguma.

— Ele vai ficar tão feliz em ver a gente, vai nos abraçar forte e dizer que crescemos tanto que ele nem teria reconhecido.

— Você acha mesmo?

— Acho.

Mas meu coração pesava, com medo de que aquela fosse a pior mentira da minha vida.

Naquela noite, Jake nos levou a um restaurante e nos ofereceu um jantar daqueles, com carne e batatas e purê de maçã, feijão com bacon e pão, e pudim e três tipos de torta de sobremesa. Eu e Boots nunca tínhamos comido num restaurante antes, muito menos em um com toalha de mesa e faca, garfo e colher para cada um. Queria que os órfãos pudessem nos ver agora, levando uma vida de luxo.

Jake disse que pagaria um hotel pra nós: ele e Teresa num quarto, eu e Boots em outro. Teresa topou na hora, mas eu já tinha me acostumado a dormir no chão e disse que eu e Boots voltaríamos pra carroça com o Tige, pra tomar conta das coisas. Não queria ficar mais em dívida do que já estava.

Boots não gostou da ideia.

— Eu podia dormir com o Jake e a Teresa — disse ele, mas eu falei que alguém precisava fazer companhia pra mim, no caso de Dan escapar e sair à procura de uma carroça pra roubar.

— Não estranhem se a gente não aparecer ao nascer do sol. Tô moída de cansada — disse Teresa, quando eu e Boots fomos nos enrolar nos cobertores.

Ela estava certa quanto a isso, porque Jake e Teresa só apareceram de volta à carroça na manhã seguinte, quando o sol já ia alto e Teresa com uma cara mais envergonhada. Devia ter sido incorrigível a noite inteira: o seu semblante parecia mesmo de alguém que não descansou muito.

Os dois não pareciam com pressa nenhuma de voltar para Iowa, mas eu estava ansiosa para partir rumo ao Colorado e perguntei a Jake onde poderíamos conseguir uma carona. Ele levou Boots e eu até perto do rio, onde o pessoal estava carregando carroções Conestoga. Havia catorze deles, as coberturas dos vagões tão brancas ao sol quanto a camisa do Corny. Outra caravana de carroças estava partindo e ficamos observando enquanto elas se espalhavam pela estrada como um colar de contas de pérola.

— Quem é o mestre da caravana? — perguntou Jake e alguém apontou um homem que estava levantando uma mesa para dentro de um vagão. Jake fez sinal para seguirmos, e eu e Boots fomos atrás. Deixamos que ele falasse por nós.

— Precisa de ajuda aí? — perguntou Jake. Antes que o homem respondesse, Jake já tinha levantado a parte de trás da mesa e os dois empurraram ela para dentro do vagão. Depois ajudou o homem a carregar uma cadeira de balanço, um lavatório e dois barris.

— Cuidado com isso aí. A porcelana da minha esposa tá misturada com a farinha. Ela não vai gostar nada se os pratos quebrarem antes mesmo da gente sair — disse o homem.

— Indo pro Território do Colorado? — perguntou Jake.

— Denver.

— Tenho aqui dois meninos que são trabalhadores de primeira. Estão indo pro Colorado atrás do pai deles.

— Já tenho meninos. Três, na verdade.

— Não parece que ajudam muito — disse Jake, olhando para os meninos que brincavam ali por perto.

— Vão ajudar quando sentirem fome — respondeu o homem, assentindo em direção a duas mulheres que lavavam louça numa bacia ao lado de um vagão. — Talvez queira falar com elas. Também estão indo para o Colorado e não têm homem para ajudar.

Jake agradeceu e foi até uma das mulheres, tirando o chapéu.

— Bom dia, senhora.

Ela ergueu os olhos e perguntou:

— E o que é que tem de bom?

Jake pensou um pouco e disse:

— Por um lado, o sol nasceu esta manhã.

Ela não respondeu. Então, Jake falou:

— Tenho aqui dois meninos que gostariam de trabalhar a caminho de Denver.

— Por acaso parecemos precisar de ajuda? — perguntou ela.

— Eles trabalham por comida.

— Eu e minha irmã damos conta sozinhas, obrigada — disse ela, voltando-se para a outra solteirona. — Por que será que os homens acham que não conseguimos fazer essa viagem sem a ajuda deles? Antes de chegarmos a Denver, vamos mostrar que somos tão capazes quanto qualquer um.

— Esse é o nosso propósito, senhor — disse a outra mulher. — Poderíamos ter ido de diligência, mas como minha irmã diz, estamos determinadas a provar que somos tão capazes quanto os homens.

— Talvez até mais — disse a irmã. — Vai ser uma aventura para nós.

— Aventura! — zombou Jake.

Depois disso, ele foi de vagão em vagão, perguntando se alguém aceitaria levar eu e Boots com eles. Os homens nos analisavam, mas acho que nos achavam pequenos demais. E, embora as mulheres nos olhassem com gentileza, dava para ver que todas já tinham um bando de crianças pra cuidar e não queriam mais peso. Ninguém parecia acreditar que a gente aguentaria um dia inteiro de trabalho.

— E aquele ali? — perguntei, apontando para um homem sozinho que estava atrelando uma junta de bois ao vagão.

Jake avaliou o sujeito, depois me olhou.

— Você não quer ir com ele.

— Parece que ele bem que precisa de ajuda.

— Pode ser, mas eu não confio nele.

— Você também não confiava no Corny e ele salvou nossas vidas — disse Boots.

Jake balançou a cabeça. Depois se agachou ao meu lado e pegou minha mão.

— Tem coisas sobre os homens que você não sabe, Haidie. Se ele descobrir que você é uma menina, vai dar problema. Pode dar problema até se ele não descobrir.

Ele me estudou por um instante, depois disse:

— Bem, talvez você saiba, sim.

Eu estava preocupada. O que faríamos se nunca encontrássemos um carroção que nos levasse? Eu e Boots não poderíamos simplesmente atravessar a pradaria sozinhos. Poderíamos dar de cara com índios, ou nos perder, ou um de nós quebrar a perna. E aí, o que seria de nós?

Enquanto eu estava ali matutando, um homem apareceu. Vestia uma camisa de couro e calças grossas com pedaços de camurça costurados no assento e usava uma barba longa que lhe descia até o peito. Ele se aproximou de Jake e perguntou:

— Vai fazer a travessia, peregrino?

Ele examinou os carroções, com toda a mobília, baús, caixas e barris de mantimentos alinhados ao lado.

— Vamos acabar partindo daqui a mil anos, se esse povo não se apressar.

Sua risada era animada.

Jake também riu.

— Não, eu não vou, mas esses meninos aqui querem ir.

— Estamos procurando nosso pai — acrescentei.

— Já conheci muita gente indo pro Colorado, mas ninguém procurando o velho — disse ele. — Todo mundo quer achar ouro. Quer juntar pepita e levar pra casa de carrinho de mão.

Ele estreitou os olhos.

— E por que o pai de vocês não veio buscar vocês?

— Ele não sabe que a gente tá vindo — disse Boots.

— Nossa mãe morreu e nosso irmão nos colocou num orfanato — expliquei. — Mas eu e Boots fugimos pra poder encontrar o papai.

O homem assentiu.

— Conhece alguém que os leve? — perguntou Jake. — Vieram comigo e meus animais até Omaha, mas agora tenho que voltar — respondeu o homem. — São trabalhadores de primeira e mais bondosos que qualquer menino que eu já vi. O Haidie aqui entende uma coisa ou outra sobre burros e mulas.

— Nunca gostei desses bichos — disse o homem. Pensou por um momento. — Algum de vocês sabe cozinhar, peregrinos?

— O Haidie sabe — disse Boots e eu tapei a boca dele com a mão antes que ele soltasse que eu era uma menina.

— Pão de milho e feijão, no fogo do acampamento?

— Sim, senhor — respondi. — E biscoitos também.

O homem se voltou para Jake.

— São seus parentes?

— Nunca tinha visto antes de me pedirem uma carona lá em Fort Madison, mas dou minha garantia por eles.

— Esse cavalo é seu? — perguntou o homem, olhando pra mim.

— Agora é.

— Foi dado a ele pelo xerife de Council Bluffs, porque ajudou a capturar os homens que estavam roubando carroções de carga. Vieram me assaltar, mas ele ajudou a dar cabo deles. Um morreu. O outro, pelo jeito, vai pra forca — explicou Jake.

— Ouvi falar disso. Era uma gente perigosa — disse o homem, coçando a barba, enquanto eu encarava as franjas da camisa dele. Ele notou meu olhar e disse:

— Essas franjas não estão aí só por enfeite. Servem pra espantar as moscas.

Ele avaliou de novo eu e Boots.

— Fui contratado como batedor pra essa companhia murcha. Tava pensando em pegar um menino de algum desses vagões pra me ajudar, mas se vocês toparem conduzir o carroção enquanto eu vou à frente guiando a caravana, serve.

Jake me olhou e eu assenti.

— Não vai se arrepender. Se eu tivesse filhos, queria que fossem como esses dois.

Jake estava exagerando um pouco, mas eu não me importei.

— Acho que eles me protegem, se a gente topar com algum salteador. Quais são seus nomes?

— Eu sou Haidie e ele é Boots — respondi.

— Ben Bondurant — disse ele, estendendo a mão, não para Jake, mas para mim. — Vou providenciar ração pro seu cavalo também. Esse cachorro feio vem junto?

Jake balançou a cabeça.

— É meu.

O sr. Bondurant não pareceu se importar.

— Já tem cachorro demais por aí. — E disse a Boots: — Você tem permissão pra chutar qualquer cão que latir pra gente.

Tínhamos nos despedido de Teresa naquela manhã e levado nossos rolos de cama, botas e roupas extras, com as cartas de papai embrulhadas no meio, no caso de nos juntarmos a uma caravana naquele mesmo dia. Jake entregou tudo ao sr. Bondurant, que guardou no carroção.

— Cuide bem deles, sr. Bondurant, ou vai ter notícia minha.

O sr. Bondurant assentiu.

— Se fizerem a parte deles, não têm com o que se preocupar.

Jake apertou a mão do sr. Bondurant, depois a de Boots. Mas me abraçou.

— Você é uma menina e tanto — sussurrou. — Quem sabe a gente ainda se encontre um dia. Mas se eu não te vir mais, a gente se vê no céu.

Foi se afastando, parando de vez em quando para acenar, até que não pudemos mais vê-lo.

Partimos naquela tarde e percorremos apenas três milhas. O pessoal ao redor resmungava que não tínhamos ido mais longe, dizendo que, se era pra isso, era melhor termos ficado onde estávamos e saído só na manhã seguinte. Mas o sr. Bondurant resmungou que, se esperássemos até de manhã, o povo ia acabar descarregando os carroções naquela noite, depois perderia meio-dia para carregar tudo de novo, e só partiríamos à tarde.

— Melhor começar, qualquer começo que seja, ou vamos ficar aqui por três ou quatro anos.

Mesmo nesse trecho curto, aprendi uma coisa ou duas sobre bois. São mais lentos que melaço. Um burro ou mula percorre mais chão em um dia do que um boi em dois, três, até quatro. Você anda mais rápido do que um boi e é por isso que a maioria das pessoas atravessa as planícies a pé, andando ao lado da junta, em vez de ficar sentada no banco duro do carroção. Noé, na Bíblia, teria se afogado se tivesse que esperar um par de bois subir na arca.

Um burro ou uma mula são tão espertos quanto um ser humano, comparados a um boi, que é o bicho mais tapado que Deus já criou. Burros e mulas ficam bravos se você bater neles, e até tentam te morder se conseguirem. Mas o boi só fica ali parado, esperando outro golpe. No entanto, bois são mais fortes que Sansão. Burros e mulas são melhores companhias, mas um boi é o melhor animal para puxar um carroção Conestoga.

O sr. Bondurant escolheu um bom lugar para nós três acamparmos, não muito longe de um riacho. O mestre da caravana disse que deveríamos formar um círculo com os carroções, do jeito que ouvira dizer que outros viajantes das planícies faziam, caso fôssemos atacados por índios. As duas mulheres que tinham nos recusado se olharam e sorriram. Acho que os índios faziam parte da aventura que elas estavam procurando.

— Senhor, ainda conseguimos ver as luzes de Omaha — trovejou o sr. Bondurant. — Corremos mais risco de sermos escalpelados pelos jogadores, rameiras e malfeitores da cidade do que por índios. Melhor não assustar as damas tão cedo.

O homem começou a retrucar, mas ao ver o olhar que o sr. Bondurant lhe lançou, ficou calado.

— Me juntei a uma carroça cheia de tolos. Já desconfiava, mas agora tenho certeza — disse o sr. Bondurant, observando o homem se afastar. — Vamos cuidar dos animais antes que algum desses peregrinos confunda um boi com um búfalo.

Ele e Boots foram dar água aos bois e cavalos, enquanto eu começava o preparo da janta. Ainda não era muito boa em acender fogueira de acampamento. O homem de quem Jake tinha me alertado se aproximou para ajudar.

— Deixa comigo, garoto. Do jeito que você faz fogo, não vai comer antes do amanhecer.

Respondi que preferia fazer sozinha, mas ele tentou me empurrar para o lado.

— Senhor! — falei, desejando que minha voz não fosse tão aguda.

Ele parou e ficou me olhando.

— Talvez eu traga minha comida pra cá e coma com vocês. Não tem por que fazer duas fogueiras se uma só resolve.

Não era meu lugar dizer não. Vai que ele era amigo do sr. Bondurant. Apenas resmunguei e disse que ele teria que perguntar ao sr. Bondurant quando ele voltasse.

— Me chamam de Patrick Fitzgerald — disse ele, cuspindo um jorro de fumo bem no meio das achas.

Assenti com a cabeça.

— E você não tem nome?

— Haidie Richards.

— Nunca ouvi esse nome antes.

Não respondi, só fui ajeitando capim seco por cima da lenha.

— Eu disse que nunca ouvi esse nome antes.

— Não, senhor.

— Você fala pouco, hein?

— Tô tentando fazer fogo.

— Pois não precisava, se tivesse me deixado ajudar, né? — Quando continuei em silêncio, ele completou: — É, você não é mesmo de muita prosa.

Eu queria que ele fosse embora, mas o sr. Fitzgerald se sentou na terra e tirou o chapéu, que estava engordurado e gasto — como o resto das roupas. Em vez de usar suspensórios ou cinto, ele segurava as calças com um pedaço de corda. Uma das pernas estava enfiada por dentro da bota, a outra tinha escapado e arrastava no chão. Botas com esporas pesadas tilintavam quando ele andava. Lancei um olhar rápido para o rosto dele e não gostei do que vi. Era um homem magro, de cabelo preto e ralo, combinando com o bigode — ambos ensebados —, e tinha um ar sovina e ruim.

Ele me encarou com olhos pretos e duros e perguntou:

— Tá olhando o quê, menino?

— Nada, sr. Fitzgerald.

— Pode me chamar de Pat, já que seremos amigos, né?

Levantei e fui até o carroção buscar um fósforo, acendi e levei até o capim seco. O capim pegou fogo, mas bem quando achei que a lenha ia pegar também, veio uma brisa e apagou a chama.

— Deixa que eu faço isso, menino — disse Pat, tirando um isqueiro de pederneira do bolso. Com algumas tentativas, conseguiu uma faísca. O capim seco pegou, depois a lenha fina, e por fim os galhos maiores.

— Sempre gostei de uma boa fogueira — disse ele com a voz áspera, os olhos brilhando.

— Ele tem uns cavalos bons, não tem? — Quando não respondi, acrescentou: — O Bondurant, quero dizer.

— Parece que sim.

— Talvez eu pudesse tirar um da mão dele. Reuben ali não anda muito bem — disse ele, apontando para um cavalo que antes estava amarrado na traseira do carroção, mas agora estava com as patas presas.

— Você não sabe se o Bondurant quer vender um cavalo, sabe? — falou num tom despreocupado, como se não fizesse muita questão, enquanto tirava do bolso um relógio de ouro vistoso e o abria com um clique. Eu apostaria uma das minhas moedas de ouro que aquele nome gravado na tampa não era o dele. — Tava pensando naquele cavalo preto.

— Esse é o Outlaw. É o meu cavalo — falei. — Não está à venda. Nunca.

— Não precisa ser o seu. Que tal um dos do Bondurant?

Balancei a cabeça.

— Tenho que começar o jantar.

Esperava que ele entendesse a indireta e fosse embora, mas Pat se acomodou ali mesmo. Tirou um pedaço de fumo em corda e me ofereceu. Só de imaginar dar uma mordida naquilo já me deu ânsia, e murmurei um “não, obrigado”.

— Ainda não pegou o hábito, né, menino?

— Não, senhor.

— Posso te ensinar a mascar. Aprendi a cheirar rapé quando tinha a metade da sua idade — disse ele, inclinando-se na minha direção. Senti o cheiro dele, mais forte que raiz-forte.

— Ouvi dizer que você e seu irmão tão indo pro oeste atrás do pai de vocês.

Eu me afastei um pouco e comecei a medir a farinha de milho e a água, misturei e coloquei tudo numa frigideira, depois pus sobre a fogueira, que já tinha abaixado um pouco.

— Muita gente desaparece por lá nos campos de ouro. Morre de febre ou pneumonia, cai num poço de mina ou é esmagado num acidente de moinho. Conheço um homem que levou um tiro sentado na cabana lendo a Bíblia. Vocês deviam saber o que acontece com os homens por aqui, no caso de não encontrarem ele. Vai poupar sofrimento.

— A gente sabe onde ele está.

— É, bom, os homens vivem mudando de lugar. Vai ver o velho de vocês não quer ser encontrado. Já pensou nisso? Vai ver fugiu.

— Meu pai, não! — falei.

— Vai ver ele se meteu numa briga por causa de jogo ou de uma mulher da vida. Já passei por isso — disse ele.

— Você matou um homem?

— Mais de um — respondeu Fitzgerald, erguendo o queixo. — Pra falar a verdade, nem sei quantos. Teria que voltar e pensar bem pra lembrar.

Nesse momento, Ben e Boots voltaram, e Ben franziu a testa ao ver Pat.

— O que você quer, Fitzgerald?

— Só estava sendo sociável. O menino nem sabe acender uma fogueira. Fez uma lambança. Se eu não tivesse por aqui, ele teria gastado todos os seus fósforos.

— O menino dá conta, sim.

— Bom, pensei que, já que estamos todos levando a vida de solteirão, podíamos comer juntos.

— E você espera que ele cozinhe pra você?

— Não vejo por que não, já que tô ensinando umas coisinhas pra ele.

— Nada que valha a pena saber, provavelmente. Faça sua própria comida.

Pat fungou.

— Bem, acho que tudo bem por mim. Tenho um coração independente.

— Independente, mas não livre.

Pat Fitzgerald se levantou devagar, como se estivesse encerrando uma visita amigável.

— Foi bom conversar com você, rapaz — disse ele. — Se um dia se cansar de viver com um "homem de índia", pode vir acampar comigo. Seu irmão também.

Ele e Ben trocaram um olhar. Pat acrescentou:

— Um homem que se envolve com índia é mais baixo que porco.

— Mas não mais baixo que um irlandês — retrucou Ben.

Pat lançou-lhe um olhar carregado, e Ben completou:

— Se você se meter comigo ou com esses meninos, vou fazer você se arrepender.

Depois que Pat se afastou, perguntei:

— O que você quis dizer com "independente, mas não livre"?

Ben pensou um pouco.

— Ele anda por conta própria, sim, mas o coração dele é tão prisioneiro do diabo quanto se estivesse trancado dentro do peito. É filho do pecado. Melhor manter distância dele, Haidie. Não acho que vá te machucar, mas seria capaz de roubar os ossos dos seus pés. Fique de olho quando ele estiver por perto.

— Ele talvez queira comprar um cavalo de você.

Ben estreitou os olhos e depois soltou uma risadinha.

— Vamos ver. O Patches, talvez. Mas o Stormy, nunca. Eu jamais venderia o Stormy — disse, piscando pra mim.

— O que o Stormy tem de tão especial? — perguntou Boots.

— Você vai ver.

Queimei a carne e o pão de milho ficou cru. As ervas que colhi ao longo do riacho, achando que eram as mesmas que o Corny tinha apanhado, deixaram todo mundo com o estômago embrulhado, mas o sr. Bondurant disse que a comida estava ótima.

— A melhor comida que existe é aquela feita por outra pessoa — disse ele — e comida com gente de quem a gente gosta.

Lançou um olhar para o acampamento onde Pat Fitzgerald tinha se instalado.

Depois que as panelas, pratos de lata e colheres foram guardados, nos sentamos ao redor da fogueira e escutamos os sons do acampamento: bois mugindo, carroções rangendo, bebês chorando, uma mulher chamando os filhos para ficarem onde ela pudesse ver com medo de que fossem pisoteados pelos bois. Um homem pediu ao sr. Bondurant que olhasse o casco de um de seus bois, que ele achava estar mancando. Os dois se afastaram e, quando o sr. Bondurant voltou, nos contou que o homem tinha sido enganado por um trapaceiro.

— Esse boi não aguenta cem milhas. Se ele não tivesse trazido quatro parelhas, eu teria mandado ele voltar pra Omaha e comprar outro.

Um casal ali perto começou a discutir e ouvimos o homem dizer:

— Não vou carregar esse retrato da sua velha mãe até o Colorado. Devíamos ter deixado isso com ela.

Algo se espatifou no chão e a mulher soltou um lamento. Em seguida, houve um tapa. E silêncio.

— Gente! Nunca fui muito com a cara — disse o sr. Bondurant.

— Mas o senhor gosta da gente, né, sr. Bondurant? — perguntou Boots.

O sr. Bondurant riu.

— Vocês não são gente, Boots. Você e seu irmão são meninos. Com menino eu me dou muito bem. O problema é quando crescem e acham que sabem tudo.

— Vai ver o senhor é que nunca cresceu, sr. Bondurant — falei.

Ele deu uma gargalhada, bateu com força no joelho e disse:

— Vai ver você acertou em cheio, jovem Haidie. A única coisa que gosto em um homem é que ele sabe jogar cartas.

— Eu sei jogar cartas — falei.

Ele zombou:

— Imagino que jogue Dama das Velhas.

— Já me diverti umas vezes com Dama das Velhas, sim — respondi. — Mas conheço outros jogos também. Já ouviu falar de *Seven Up* ou *Old Sledge*?

O sr. Bondurant pareceu surpreso.

— Ora, e o que um menino como você saberia dessas coisas?

— Nosso irmão é jogador de barco a vapor — falei.

— E o Corny também ensinou a gente — acrescentou Boots.

— Corny? — perguntou o sr. Bondurant.

— Cornelius Vander. Ele é jogador também, só que melhor que nosso irmão. Veio com a gente — eu, Boots, Jake e Teresa. Foi ele quem deteve os homens que tentaram nos assaltar.

O sr. Bondurant assentiu.

— Já ouvi falar dele, embora não tenha tido o prazer de conhecê-lo. Dizem que é o menor da ninhada, um endiabrado de bolso. E foi ele quem te ensinou as cartas?

— Sim, senhor.

— Então é melhor eu ficar de olho na minha carteira. Ouvi dizer que ele prefere trapacear mesmo quando recebe a mão vencedora. *Old Sledge*, é? Que tal jogarmos por fósforos?

— Não tenho nenhum — respondi.

— Então eu é que tenho que te dar os fósforos... pra você ganhar os meus fósforos?

Olhei bem nos olhos dele.

— Sim, senhor, sr. Bondurant.

— Bom, se vamos disputar homem a homem, é melhor me chamar de Ben. Imagino que não prefere jogar o jogo das conchas.

— Só se eu puder ser a pessoa que vai mexer as conchas — falei com desdém.

— Ah, então conhece?

— Também posso jogar três-cartas, se quiser.

Ben caiu na risada.

— Então o Vander te ensinou a trapacear. Mas te ensinou a jogar pôquer?

— E muito bem.

Ben tirou um baralho gasto do bolso e começou a embaralhar.

— Vamos ver.

— As cartas são marcadas? — perguntei.

— Opa, opa. Já atirei em homem por acusar menos que isso.

— Corny também diz isso. Jogador é um bicho mesmo sensível. Parece que atirariam em alguém por dizer quase qualquer coisa.

— Não sou exatamente um jogador. Só um sujeito que gosta de fazer umas rodadas com as cartas. Mas já ganhei meu tanto.

Jogamos por fósforos. Comecei com dez e Ben também. Quando demos a noite por encerrada e estendemos nossos cobertores sob o carroção, eu estava com oito fósforos, e Ben com doze. Achei que tinha me saído mal, mas Ben disse:

— Poucos conseguem fazer frente a Ben Bondurant. Tenho olho afiado pra trapaça, e posso dizer que você jogou limpo. Não trapaceou, né?

— Não, senhor — respondi.

Mas trapaceei.

No meio da noite, ouvi vozes altas e, embora estivéssemos ainda a apenas duas milhas de Omaha, me sentei assustada, achando que talvez os índios tivessem atacado.

— Ei, você aí! O que pensa que está fazendo? Afaste-se do meu carroção!

— Quieto, homem. Tive um chamado da natureza — respondeu uma voz.

— E ia responder a esse chamado dentro do nosso barril de farinha?

— Tá muito escuro, não dá pra ver. Achei que fosse meu carroção. Vai dormir. Não houve dano nenhum.

— O que tem na mão? Isso parece uma frigideira.

Houve um baque, como se algo tivesse caído no chão. Então o primeiro homem gritou:

— Quem é você? Onde foi parar?

Fez uma pausa e acrescentou:

— Maldito ladrão sorrateiro.

O ladrão devia ter sumido, porque o homem voltou a chamar, exigindo saber seu nome. Mas não houve resposta. O ladrão escapou sem ser descoberto, mas eu tinha reconhecido a voz de Pat Fitzgerald.

Não estávamos deslizando pela estrada como acontecia com Jake e os animais. Tínhamos sorte se conseguíssemos percorrer dez ou doze milhas por dia. Eu conduzia os bois, enquanto Ben cuidava dos cavalos ou ia na frente da caravana, procurando bons lugares para acampar e ficando de olho nos índios. O sr. Samuels, o sujeito que tinham elegido como mestre da caravana, não entendia nada de viagem rumo ao oeste, e Ben disse que, se a gente seguisse aquele homem, provavelmente iria parar em Cincinnati.

De vez em quando, Boots me revezava na condução dos bois, para que eu pudesse montar o Outlaw, mas na maior parte do tempo ele saía correndo pela pradaria com os outros meninos, procurando pedras ou flores, juntando gravetos para a fogueira.

Ben nos contava sobre os animais: cascavéis que podiam matar em um minuto se mordessem no lugar certo; antílopes tão curiosos que se aproximavam da caravana só para ver o que estava acontecendo; e coiotes, que Ben dizia ser primos rejeitados dos lobos.

— Quando criou o coiote, o Todo-Poderoso tinha um propósito pra ele, mas guardou só pra si.

Certa vez, Pat pediu a Boots que o ajudasse com os bois, prometendo pagar cinco centavos por dia, mas Ben alertaram que Boots nunca veria um tostão desse dinheiro. Boots tentou por um dia, mas era trabalho pesado, e depois me disse que, tendo sessenta dólares no bolso, não precisava trabalhar por cinco centavos por dia.

Numa certa noite, uma mulher veio reclamar comigo que alguém devia estar roubando sua farinha, porque ela estava acabando duas vezes mais rápido do que deveria. Disse também que seu broche de peito tinha sumido, embora achasse que talvez não tivesse prendido direito no xale, talvez tivesse simplesmente caído. Contei isso para o Ben. Ele disse que outras pessoas também andavam reclamando de coisas que desapareciam.

— Isso acontece às vezes numa caravana, porque o povo se descuida e deixa panela e prato largados perto da fogueira, mas acredito que temos um larápio entre nós.

Ele lançou um olhar para o acampamento de Pat Fitzgerald e eu entendi o recado.

Não se passou nem uma semana até que o cavalo de Pat, Reuben, desabasse de vez.

— Por que ele não trouxe um cavalo melhor?

— Patrick conhece cavalos. Vai ver o Reuben era o melhor que conseguiu arranjar.

— E agora, o que ele vai fazer?

— Provavelmente tentar comprar um cavalo de mim. Parece pobre feito seca, mas carrega dinheiro com ele.

— Você venderia?

Ben riu.

— Talvez eu vendesse.

— Mas ele não ia maltratar o cavalo?

— Não. Pat cuida bem dos cavalos. O Reuben só chegou no fim da linha. Eu venderia o Patches por um bom preço. Só não vendo o Stormy.

Os olhos de Ben brilharam e eu percebi que ele estava tramando alguma coisa.

No dia seguinte, nem demorou muito, Pat apareceu ao meu lado enquanto eu conduzia os bois — e resolveu ficar amigável.

— Ben tem cavalo demais — disse Pat, com aquele jeito casual, como se estivesse só puxando conversa. Tinha guardado o fumo e agora pegou um talo comprido de capim da pradaria e começou a mastigar a ponta. — Com cavalo demais assim, é bem capaz de perder um. Pode fugir, ou algum índio pode levar. E aí, não tem jeito de recuperar. — Quando não respondi, ele perguntou: — E você, o que acha disso, menino?

— Acho que o sr. Bondurant entende de cavalo.

— É mesmo?

Lembrei do que Ben dissera sobre o Stormy e falei:

— Vai ver ele vende um cavalo pra você, só não o Stormy.

— E o que é que tem de tão especial esse Stormy?

Dei de ombros.

— Não sei. Só sei que o sr. Bondurant disse que não vende ele. Disse que talvez vendesse o Patches.

— Patches, é? Aquele esquisito, que parece que derramaram um balde de tinta em cima?

Assenti com a cabeça.

Naquela noite, Pat apareceu perto da nossa fogueira e se sentou sem ser convidado. Eu e Ben tínhamos acabado de tirar as cartas e Pat lançou um olhar de desprezo para Ben.

— Roubando doce de criança, é?

— Ele precisa aprender — respondeu Ben.

— Bom, tenho uma proposta pra você.

Ben embaralhou as cartas, depois embaralhou de novo, mas não distribuiu.

— Que proposta? — perguntou.

— Acontece que eu tô precisando de um cavalo e você tem mais cavalo do que precisa. Ou do que quer, até. Vi você tentando segurar aquela tropa toda junta.

— Dou conta, sim.

— Talvez agora, mas não quando a gente entrar em território indígena.

— Índio não me assusta.

Pat tirou o fumo do bolso e ofereceu a Ben, que recusou:

— Nunca peguei gosto por isso.

Em vez disso, tirou o cachimbo e acendeu com um gravetinho que pegou da fogueira.

— Então você quer negociar cavalo, é isso?

Pat bufou.

— Não tenho nada pra trocar. Quero comprar um cavalo.

Ben pensou um pouco.

— Talvez eu venda o Patches. Mas não o Stormy. Jamais venderia o Stormy, porém o Patches é um bom cavalo.

— E o que o Stormy tem de tão especial?

Ben sorriu.

— Não importa, já que não vou vender.

— Acho que só o Stormy me serve.

— Você não tem dinheiro suficiente pra comprar ele.

— E quanto é que vai custar?

Ben balançou a cabeça.

— Ele não está à venda. Nem por torta eu venderia. Leva o Patches por cem dólares.

Os dois ficaram nesse vai e vem por quase uma hora: Pat mascando e cuspindo na fogueira, insistindo que queria comprar o Stormy e Ben fumando seu cachimbo e repetindo que o cavalo não estava à venda. Achei que iam ficar ali a noite inteira, e acho que Ben também achou, porque bocejou e disse que estava com sono demais para continuar barganhando.

— Vou te dizer uma coisa, Ben. Te dou cento e dez dólares e um broche muito bonito que era da minha mãe. E você me vende o Stormy.

— Não tenho o que fazer com broche nenhum.

Ben bocejou de novo. Parecia pronto pra dormir ali mesmo.

— Ah, quer saber? Você me cansou. Leva o cavalo.

Pat abriu um sorriso, mas depois de um tempo o sorriso sumiu, e ele estreitou os olhos. Ficou um tempão assim, parado.

— Por que é que você não queria vender esse cavalo, e agora quer? Mudar de ideia assim não combina com você.

— É por causa do broche — disse Ben.

— Ora, você comprava um broche desses por cinquenta centavos.

Ben deu um sorriso sem graça, que tentou esconder com a mão — mas Pat viu.

— Você estava me enrolando. Isso foi um roubo descarado!

— Disso você entende mais do que eu.

— Já saquei seu joguinho. Tentou me enganar pra eu comprar o Stormy, mas não vai colar. Fico com o Patches. É esse que você queria mesmo guardar, não é?

Ele tirou um saquinho de camurça e jogou umas moedas no chão.

— Aqui está seu dinheiro. Pego meu cavalo de manhã.

Ben lançou um olhar azedo e suspirou, mas guardou o dinheiro no bolso e virou as costas para Pat.

De manhã, enquanto as mulheres preparavam o café e os homens atrelavam os bois, Pat apareceu andando devagar na direção da nossa fogueira, gritando em voz alta:

— Vim buscar o Patches!

Trazia a sela de Reuben nas mãos.

Ben lançou-lhe um olhar furioso e pegou a sela.

— Ah, sim, o senhor tentou me empurrar o Stormy. Acha que eu sou algum idiota, é? Não se passa a perna em Patrick Fitzgerald.

Ben não respondeu — apenas pegou a sela e desapareceu.

Poucos minutos depois, voltou com Patches e o amarrou na traseira do carroção, que estava na beirada do acampamento.

— Acho que acabei de provar que não sou nenhum cabeça-de-vento — disse Pat e acrescentou em voz alta: — Esse velhaco aqui tentou me passar a perna, empurrando o Stormy.

Virou-se para os outros homens que já estavam prestando atenção e ergueu o queixo, exibindo um sorriso vitorioso. Enfiou o pé no estribo e montou no Patches.

— Não subestimem o velho Patrick...

Patches juntou as patas, arqueou o dorso e lançou Patrick direto pro alto. Patrick se agarrou com todas as forças enquanto o cavalo descia, mas assim que as patas tocaram o chão, Patches se ergueu nas patas traseiras, com Patrick se segurando no pomo da sela com uma mão e na crina com a outra. Em seguida, o cavalo deu um coice com as patas traseiras para o alto.

Patches repetiu aquilo duas ou três vezes, com Patrick se segurando como podia, os olhos arregalados feito bolas de algodão. Na terceira vez, o cavalo caiu com força sobre as quatro patas — e Patrick voou longe, caindo a menos de um metro da nossa fogueira.

Ben tinha insistido que acampássemos um pouco afastados do resto da caravana e agora eu entendia o porquê.

Gente de todos os cantos do acampamento veio assistir, alguns homens sorrindo abertamente, as mulheres cobrindo a boca com os aventais para não parecer que estavam se divertindo. Patrick não era muito querido e os curiosos mal conseguiam conter os aplausos quando Patches o lançou longe.

Dois homens foram ajudá-lo a se levantar e Pat saiu em disparada atrás do cavalo, que já tinha fugido mais de meia milha.

Ben ficou onde estava, rindo por entre os dentes.

— Você sabia que ele ia escolher o Patches — falei. — Como?

— Ele é esperto demais pro próprio bem. Se percebesse que eu não queria vender o Stormy, ia desconfiar quando eu cedesse. Te disse que, no jogo, quase sempre eu ganho.

Tentar entender aquele raciocínio me deu dor de cabeça, mas como tudo tinha acabado bem, decidi que Ben sabia o que estava fazendo.

Pat Fitzgerald tinha dado cento e dez dólares e um broche de peito pelo Patches. Quando estávamos nos preparando para seguir viagem, Ben foi até a mulher que havia reclamado do desaparecimento do enfeite e perguntou se o broche lhe era familiar.

— Você roubou isso! — ela gritou. E então chamou o marido: — Jeffrey, vem aqui! Esse homem roubou meu broche!

A voz dela foi tão alta que outros ouviram e vieram encarar Ben com ar acusador.

Jeffrey pegou um bastão grosso e avançou.

— Calma aí, senhor — disse Ben. — O senhor acha mesmo que eu seria tolo o bastante pra roubar a joia da sua esposa e depois mostrar pra ela?

Jeffrey parou, franzindo a testa enquanto pensava naquilo.

— Então como foi que ficou com ele?

— Pat Fitzgerald deu pra ele em troca do cavalo. Eu vi — disse uma mulher.

Todos se viraram na direção para onde Pat tinha ido. Então, um homem falou:

— Estou sentindo falta de uma faca. Deixei ali e de manhã tinha sumido.

Outra pessoa mencionou uma panela roubada, e, quando vimos, uma dúzia de pessoas caminhava na direção do carroção de Pat. Quando Pat voltou, segurando Patches pela rédea, já havia uma espécie de exposição montada ao lado do vagão dele — um canivete, um garfo, uma camisa vermelha, meias tricotadas à mão, um vestido de menina. E ninguém sabia ao certo quanta farinha, açúcar, sal ou salerita ele também tinha levado.

Pat olhou para aquele espólio todo e não disse uma palavra.

— Acredito que roubo durante a travessia seja crime de enforcamento, não é mesmo, Bondurant? — perguntou o mestre da caravana a Ben.

— Ah, não. Com certeza que não — interveio Ambrose Tappan. — Mesmo aqueles que acreditam que "olho por olho" é uma forma legítima de justiça não exigiriam uma punição tão severa. A vida de um homem vale mais do que um punhado de bens.

O reverendo Tappan tinha acabado de sair do seminário e gostava de nos pregar sermão sobre assuntos religiosos, mesmo quando ninguém pedia. Era um sujeito pomposo, que vivia tentando se mostrar superior a todo mundo da caravana — inclusive à própria esposa. Ela era bonita e tímida, mas mais doce que pão e já tinha me ajudado na cozinha.

— Além do mais, faz uma semana que não vemos uma árvore. Como vamos enforcar alguém se não há árvore por perto? — perguntei a Ben.

— O castigo mais comum é o banimento — respondeu ele.

— Nesse caso, acho que está na hora de você partir — disse o sr. Samuels a Pat. — Quer que a gente vote sobre isso?

Pat deu de ombros. Sabia que estava perdido, então teve uma ideia.

— Talvez eu seja culpado, talvez não... Mas vocês todos sabem que Ben Bondurant me passou a perna com aquele cavalo. Não podem me mandar embora montado num animal que eu nem consigo cavalgar. E se eu der de cara com índios?

Os homens se entreolharam, meio incomodados. Ninguém gostava de Pat, mas também não queriam ser os responsáveis por ele acabar morto. Será que era certo mandá-lo embora com um cavalo que ele não podia montar? — perguntavam uns aos outros.

— E então, sr. Bondurant? — perguntou alguém.

Ben coçou a cabeça.

— Ele comprou o cavalo de forma justa. Alguns de vocês viram.

— É, mas ele não consegue montar nele.

— Nunca me perguntou se o cavalo era manso.

— Bom, decida logo. Precisamos seguir viagem — disse o mestre da caravana.

— Que tal cortarmos as cartas pra decidir? — sugeriu Pat, enfiando a mão no bolso do casaco e puxando um baralho.

— Com o seu baralho? — zombou Ben.

— Eu é que não confio nesse seu baralho, Bondurant.

— Então deixamos o menino cortar — corta uma por mim, uma por você.

— Parece justo pra mim — disse o mestre da caravana, e Pat não teve escolha a não ser me entregar o baralho. As cartas estavam sujas, até engorduradas, achei, quando passei os dedos pelas bordas irregulares.

Comecei a embaralhar, mas deixei o baralho cair e tive que catar as cartas uma a uma. Coloquei-as sobre a lança do carroção e embaralhei mais uma ou duas vezes, devagar, desajeitada, como se não soubesse muito bem o que estava fazendo.

— Quem recebe a primeira carta? — perguntei.

— Eu — disse Pat.

Embaralhei as cartas de novo, não muito melhor do que antes. Cortei o baralho e virei o valete de copas. Pat pegou a carta e sorriu.

— Quero ver bater essa, Bondurant.

Minhas mãos estavam suadas e as enxuguei nas calças. Passei os dedos pelas bordas novamente e cortei uma segunda vez, virando o rei de espadas.

Pat fez uma careta, mas não disse uma palavra. Atrelou os bois, amarrou Patches na traseira do carroção e virou na direção contrária. Seguiu de volta para o leste, e ficamos olhando até que a cobertura branca do vagão virasse um pontinho do tamanho de uma bolinha de gude.

— Botamos o cão pra correr — comentou Ben.

— É um longo caminho até Omaha. O que vai acontecer com ele? — perguntei, enquanto começávamos a nos mover.

— Ah, ele não vai pra Omaha. Vai se juntar à próxima caravana, dizendo que partiu sozinho, mas achou mais seguro seguir com um grupo — respondeu Ben.

Eu estava dirigindo os bois naquela hora e Ben caminhava ao meu lado por um tempo.

— Pat marcou o baralho — disse ele.

— E fez um trabalho bem porco — respondi.

Capítulo Cinco

Embora Patrick Fitzgerald talvez não fosse digno nem da companhia de porcos, ainda assim eu não desejava a morte dele.

— Você acha que o Pat vai se endireitar? — perguntei ao Ben.

— Ah, ele vai lamber as feridas como um cão sarnento. Está ferido de vergonha. Mas, daqui a pouco, vai estar bom o bastante pra cair em tentação de novo.

Fiquei aliviada também por saber que Pat não ia viajar sozinho, já que começávamos a topar com índios e, embora Ben dissesse que eram amistosos, também nos alertou que não era seguro estar sozinho no meio da pradaria. Avisou a mim e a Boots que ficássemos perto da carroça quando os índios aparecessem, porque podiam sequestrar meninos pequenos. Fiquei pensando no que aconteceria se me capturassem e descobrissem que eu era uma menina. Nada de bom, imaginei.

Às vezes, eu quase esquecia que *era* uma garota. Quando chegamos a Omaha com Jake, eu até poderia ter vestido um vestido, já que ninguém estava mais à procura de órfãos fugitivos, mas achei que tínhamos mais chance de encontrar alguém que nos levasse para o oeste se achassem que éramos dois meninos em vez de um menino e uma menina. Além disso, ser menino era mais divertido: ninguém mandava eu me comportar ou ficar perto das carroças ou dizia que mocinhas não deviam sair correndo pela pradaria do jeito que eu fazia. Eu podia montar o Outlaw com as pernas de cada lado, e era mesmo bem mais confortável usar calças do que uma saia comprida com anáguas arrastando na poeira. Não estava com pressa nenhuma de voltar a ser menina.

Ainda assim, eu fazia trabalho de menina. Depois que aprendi a cozinhar, passamos a comer bem. Costurei um rasgo na calça do Ben, dizendo a ele que mamãe tinha me ensinado a costurar porque não tinha filhas em casa. Eu lavava minhas roupas e as do Boots quando acampávamos perto de algum riacho, mas não as do Ben. Ele não queria que lavasse, dizia que a sujeira deixava o couro de veado mais macio.

Ben tinha nos alertado sobre os índios, mas eu não via qual era o alvoroço. Os primeiros que encontramos eram uma família que chegou ao acampamento justamente quando estávamos desatrelando os bois. O chefe da caravana ficou agitado e perguntou ao Ben se devíamos formar círculo com as carroças.

— O mais provável é que sejam espiões, vendo o que temos.

— O mais provável — disse Ben, se abanando com o chapéu, porque fazia um calor danado — é que estejam com fome e queiram trocar comida. Quando um índio vai espionar, ele não vem pedir esmola a uma caravana. Ele observa de longe, onde ninguém o vê. Olhe só aquele cavalo. Aquilo não é cavalo de guerra. Não correria nem de uma galinha. E índio não leva mulher nem crianças quando vai pra guerra — completou, balançando a cabeça.

— Devemos nos esconder? — perguntou uma das solteironas.

Ben disse que não se preocupassem.

— Índio não tem gosto por solteirona.

— O senhor me respeite! — disse uma delas.

— O que foi, senhora? — Ele ficou encarando a mulher até ela desviar o olhar e então me piscou. — Índio quer mulher que se comporte. Qualquer índio que levasse aquela ali ia devolver rapidinho — disse ele. Não sabia se a mulher tinha ouvido, mas ela endireitou os ombros e empinou o nariz.

— Ia se afogar numa tempestade — sussurrei.

— Espero que ela lhe perdoe por isso — disse Ben com seriedade, mas os cantos da boca se ergueram ao falar. Observou a mulher se afastar e acrescentou: — Tenho que dizer que, embora sejam ótimas metidas a dar palpite quando tem algo a decidir, essas duas beatas puxam o próprio peso. E geralmente têm razão nas sugestões também. Nunca pediram moleza. Não tem muita mulher por aí que saiba atrelar um boi como elas.

Os índios então se aproximaram da nossa carroça. Estavam vestidos de um jeito estranho: o homem usava calças do velho exército da União com o centro recortado e um avental de camurça, chamado *breechcloth*, cobrindo suas partes. Por cima, um colete sujo e uma blusa feminina que um dia fora branca, agora encardida de terra.

Ele estava montado, enquanto a esposa caminhava ao lado com dois menininhos, usando apenas mocassins. Ela vestia um traje de camurça com uma camisa vermelha de homem por cima.

— Um costume bárbaro — disse uma das solteironas.

— Não é diferente de Adão — retrucou Ben.

— Pois aqui não é o Jardim do Éden — ela rebateu.

— Não, isso com certeza não. Está mais pra Sheol — completou a companheira, enxugando a testa com a manga. O calor era mesmo de rachar.

Ben amarrou seu cavalo na traseira da carroça e foi até os índios, fazendo um gesto que, imagino, era o modo deles de dizer "olá".

— Alô. Ter tabaco? — perguntou o índio, apertando a mão de Ben como se fosse bomba d'água.

— Sem tabaco — respondeu Ben.

— Maldição. Ter biscoito?

— Não. Também não temos biscoito.

— Trocar?

Em vez de responder, Ben começou a fazer gestos com as mãos. Quando terminou, o índio fez seus próprios sinais.

— Linguagem de sinais — explicou Ben para mim e Boots, por cima do ombro. — É assim que os índios se comunicam quando não falam a mesma língua. Ele quer farinha e umas bugigangas, e oferece um arco de brinquedo com duas flechas em troca. Quer, Boots?

— Sim, senhor! — Os olhos de Boots brilhavam. Ele nunca tivera brinquedos, exceto uma pistola de madeira que eu esculpira para ele depois que papai foi embora.

Ben entregou o arco e as flechas para Boots. Eram de primeira. Até eu percebia isso. O arco era enfeitado com penas e contas e as pontas das flechas eram afiadas como facas.

Ben conversou mais um pouco com as mãos, depois disse:

— Haidie, pega aquele lenço vermelho que está no saco pendurado atrás da carroça. É o saco onde guardo minhas mercadorias de troca. Pode trazer também o colar de contas azuis.

Subi na carroça e entreguei os dois objetos. O índio estendeu a mão para pegá-los, mas Ben não entregou de imediato. Eles continuaram barganhando. Contudo, a mulher indígena enfiou a mão no vestido e tirou de lá uma boneca de camurça com cabelo de crina de cavalo e uma boca feita de um punhado de contas. Os olhos também eram de contas — um vermelho e outro verde. Ela a estendeu.

Ben fez pouco caso, como se dissesse que não queríamos bonecas.

Mas eu estendi a mão e peguei a boneca. Era grande demais para brinquedos. E eu era um menino agora. Mas, como Boots, eu nunca tinha tido um brinquedo na vida — e me encantei com aquela menininha de camurça.

— Tenho um dólar escondido — falei para Ben. — Aposto que consigo vender isso em Denver.

Não dava para ele perceber que eu queria ficar com ela.

— É demais. Além disso, eles não têm uso pra moeda corrente.

Ele barganhou mais um pouco com o índio, depois me disse para pegar uma concha de farinha e colocar no saco de camurça da mulher.

— Quebra também um pedaço daquele cone de açúcar para os meninos.

Depois que obedeci ao que ele pediu, Ben entregou a farinha e o açúcar pra mulher e, em seguida, deu o lenço e os colares de contas para o homem. O índio amarrou o lenço no braço, mas, em vez de entregar as contas pra mulher, passou-as pela cabeça.

— Ei, são para ela — falei, apontando pra mulher.

Ben balançou a cabeça.

— Ela que se dê por feliz se conseguir provar um pouco desse açúcar.

— Mas aposto que foi ela quem fez a boneca.

Os índios não tinham mais nada para trocar, mas ainda assim ficaram rondando o acampamento. Ben falou com eles por sinais e, então, eles partiram: o homem montado no cavalo, a mulher e os meninos caminhando ao lado.

— Os índios não me parecem perigosos — falei para Ben.

Ele fungou.

— Não se iluda. Você ainda não viu um bravo de verdade. Não há homem mais preparado neste mundo do que um guerreiro indígena. E não há visão que arrepie mais do que um bando deles vindo em sua direção montados em seus cavalos de guerra, gritando e brandindo arcos e flechas. Alguns já andam até com rifles. Espero que você nunca veja uma cena dessas.

Só de imaginar, já senti um calafrio.

— Você acha que os índios vão atacar a gente?

Ben deu de ombros.

— Talvez não, se formos cautelosos. Temos de seguir bem perto uns dos outros e não espalhados como temos feito. E é preciso ficar sempre alerta.

— Mas o batedor é você.

— Não posso estar em todo lugar, mas não se preocupe, filhinho. A maioria das caravanas chega bem ao destino.

Eu gostava da pradaria. Dava para ver até o amanhã e voltar até o ontem, sem uma casa ou uma árvore que atrapalhasse a vista. Tinha lebres, esquilos e aqueles coiotes covardes. Vi bichos que nunca tinha visto antes: galinhas-do-mato, que eram uma delícia, e antílopes. Os antílopes eram curiosos como galinhas e vinham correndo se a gente levantasse um lenço vermelho amarrado num graveto, mas também se assustavam fácil, e, se se espantassem, saíam disparados pela pradaria, sumindo antes mesmo da poeira baixar. Às vezes Ben abatia um deles e jantávamos bifes de antílope, espetados em gravetos e assados na fogueira.

Tinha pássaros que eu também nunca tinha visto, peixes, cobras e roedores. Uma das solteironas encontrou um rato morto dentro do barril de farinha.

— Acho que vamos ter de peneirar o bichinho e os recadinhos dele — disse ela, o que me espantou, já que solteironas deviam dar gritinhos e subir na cadeira quando viam um rato. Eu achava que ela preferiria passar fome a usar aquela farinha, mas naquela noite ela preparou panquecas com ela.

O bicho que eu queria mesmo ver era um búfalo. Ben disse que havia manadas de búfalos até onde a vista alcançava, se movendo como ondas de um imenso oceano preto.

— A pior coisa que já vi foi uma debandada de búfalo. Se você ficasse no caminho, era enterrado dez palmos no chão — contou ele.

— O que é uma debandada?

— É quando a manada toda resolve correr, e corre mesmo, o mais rápido que consegue, com um barulho que parece trovão vindo do inferno. Fazem a terra tremer. Às vezes é por causa de um raio. Outras vezes, são os índios. Os índios fazem a manada correr em direção a um despenhadeiro e metade dos búfalos despenca. Depois, os índios acabam de matar os que ainda não morreram.

Fiquei sempre atenta, procurando búfalos, mas nunca conseguia enxergar nenhum. Até que, um dia, Ben apontou uns pontinhos no horizonte.

— Búfalo — disse ele.

Semicerrei os olhos para enxergar. Eram do tamanho de cachorrinhos e fiquei desapontada.

— Puxa vida, não são grande coisa — falei.

— Espere só, Haidie. Vão parecer do tamanho de uma casa quando a gente chegar perto. Você sabe atirar? Nunca perguntei antes.

— Sei, sim, senhor.

— Pois, se acha que dá conta de abater um búfalo, tenho uma arma extra para você. Que tal pegarmos um peludo? Vá chamar um dos meninos Samuels pra ajudar o Boots com o carro de boi. Pode ser que a gente demore um bocado.

Fui até a carroça dos Samuels e disse ao sr. Samuels que eu e Ben íamos caçar búfalo e se um dos filhos dele podia ajudar o Boots com os bois.

— Búfalo? Ora, eu mesmo adoraria abater um — disse o sr. Samuels. — Diga ao Bondurant que já estou indo.

— Maldição! — disse Ben, depois que voltei à nossa carroça e contei que o sr. Samuels ia com a gente. — Não dá para confiar nele. Não sabe mais do que uma galinha de canela amarela sobre como se abate um búfalo.

— Podíamos dar o perdido nele — sugeri, porém, Ben disse que o sr. Samuels viria correndo atrás da gente, então não havia o que fazer senão deixá-lo vir.

Ele se juntou a nós num instante, suando em bicas e gritando:

— Viva!

Ben o mandou calar a boca, porque não queria mais lavradores se juntando à expedição.

— Aquilo lá nem é manada. Provavelmente são só uns poucos búfalos desgarrados — disse ele, analisando o vento por um momento antes de mandar que o seguíssemos. Em vez de ir direto até os animais, Ben tomou um caminho todo torto.

— Achei que a gente fosse caçar búfalo — reclamou o sr. Samuels.

— Você quer que eles sintam nosso cheiro, é isso? — Ben lançou um olhar de desprezo para ele.

Ben seguiu rumo ao norte, contornando os búfalos. Fui atrás dele montada no Outlaw, mas o sr. Samuels se enfiou entre nós, dizendo:

— Garoto, fica para trás. Isso é coisa de homem.

— O garoto vai comigo — disse Ben. — Haidie, venha do meu lado.

O sr. Samuels me lançou um olhar furioso quando emparelhei com Ben.

Acho que os búfalos não nos viram enquanto os rodeávamos, porque não deram sinal de perceber nossa presença. Ben estava certo. Eram mesmo do tamanho de uma casa, corcundas, com cabeças enormes cobertas de pelos desgrenhados e pernas finas. Ben disse que não era uma manada grande, mas, para mim, pareciam todos os búfalos do mundo.

O sr. Samuels ergueu a arma pra atirar, mas Ben a agarrou.

— Já matou algum búfalo, Samuels?

— Não deve ser muito diferente de abater uma vaca.

— Ah, então você atira em vaca, é?

O sr. Samuels não respondeu, mas baixou a arma.

Estávamos perto de uma depressão, e Ben desmontou, amarrou o cavalo a uma árvore morta, e fomos nos esgueirando até ficarmos a uns cem metros da manada.

— Agora mire bem naquele que quiser... — Ben começou, mas justo nesse instante o sr. Samuels ergueu a arma e atirou.

O disparo fez a manada se espalhar numa debandada, exatamente como Ben tinha me dito que aconteceria. Senti o chão tremer sob meus pés enquanto eles disparavam, e, em questão de instantes, desapareceram ao longe numa imensa nuvem de poeira, correndo como se estivessem a mil quilômetros de distância.

— Acertei de raspão um deles. Não vai longe — disse o sr. Samuels.

— Ah, acertou, foi? Pois vá atrás dele, se quiser. Com sorte, se tiver atingido um, ele vai levar essa bala por mais cinquenta anos. Você é um idiota de marca maior, Samuels.

— Não admito isso de você, Bondurant. Eu sou o mestre da caravana.

— E dos piores.

Achei que os dois iam sair no soco, mas bem nessa hora vimos um velho búfalo surgir no alto de uma elevação. Ben esticou o braço e disse:

— Quieto. Se estragar isso, Samuels, eu conto para todo mundo na caravana.

— Acho que ele é surdo e não ouviu os outros fugirem — disse o sr. Samuels em voz baixa.

— E não sentiu a terra tremendo, pelo visto — retrucou Ben, revirando os olhos. — Agora não dispare até eu dar o sinal. Vamos esperar com paciência.

Descemos para dentro da depressão e nos escondemos atrás de um algodoeiro morto. Havia um córrego ali perto e Ben achava que o búfalo tinha vindo beber água.

— Vamos ficar bem quietos até ele alcançar o riacho. Quando eu disser, os três disparam ao mesmo tempo.

Ben se virou para mim.

— Um búfalo não é fácil de matar. A pele é dura como tronco de carvalho e a bala pode se perder no meio da barba dele. Os novatos costumam atirar na cabeça, mas ali ele mal sente. O jeito certo de matar um búfalo é acertando o coração ou os pulmões.

— Onde ficam?

— Logo abaixo dos ombros. — Ben me observou por um instante. — Mire no búfalo, filhinho. Essa arma sua tende a atirar um pouco alto, então leve isso em conta. Acha que conseguiria acertar uma casa?

— Sim, senhor.

O búfalo vinha direto na direção da água e eu podia ouvir meu próprio coração disparado, pensando que ele podia atacar se nos visse. De perto, ele parecia ainda maior do que uma casa, mais para o tamanho de um celeiro, e me pareceu que seria capaz de pisotear nós três sem nem se cansar.

Mas ele não tinha pressa. Caminhava devagar até o riacho, resmungando e bufando, as pernas parecendo que iam ceder debaixo de tanto peso.

— No três — sussurrou Ben. — Todos disparam ao mesmo tempo. Prontos?

Ele me olhou, e eu fiz que sim com a cabeça. Depois lançou um olhar para o sr. Samuels, mas o homem evitou encará-lo. Ben ergueu a arma e a firmou, e eu fiz o mesmo. Ben disse, devagar:

— Um. Dois. Três.

Ouviram-se três tiros, mas pareceram um só, porque todos atiramos no exato instante. O búfalo parou, mas não parecia mais ferido do que se tivesse levado uma picada de mutuca. Bufou e sacudiu a enorme cabeça, virando-a um pouco enquanto o olho do lado direito tentava nos localizar.

— De novo — disse Ben.

Já tínhamos recarregado e disparamos pela segunda vez.

O búfalo então ficou atordoado. Revirou os olhos e pareceu encolher os ombros, ficando ainda maior. Soltou um mugido e começou a escarvar o chão, abaixando e sacudindo a cabeça, o sangue escorrendo pelas narinas. Depois soltou um urro enorme e tombou, as patas se debatendo com rapidez no começo, depois cada vez mais devagar, até que por fim ficou imóvel.

O sr. Samuels deu um salto, ergueu a arma para o alto, bateu os pés no chão e gritou:

— Viva! Viva! Abati um búfalo!

— *Você* abateu? — zombou Ben. — Essa foi boa.

Depois murmurou para mim:

— Aposto que a bala dele pegou no rabo do bicho.

Olhei e vi que o rabo do búfalo, de fato, estava separado do corpo.

O sr. Samuels não deu ouvidos a Ben. Correu até o animal, mas parou.

— E agora? — perguntou.

— Agora você pega sua faca, que vamos carnear o bicho.

— Não trouxe faca.

— Eu bem que imaginei. E algo para carregar a carne?

O sr. Samuels sacudiu a cabeça.

Ben assentiu. Tirou uma faca afiada, com cara de má, e a amolou numa pedra de afiar.

— Eu bem que devia mandar você cortar sua própria carne, mas é capaz de estragar a lâmina.

Abriu o búfalo e arrancou o couro. Depois começou a carnear o animal, entregando o fígado, a carne da corcova e as costelas ao sr. Samuels, para que ele colocasse nos sacos que Ben tinha amarrado na Stormy, que havia trazido como cavalo de carga. Quando já tínhamos mais carne do que os cavalos podiam levar, Ben limpou a faca na calça e se levantou.

— E o couro? — perguntou o sr. Samuels.

— Se quiser, vá lá e pegue.

O sr. Samuels não devia querer o couro de verdade, porque deixamos ali mesmo, na pradaria.

Quando voltamos ao acampamento, o sr. Samuels levou sua carne pra carroça, mas Ben distribuiu a maior parte da nossa entre os outros viajantes, inclusive as solteironas.

— O sr. Samuels conta uma história emocionante de como encurralou o búfalo — disse uma delas.

— Essa história é bastante duvidosa — falou Ben.

Ela semicerrrou os olhos para Ben, como se estivesse decidindo se acreditava ou não.

— Do jeito que o Samuels conta, foi ele sozinho quem matou o búfalo. Aquela bala que arrancou o rabo foi o mais perto que chegou. A outra passou longe — contou Ben mais tarde, depois que acendeu a fogueira e colocou um pedaço da corcova para assar em uma panela.

— Então, por que você não conta a verdade para todo mundo? — perguntei.

Ben refletiu um pouco enquanto me observava jogar um punhado de sálvia na panela. Corny tinha me ensinado sobre sálvia.

— Na verdade, pode ser que tenha sido seu tiro que derrubou o bicho. Mas, se eu dissesse por aí que um moleque acertou melhor que o Samuels, ele ia ficar furioso e descontar em você. Às vezes, vale a pena deixar o outro levar a glória, mesmo quando não merece. E isso não te faz mal nenhum. Há razões. Pense nisso, Haidie.

Enquanto eu matutava, Marianna Marble veio até nós e pediu um pedaço de carne de búfalo. Ela atravessava com o marido e me lembrava as mulheres que eu tinha visto na Red Feather Road. Não era só porque usava cetim, veludo e um chapéu com pluma de avestruz, enquanto as outras mulheres da caravana vestiam chita e tinham as saias arrematadas na altura da bota. Era o jeito dela. Se enroscava nos homens e olhava para eles com olhos pidões antes de pedir favores e, às vezes, até quando nem queria favor nenhum. Ben dizia que ela era quente como bode em roçado de pimenta, o que eu não entendi direito até pensar no quanto Teresa gostava de afeto.

Se era isso que a sra. Marble procurava, com certeza não era comigo, porque, quando me pegou encarando, disse:

— O que está olhando, moleque? Viu alguma coisa de que gostou?

— Não, senhora — respondi.

— Abusado — retrucou ela.

— Ela é uma mulher da vida? — perguntei a Ben.

— Talvez não do tipo que cobra dinheiro vivo por isso — respondeu ele. — Mas é bom ficar de olho nela.

Até onde pude ver, ela não era lá grande esposa. Fazia o marido cozinhar e nunca a vi à beira dos riachos por onde passamos lavando as camisas do sr. Marble.

Agora ela lançou aquele olhar pidão para Ben e pediu um pedaço da carne de búfalo.

— Da corcova, veja bem. Não como partes inferiores.

— Tem um pedacinho sobrando — disse ele.

— Pois então. Moleque, me chame quando estiver cozido — mandou ela.

E tal era o poder da sra. Marble sobre as pessoas que foi exatamente o que eu fiz.

Já havíamos passado da metade do caminho até Denver, e, quanto mais avançávamos, mais medo eu sentia dos índios. E eu não era a única preocupada. Alguns homens começaram a andar com as armas a tiracolo ao lado das carroças, o que já era um perigo por si só, já que um deles tropeçou e acabou atirando no focinho do próprio cachorro. E ouvi uma das solteironas dizer pra outra:

— Devemos estar preparadas, minha querida. Estamos bem cientes das depredações.

Eu não sabia o que era uma depredação, mas achava que devia ter a ver com ser obrigada a casar com um índio.

— Ah, não se preocupe, senhora — falei. — Ben Bondurant diz que, se capturassem a senhora, iam acabar jogando de volta.

Ela riu e disse:

— Consola-te, irmã. Ao que parece, estamos seguras.

A irmã retrucou:

— Nem todos os insolentes deste país são índios vermelhos.

Tive de pensar um pouco até perceber que ela estava se referindo a mim.

De vez em quando, víamos um grupo de guerreiros cavalgando de um lado para o outro no horizonte, ou um ou dois ajoelhados ou em pé ao lado dos cavalos, nos observando.

— São desses que temos de nos cuidar — disse Ben. — Desses e dos que você não enxerga. Quando você não vê índio, é quando eles estão mais perto.

— Já viu algum? — perguntei.

— Já vi os que não se vê? — retrucou ele, para mostrar que o que eu dissera não fazia sentido. — Não. Mas acho que há um bando deles escondido por trás daqueles morros.

— Queria que a gente tivesse aquele cachorro feio, o Tige.

— Era feio mesmo aquele cachorro — disse Ben. Ele não olhava para mim, mas para o longe, onde o vento levantava a poeira.

— Haidie, vá chamar o Samuels — disse ele de repente.

Algo no tom de voz dele me fez saltar.

— Sim, senhor — respondi, dizendo ao Boots para cuidar dos bois.

O sr. Samuels estava na dianteira da fila de carroças, montado no cavalo, enquanto os filhos tocavam os bois. Corri até ele com o Outlaw e disse:

— Ben Bondurant quer falar com o senhor.

— Ora, estou bem aqui. Ele não está vendo?

— Ele quer que o senhor vá até ele.

— Quer, é? Pois eu sou o mestre da caravana. Não tenho de obedecer a ele.

— Por favor, senhor — pedi. — Acho que é importante.

— Então que ele se comporte como homem e venha até aqui.

A sra. Samuels se debruçou da carroça e disse:

— Esse homem é mal-educado. Não deixe que ele se faça de fino para cima de você.

— Samuels! — bradou Ben. — O garoto não disse para você vir até onde eu estava? Eu mesmo não tinha certeza até um minuto atrás do que era, mas podia ter usado outro par de olhos. Temos índios se aproximando.

— O que fazemos?

— Forme um círculo com as carroças e faça isso depressa. Agora.

O sr. Samuels desceu do cavalo e começou a gritar com os bois, enquanto a mulher pegava um chicote e o estalava sobre as cabeças deles. Ben deu um tapa na lateral da cabeça do sr. Samuels e gritou:

— Sua mulher e seus filhos podem fazer isso. Você é quem tem que avisar o resto das carroças para formar o círculo. Não é o mestre da caravana?

Mas, o sr. Samuels estava tão apavorado que nem ouviu o que Ben disse.

Ben agarrou os bois da frente da carroça dos Samuels e começou a virá-los. Enquanto fazia isso, ordenou:

— Haidie, avise o resto do pessoal para colocar as carroças em círculo e depressa. Diga que aquela poeira significa índio. Já vou, assim que conseguir virar esses bois.

— Sim, senhor! — respondi, cutucando Outlaw com os calcanhares.

Corri ao longo da fileira de carroças, gritando:

— Índios! Formem o círculo com as carroças!

Houve bastante confusão, embora os homens já tivessem sido instruídos sobre o que fazer. Quando partimos de Omaha, Ben tinha feito todos praticarem a formação do círculo.

— Você está assustando as mulheres — tinha dito um homem, reprovando Ben.

— Pois é isso mesmo que quero fazer, sim, senhor, peregrino — respondeu.

— A gente não consegue fugir dos índios? — perguntou uma mulher.

— Não, senhora. Até cavalo com duas pernas corre mais do que boi.

Todas as noites, por semanas, Ben dava a ordem para cercar as carroças, com as varas apontadas para o centro, as rodas encostadas umas nas outras, o gado protegido dentro do círculo. Por isso, quando dei o aviso, os homens se puseram a agir. As mulheres também, fazendo os bois girarem, recolhendo as crianças e empurrando-as para dentro das carroças, enxotando os animais para o círculo que se formava. Assim que as carroças estavam em posição, Ben gritou para os homens pegarem as armas. Isso era outra coisa que ele nos ensinara: os homens atirariam, enquanto as mulheres recarregariam.

Depois de alertar todo mundo sobre os índios, corri até nossa carroça, que Boots já tinha virado e colocado no lugar. Ele também já tinha pegado as armas e procurava as balas.

— Será que o Ben vai deixar eu atirar? — perguntou ele.

Boots ainda estava decepcionado por não ter ido na caçada aos búfalos e estava doido para atirar em alguma coisa.

— Queria mesmo pegar um índio.

— Isso não é brincadeira, Boots. Aqueles caras querem matar a gente — falei, observando o rosto do meu irmão quando ele finalmente entendeu o que estava acontecendo.

— Você não acha que a gente vai se machucar, acha, Haidie?

Balancei a cabeça, mas não estava tão certa assim: estava com medo.

A essa altura, os índios já não eram só uma nuvem de poeira. Eu conseguia ouvi-los gritando, e achei ter visto manchas de tinta nos corpos nus.

— Não deixa nada acontecer com você, Haidie. Não quero ficar órfão de novo — disse Boots, com os olhos marejados.

— O Ben vai proteger a gente — falei, tentando tanto me acalmar quanto confortar o Boots.

Ben tinha chegado perto de nós nesse momento e soltara os cavalos.

— Você não vai deixar nada acontecer com a Haidie, vai? — perguntou Boots, com a voz trêmula. Ele estava mais assustado com a ideia de ficar sozinho do que de morrer.

— Pode apostar que não — disse Ben. Pegou o rifle e a espingarda. — Fiquem debaixo da carroça.

Ele se virou para mim.

— Quando eu passar a arma, você recarrega, entendeu?

— O Boots pode fazer isso. O senhor não quer que eu atire também? — perguntei.

— Acha que conseguiria matar um selvagem? Não é como atirar em búfalo. Matar um homem pesa mais na alma do que matar um bicho.

Pensou por um instante.

— Bem... na maioria das vezes.

— Eu conseguiria, se ele fosse atirar no Boots.

Ben não disse nada, apenas me entregou a espingarda.

— O Boots recarrega — falou. — Agora se preparem. Eles estão vindo.

Eu achava que uma tribo inteira de índios ia nos atacar, mas eram só uns dez ou quinze, com os rostos pintados em desenhos vermelhos e pretos que fariam um fantasma se arrepiar. Só um ou dois tinham rifles, mas Ben já tinha nos avisado que um índio com arco e flecha podia ser mais mortal que quase qualquer homem branco com uma arma — e mais rápido também. Um índio encaixava uma flecha no arco mais depressa do que se recarregava um rifle.

Enquanto nos arrastávamos para debaixo da carroça, Ben gritou para os homens:

— Esperem eles chegarem perto antes de atirar! Nada de desperdiçar munição!

Duvidava que alguém tivesse ouvido, porque alguns já estavam atirando. Mas não acertaram nada além da terra. Vi Ben manter o rifle firme, mirando com um olho só. Então, gritou:

— Chumbo neles!

E apertou o gatilho. Um índio tombou e caiu do cavalo.

— Acertou ele — falei.

— Ainda está se mexendo. Veja se consegue fazer melhor.

Levantei a espingarda, esperando até que um índio se aproximasse. Esperar debaixo daquela carroça foi a coisa mais difícil que já fiz na vida, pior até do que ficar escondida sob a cama do Boots, no orfanato, na noite em que fugimos. Eu queria atirar logo só para acabar com aquilo, mas sabia que minhas chances de acertar um índio eram maiores se esperasse ele se aproximar mais. Mirei em um índio montado num cavalo castanho com círculos pretos pintados ao redor dos olhos, o que fazia o bicho parecer um cavalo do diabo. Ele me assustava tanto quanto o índio. Lembrei do que Ben tinha dito quando fomos caçar búfalo — que a arma atirava alto —, então abaixei um pouco a mira antes de atirar. Só que abaixei demais e, em vez de acertar o índio, matei o cavalo dele. O índio pulou fora bem quando o cavalo tombou. Eu nem o arranhei, e ele veio correndo na nossa direção. Mas, naquele instante, Ben atirou e o índio caiu.

— Nós dois acertamos ele — falou Ben. Sem olhar, passou a arma de volta para o Boots, pegou a espingarda da mão dele e disparou contra outro índio.

Aquele voou por cima do pescoço do cavalo e caiu no chão, onde ficou imóvel. Algumas carroças adiante, outro índio também despencou. Ouvi um homem gritar "Viva!" e soube que Ben não tinha sido o único a derrubar um selvagem.

Então, ouvi um grito, e uma mulher chorando:

— Josiah!

Em seguida, veio um lamento agudo e comprido, e logo o sr. Samuels apareceu na nossa carroça.

— Josiah Marble levou uma flechada na barriga — disse ele. — Não vai sobreviver.

Fiquei imaginando se o índio não tinha mirado na pluma de avestruz do chapéu da sra. Marble.

— E o que quer que eu faça? — perguntou Ben, sem tirar os olhos do campo.

— Dê alguma coisa a ele, faça ele parar de gritar. Não está ouvindo?

— Quer que eu largue o rifle para brincar de enfermeira? Faça você mesmo, homem.

— Ben! — gritei.

Um índio tinha se aproximado, e eu estava sem a espingarda, porque o Boots ainda estava recarregando. Mas, antes que Ben pudesse alvejá-lo, houve um disparo, e o índio caiu do cavalo.

— Acertei ele, irmãzinha — gritou uma voz. Olhei pra carroça ao lado para ver as duas solteironas segurando armas.

Ben deu uma risada e disse:

— Quem diria!

O sr. Samuels, que ainda estava conosco, balançou a cabeça e disse:

— Essas mulheres perderam o pudor.

— Preferia que o índio tivesse atirado em você? — zombou Ben. — Vá embora, Samuels. Dê um pouco de uísque para esse homem, pra aliviar a dor.

— Onde é que vou achar uísque?

— Na gaveta da cômoda na sua carroça — falei, lembrando que Jake tinha ajudado o sr. Samuels a carregar os pertences e nos contara do uísque.

A luta tinha diminuído. Tínhamos vencido os índios. Eles estavam recolhendo seus mortos e feridos e começando a se afastar.

— Viva! Viva! — gritou um garoto, quando os índios partiram.

Outro berrou:

— Corram, covardes!

Acho que isso irritou os selvagens, porque um deles se virou e disparou o rifle contra as carroças. Ouvi um “Ugh!” bem ao meu lado, e uma das solteironas tombou de lado.

— Irmã, fui atingida — gritou ela.

Ben entregou o rifle ao Boots e rastejou até ela. Depois chamou:

— Haidie, traga a caixa de remédios na carroça!

O homem que tinha levado uma flechada já tinha parado de gritar, imaginei que estivesse morto. Os homens acalmavam os animais e verificavam se algum estava ferido, enquanto as mães soltavam as crianças para correr dentro do círculo. Três ou quatro mulheres estavam de joelhos, agradecendo a Deus por ter nos livrado. Aos poucos, todas perceberam que uma das solteironas estava ferida e várias correram até a carroça, trazendo água e panos.

— Maldito selvagem atirou nela — disse Ben, quando lhe entreguei a caixa de remédios.

Uma mulher se engasgou, enquanto outra falou:

— Estamos aqui pra ajudar, sr. Bondurant.

— Agradecido — disse Ben. — Mas eu e a Haidie damos conta.

Empalideci. Não sabia exatamente o que íamos fazer, mas tinha uma ideia e não queria lidar com nenhum ferimento a bala. Esgueirei-me para dentro da carroça, do outro lado da solteirona ferida. Ela estava deitada de costas, com os braços estendidos, suor escorrendo pelo rosto, que estava branco. Começava a tremer. Não vi nada de errado até olhar para onde devia estar a mão esquerda e ver que era só uma massa de carne viva. Estava completamente despedaçada.

— Ela levou um tiro na mão — disse Ben. — E a mão foi embora.

Virei o rosto, achando que ia vomitar, mas engoli a bile para não me envergonhar.

— Vamos ter de tirar a mão. Não há como salvar. Quer que eu faça isso? — perguntou Ben à outra solteirona.

— Não fale de mim como se eu não estivesse deitada bem aqui — murmurou a mulher ferida.

— Ela mesma terá de lhe dar permissão. — A solteirona se virou pra irmã e disse: — Lizzie, você ouviu o que o sr. Bondurant disse. Deseja que sua mão seja cortada?

Eu esperava um simples sim ou não, mas, mesmo naquele estado, a mulher ainda mantinha a compostura.

— Não desejo isso de maneira alguma, Arvilla. Mas não há escolha. Pode cortar, senhor.

— Alguém tem uísque? — perguntou Ben às mulheres que estavam por perto.

— Eu tenho — disse a outra solteirona. — Haidie, pode pegar a garrafa que está logo dentro da carroça. Está enrolada numa colcha vermelha e branca.

— Arvilla — sussurrou a srta. Lizzie, e a srta. Arvilla teve de se inclinar agora para ouvir a irmã. — Diga a ele para trazer a colcha também. Estou gelada igual a Groenlândia.

— E traga uma bacia cheia de farinha — acrescentou Ben.

Quando voltei, a srta. Arvilla destampou a garrafa e levou-a aos lábios da irmã. A srta. Lizzie tomou um gole enorme, depois outro. A srta. Arvilla cobriu a irmã com a colcha com a mesma delicadeza que teria se ela fosse um bebê. Apertou a mão boa da srta. Lizzie, enquanto Ben examinava a outra e balançava a cabeça. Mandou que eu encontrasse um pedaço de pau para Lizzie morder durante o corte. Peguei um graveto do tamanho de um dedo, limpei na calça e coloquei na boca dela. Depois me ajoelhei ao lado de Ben, que se preparava para remover o que restava da mão com um pequeno serrote que tinha tirado da caixa de remédios.

Ele lançou um olhar para as irmãs e, quando a srta. Arvilla assentiu, serrrou o pulso da srta. Lizzie e me entregou a mão amputada. Não levou nem um minuto.

— Vamos enterrar para os cães não acharem — disse ele.

Enfiou o toco da solteirona dentro da bacia de farinha por alguns minutos. Depois colocou umas ervas da caixa de remédios ao redor e a envolveu num pano limpo que uma das mulheres lhe entregou.

— Ela vai ficar bem? — perguntou a srta. Arvilla.

Ben balançou a cabeça.

— Ainda é cedo para dizer. Mantenha o toco embebido em uísque. Mantenha ela embebida também. Vai precisar. Quando acabar, me avise. Eu dou um jeito de arrumar mais. Haidie vai preparar um caldo com o resto do búfalo. Sua irmã é magra como folha de ouro, mas o caldo deve dar força. E não estranhe se ela disser que os dedos doem. Isso é normal.

Ele se virou para mim:

— Vamos, Haidie, arrumar um canto para ela na carroça. Duvido que o Samuels nos deixe parar um dia. Vamos ter de seguir viagem assim que o dia clarear.

Subimos os dois na carroça das solteironas e começamos a remanejar os baús e caixotes.

— Ela nem gritou — comentei.

— Nunca vi mulher tão forte fora os índios. Aguentou melhor do que qualquer soldado que já vi. Essas irmãs são de ferro.

Empurramos dois caixotes juntos e Ben resmungou:

— Móveis, provavelmente. Tampos de mármore. Por que mulher precisa de tanta tralha?

Peguei um monte de colchas e as coloquei em cima dos caixotes para fazer de colchão. Depois, eu e Ben levantamos a srta. Lizzie e a deitamos na cama improvisada. Ela não pesava mais do que um lenço de renda. Ainda estava desacordada, mas agora gemia.

— Não se preocupe com o jantar. Vou levar até vocês. Meu filho já cuidou dos bois — disse uma das mulheres, quando a srta. Arvilla subiu na carroça ao lado da irmã.

Outra sussurrou:

— Temos mais uísque, se precisarem.

A srta. Arvilla assentiu em agradecimento, e Ben e eu começamos a descer da carroça. Mas a srta. Arvilla segurou as mãos de Ben entre as dela e disse:

— Como posso agradecer, sr. Bondurant? Se minha irmã sobreviver, será por sua causa.

Ela fez uma pausa e acrescentou:

— E por sua causa também, Haidie.

Ficamos onde estávamos pelo resto do dia, porque havia um enterro a cumprir. Eu nunca tinha prestado muita atenção em Josiah Marble, e, pelo que percebi, a esposa dele, Marianna, também não — pelo menos desde que partimos do Missouri. Ouvi ela dizer pra sra. Tappan que, quando se casou com o sr. Marble:

— Ele valia quinze mil dólares. Hoje, não vale nem quinze centavos.

Mas agora que o sr. Marble estava morto, ela se comportava como se ele tivesse sido o grande amor da vida dela. Chorava, gritava e, pelo que achei, teria até desmaiado se houvesse alguém por perto para ampará-la.

Apesar de a sra. Marble estar se fazendo de tola, não consegui deixar de sentir pena dela. Como ela ia arrear os bois e dirigir a carroça sozinha? Ora, ela nem conseguia acender uma fogueira.

— Ah, não se preocupe com isso — disse Ben. — Mulher assim sempre dá um jeito.

Tínhamos nos reunido em volta da cova que os homens cavaram. O reverendo Tappan leu a Bíblia, depois falou sobre Deus, vingança e arrependimento, e rezou tanto que alguém murmurou:

— Dá um descanso aí.

O reverendo levantou a cabeça e lançou um olhar fulminante para nós, mas, por fim, disse:

— Amém.

— É o primeiro serviço fúnebre dele e ele quer que o Senhor aprove — comentou a sra. Tappan comigo.

Cantamos "The Old One Hundred" e "O Come, All Ye Faithful". Depois os homens baixaram o corpo do sr. Marble até o fundo da cova e o cobriram com terra. Foi aí que a sra. Marble começou a chorar e se lamentar de novo. Disse que queria se atirar no túmulo com o marido, mas, em vez disso, se jogou nos braços do reverendo Tappan e disse que não queria mais viver.

A sra. Tappan deu um tapinha na mão da sra. Marble e disse que, dali em diante, ela tomaria as refeições com os Tappan — o que achei um gesto cristão, considerando que a sra. Tappan tinha emprestado sua caixa de costura pra sra. Marble e, quando foi buscá-la de volta, a caixa tinha sumido.

— Meu marido e eu vamos ajudar com sua carroça — acrescentou.

— Está vendo? — disse Ben para mim. — Essa mulher vai acabar se saindo bem. Já não posso dizer o mesmo daquele caçador de pecados.

A srta. Lizzie se recuperou muito bem. Em uma semana, já estava conduzindo os bois, segurando o chicote com a mão boa. Ben disse que nunca tinha visto alguém se recuperar tão depressa.

— Sinto muito mesmo, srta. Lizzie — falei, me sentindo responsável por ela. Talvez, se eu tivesse acertado aquele primeiro índio, as coisas teriam sido diferentes.

Achei que ela fosse ser bastante amarga por ter perdido a mão. Afinal, ela e a srta. Arvilla não tinham sido lá muito simpáticas antes. Mas, em vez disso, ela disse:

— Ora, não se preocupe comigo, Haidie. O Bom Deus achou por bem me deixar com uma segunda mão e, graças a Ele, é a que eu uso para escrever. E me deu uma irmã pra abotoar meu vestido. Nós duas poderíamos ter contratado um cocheiro e empregados para ir ao Oeste, mas quisemos provar que duas mulheres podiam ser tão capazes quanto dois homens. Pois bem, acho que deitei na cama que arrumei.

— Não, senhora. Eu e o Ben é que arrumamos sua cama. Juntamos os caixotes pra senhora ficar mais confortável. Eles eram pesados demais. O que tem dentro, afinal?

— Ora, não consegue adivinhar?

— Móveis, talvez?

A srta. Lizzie balançou a cabeça.

— Uísque?

A srta. Lizzie fez cara de espanto, mas depois sorriu e disse:

— Você está presumindo que sou beberrona só porque estava bêbada como um gaiteiro quando perdi a mão.

— Isso é absolutamente verdade — disse a srta. Arvilla, rindo.

A srta. Lizzie sorriu pra irmã, depois me disse:

— A garrafa foi levada por motivos medicinais. Minha irmã sabe que eu nunca provei uísque na vida até aquele dia. Sim, foi meu primeiro gole de uísque.

Ela lançou um olhar para a srta. Arvilla e acrescentou:

— Mas talvez não o último.

Então me disse:

— Não, querida, os caixotes não têm bebida. Estão cheios de livros.

— Livros! — Nunca tinha ouvido algo tão absurdo. Pelo que Ben dizia, metade dos garimpeiros nem sabia ler. — Quem ia querer comprar livro em Denver?

— Não temos intenção de comerciar. Minha irmã e eu temos um irmão que vive em Denver, o sr. Matchett. Ele é banqueiro e um dos cidadãos mais respeitáveis da cidade — o que não significa muito, num lugar tão novo quanto um pintinho. Mas ele acredita que Denver um dia será uma metrópole e está ansioso por levar cultura à cidade. Por isso convidou minha irmã e a mim para fundarmos uma escola para moças. Trouxemos livros para ensinar leitura, cálculo e boas maneiras. Pretendemos abrir no outono. Não será só para as damas de qualidade, mas para todas as que quiserem se aprimorar.

— Ah — foi tudo o que consegui dizer.

Estávamos caminhando ao lado dos bois das solteironas e então ouvi Boots gritar.

— Tenho que ir — falei, já me virando.

— Haidie — chamou a srta. Arvilla.

Eu me virei de volta.

— Sim, senhora.

— Se quiser ser nossa primeira aluna, minha irmã e eu teríamos o maior prazer em aceitá-la sem custo algum.

Agradeci e dei alguns passos, entretanto, parei e olhei para a srta. Arvilla.

— Pensei que a senhora tivesse dito que seria uma escola para *moças.*

Os cantos de seus lábios finos se ergueram num leve sorriso.

— Abriríamos uma exceção.

Capítulo Seis

A mão da srta. Lizzie já estava com casquinha quando chegamos a Mingo, que, segundo Ben, era a cidade mais perversa entre Omaha e Denver.

— O que isso quer dizer? — perguntou Boots.

— Quer dizer vaqueiros, pistoleiros, beberrões e mulheres de saia curta — expliquei.

— Ou sem saia nenhuma — acrescentou Ben, com um sorriso maroto.

— Mas, por que alguém ia querer ver isso? — perguntou Boots.

— Filho, você ainda tem muito o que crescer — disse Ben. — Acho que vamos ficar por aqui um tempo. Estou com vontade de tomar um gole.

Ele me lançou um olhar de cima a baixo, depois balançou a cabeça, e aí percebi que eu não teria o mesmo direito ao tal gole.

— Olhe aquela placa ali. O que acha do nome daquele *saloon*? — perguntei, apontando para um letreiro pendurado num prédio, onde se lia Lucky Duck.

— Não sei — disse Ben. — Não sei ler.

E foi direto para a porta.

Não vi nenhum daqueles pistoleiros, nem mulher pelada também, só uns dois vaqueiros que não estavam nem um pouco mais limpos do que nós e um bêbado cambaleando para fora de um segundo *saloon*.

Mas, ora, eu já tinha visto bêbado antes. Puxa, já tinha visto o papai mais bêbado do que aquele homem e, talvez, a mamãe também, por isso Mingo não me espantou. Era só uma cidade poeirenta, suja, com construções de troncos descascados que pareciam prestes a afundar na terra.

Ainda assim, fazia tempo que não víamos uma cidade e ficamos animadíssimos por estar ali. Alguns dos homens entraram no *saloon*, enquanto as mulheres se amontoaram na loja de secos e molhados para espiar as mercadorias, que estavam quase todas cobertas de poeira e cocô de mosca. Em casa, ninguém teria olhado duas vezes para aquilo, mas, depois de três meses na pradaria, as mulheres estavam famintas por um vislumbre do que chamavam de civilização, embora um carretel de linha branca, já acinzentado de sujeira, não pudesse ser chamado de civilizado. Aquele carretel devia estar ali desde o princípio dos tempos. Pelo aspecto das roupas esfarrapadas dos moradores locais, achei que costura não era prática muito comum por ali.

A srta. Arvilla abriu caminho entre as mulheres que se aglomeravam no balcão e perguntou se havia médico em Mingo.

— Temos um barbeiro — disse o lojista, rindo da própria piada.

— Minha irmã não precisa cortar o cabelo, senhor. A mão dela foi arrancada por um tiro de índio — disse a srta. Arvilla, lançando um olhar fulminante ao homem, que remexeu os pés atrás do balcão e puxou a própria barba.

— Bom... então vá até o *saloon* mais no fundo e pergunte pelo Doc. É o melhor que temos. Para falar a verdade, é o único que temos. Como ainda é cedo, pode ser que esteja sóbrio.

A srta. Arvilla agarrou minha camisa e disse para eu ir com ela.

Depois que a srta. Lizzie se feriu, achei que a srta. Arvilla ia pedir ao Ben que me obrigasse a cozinhar para ela, conduzir os bois ou juntar estrume de búfalo: aqueles círculos grandes de bosta que a gente agora usava como lenha, mas ela não pediu nada disso. Quando me ofereci para ajudar, ela disse:

— Não pediremos mais de você. É pai e mãe para seu irmão, um companheiro fiel para o sr. Bondurant e provou ser um amigo digno para minha irmã e para mim. Não hesitou nem se afastou quando foi chamado a ajudar na cirurgia dela.

E agora se oferece para ser um amigo ainda maior para nós. Não esqueceremos sua generosidade quando chegarmos a Denver, Haidie.

Fui com ela até o *saloon* dos fundos, que, pelo que pude ver, não tinha nome. Ela me mandou entrar e procurar o tal Doc, já que não era adequado para uma donzela pôr os pés dentro de um antro de iniquidade, palavras dela. Obedeci, fui até o homem atrás do balcão, onde havia uma fileira de garrafas. Ele estava lustrando um copo com um pano sujo e, como não vi nenhuma bacia d'água por perto, imaginei que ele não lavasse os copos, só passava o pano por dentro. mas achei que não fazia diferença, porque o uísque que ele servia provavelmente matava qualquer coisa que ainda estivesse no vidro.

— Estou procurando o Doc — falei e o balconista apontou com a cabeça para um homem sentado sozinho numa mesa, com uma garrafa e um copo à frente. Fui até lá e fiquei parado ao lado dele até que levantasse os olhos.

Ele me examinou por um instante.

— Se encostar nessa garrafa, moleque, arranco seu braço fora.

— Não quero uísque.

— Então o que está fazendo num bar? — perguntou ele, com voz sóbria o bastante. — Um pirralho feito você acha que pode comprar gole por gole?

— O senhor é médico?

— Bem... sou e não sou. Quem quer saber?

— Há uma solteirona lá fora que precisa da sua ajuda.

Ele bufou.

— Já tive mais do que o bastante de solteironas atrás de mim.

Entendi o que ele queria dizer.

— Esta não quer o senhor. Ela precisa de um médico.

— Mande-a entrar.

— Ela acha que não é adequado, por ser uma donzela e isto aqui um antro de iniquidade.

— Ah, é uma daquelas metidas de nariz empinado, boa demais para o lixo de Mingo.

— Não, senhor, ela é uma dama muito decente.

Olhei ao redor à procura do Ben, mas ele já tinha ido para o Lucky Duck, e eu não reconhecia nenhum dos outros homens da nossa caravana. Havia muito falatório quando entrei, mas agora os homens no bar tinham silenciado para escutar nossa conversa. Enfiei as mãos nos bolsos do macacão e baixei a cabeça.

— Esta é uma hora bastante inconveniente para eu sair — disse ele, lançando um olhar para a garrafa. — Se ela quiser me ver, que entre aqui.

Ele olhou ao redor da sala, para ver se os outros tinham ouvido e aprovavam. Ninguém disse nada.

O médico se serviu de mais uma dose. Eu podia ficar ali discutindo com ele enquanto ele se embebedava ou podia ir buscar a srta. Arvilla e a srta. Lizzie — e foi o que fiz.

— Você fez o melhor que pôde — disse a srta. Arvilla. — Venha, irmã. Acredito que a competência desse homem seja de qualidade duvidosa, mas ainda assim me sentirei um tanto aliviada se ele examinar sua mão.

Elas me acompanharam de volta ao *saloon*, e nós três nos postamos ao lado da mesa.

O médico sabia que estávamos ali, mas ficou encarando a garrafa e se serviu de novo. Por fim, virou a cabeça e percorreu a srta. Arvilla com os olhos, de cima a baixo. Quando viu a expressão no rosto dela, levantou-se e disse:

— Senhoras.

Fez um gesto grandioso, tirando o chapéu e se curvando, depois indicando que se sentassem. Elas permaneceram de pé.

— Sabemos que é médico, embora que tipo de médico atende no *saloon*, isso eu desconheço — disse a srta. Arvilla, com acidez.

— O único médico da cidade — respondeu ele.

— O senhor servirá até chegarmos a Denver. A mão da minha irmã foi arrancada por um tiro. As circunstâncias são irrelevantes, então não entrarei em detalhes. O sr. Benjamin Bondurant, da nossa caravana, fez a amputação. É um homem de habilidades extraordinárias. Quero que o senhor examine para ver se está cicatrizando como deveria.

O médico pensou um instante e assentiu.

— Pois bem, não posso fazer isso em pé. Sentem-se, senhoras.

A srta. Lizzie se sentou ao lado do médico, e a srta. Arvilla ao lado dela. E como eu era uma dama, mesmo que não parecesse uma, também me sentei. A srta. Lizzie estendeu o braço e retirou a bandagem. O médico se inclinou e examinou, depois pegou o braço sem muita delicadeza e o moveu de um lado para o outro. A srta. Lizzie fez uma careta, mas ficou firme, com os lábios apertados.

Alguns homens se levantaram das mesas e vieram espiar o braço, até que me pus atrás da srta. Lizzie para bloquear a vista e a srta. Arvilla os fulminou com o olhar.

— Senhores, não têm nada melhor para fazer? Isto não lhes diz respeito — disse ela.

Eles não deram ouvidos, e um deles comentou:

— Então foi tiro, foi? Mulher não devia brincar com arma.

Aquilo me deixou fervendo de raiva, e falei:

— Foi um índio quem fez isso. A srta. Lizzie sabe muito bem manejar uma arma. Atirou num guerreiro que ia matar a gente. Estaríamos mortos se não fosse por ela.

— É mesmo? — perguntou o médico.

— Já basta, Haidie — disse a srta. Arvilla, sem responder ao médico.

— Então, a senhorita deve ser uma verdadeira atiradora de elite — disse o médico. — Herman, ouviu isso? Devia organizar um concurso de tiro, a não ser que tenha sido a mão de atirar que foi arrancada.

O médico riu, mas nenhum dos homens o acompanhou. Ele tinha passado dos limites.

A srta. Arvilla se levantou.

— Vamos, Lizzie. Não passamos de alvo de zombarias. Não há aqui ninguém que mereça consideração.

— Agora espere aí — disse o médico, mas a srta. Arvilla empurrou a irmã na direção da porta, enquanto ele resmungava:

— Me roubaram cinquenta centavos.

— Senhora — disse um homem alto, mais limpo que os outros e barbeado também, aproximando-se da srta. Arvilla para que ninguém mais o ouvisse.

Ela parou e o encarou.

— Tenho alguma experiência com ferimentos de guerra, senhora. Talvez eu pudesse dar uma olhada. — Ele abaixou a voz. — Aquele homem não é médico de verdade, sabe? Só se chama assim. Eu mesmo não iria a ele nem por uma picada de mosquito.

— E o senhor é médico?

— Não, senhora. Só um pequeno fazendeiro. Mas estive em combate, lutei pela União. Me chamo Tom Earley.

Ela procurou uma mesa com o olhar, mas o sr. Earley nos levou para fora, onde a luz era mais forte e havia menos curiosos.

A srta. Lizzie esticou o braço, e o sr. Earley o pegou, tocando com cuidado o pulso e o toco onde antes havia a mão. Estava vermelho, retraído e com crostas.

— Dói? — perguntou ele.

— Um pouco.

Eu sabia que era mais que um pouco, mas ela não ia admitir.

— Meus dedos doem e nem estão mais aqui — continuou. — Não entendo isso.

— Os soldados chamam de dor fantasma. Os nervos que iam até sua mão ainda não sabem que ela se foi, por isso.

Ele largou o braço da srta. Lizzie.

— Quem fez essa amputação fez um trabalho muito bom. Já vi feridas que ficaram negras de gangrena, e o braço inteiro teve de ser tirado. Ou, então, o soldado morre mesmo. Que pó branco é esse?

— Farinha.

— Farinha! Já ouvi falar disso, mas nunca tinha visto com os próprios olhos.

Ele examinou a mão mais uma vez, depois disse:

— Pela minha experiência, eu diria que está tudo certo. Não faz mal deixar um médico em Denver dar uma olhada quando chegarem lá. Passe um pouco de gordura de bacon na ponta. Isso vai suavizar a pele.

— Agradecemos — disse a srta. Arvilla. Ela tirou uma bolsinha do bolso e a abriu, mas o sr. Earley afastou.

— Minha opinião não vale um tostão furado. Era eu quem devia pagar pela vergonha lá dentro. Não estamos acostumados com damas por aqui. Não houve má intenção.

— O senhor é um homem de cultura — disse a srta. Arvilla. Depois virou-se para mim e disse:

— Haidie, por favor, traga um volume da caixa que tem um número três escrito no topo.

Fui até a carroça. As caixas não estavam pregadas, então levantei a tampa e tirei de lá um exemplar de um livro intitulado Sonetos de Shakespeare. Em seguida, voltei até a srta. Arvilla com o livro na mão.

— Um sinal de nossa gratidão — disse ela, entregando o volume ao sr. Earley.

— Esses são meus preferidos. Fico grato por recebê-lo, mas não queria tirar nada de vocês — respondeu ele.

— Não se preocupe. Temos dez cópias.

— Vão abrir uma livraria, é isso? — perguntou o sr. Earley.

— Estamos fundando uma escola em Denver.

— Então, a civilização está vindo para o Oeste.

— A passo de tartaruga — disse a srta. Lizzie, lançando um olhar ao redor. — E não parece que vá chegar a este lugar.

— Dê-nos uns cem anos, talvez — disse ele, fazendo uma reverência às duas damas e depois apertando minha mão. — Não seria má ideia você conhecer esse livro também, rapaz.

— Eu sei ler — respondi.

— Convidamos Haidie para ser nosso primeiro aluno, mas ele ainda não aceitou — disse a srta. Arvilla.

Dois dos homens, os que tinham comprado mulas em vez de bois para puxar as carroças, disseram a Ben que iam deixar a caravana e seguir sozinhos para Denver.

Sem os bois para atrasá-los, afirmaram que poderiam viajar duas vezes mais rápido e chegar à cidade em dois ou três dias.

— Vocês são uns tolos — disse Ben. — Há índios entre aqui e Denver City, e eles estão em pé de guerra. Já não tiveram o bastante deles lá atrás? Viajando sozinhos, é bem capaz de perderem os couros cabeludos.

— Índio não me assusta — disse um dos homens.

— Pense nos seus filhos, homem. E na sua esposa.

— Agora, sr. Bondurant, não há necessidade desse tipo de comentário — disse o reverendo Tappan. — O senhor vai assustar as damas.

— Essa é a intenção. Duvido que já tenha visto uma mulher que foi violada por índios. Índios são quase tão maus quanto homens brancos.

— Senhor. Nós somos civilizados — disse o reverendo. E imagino que ele fosse mesmo, se falar pelo nariz e dar lição de moral nos outros for sinal de civilização.

— Está certo disso, é? Pois, eu não posso dizer que concordo, mas não vou discutir. Só digo que é um risco tremendo só para chegar a Denver um ou dois dias antes do resto de nós — e não é justo com a caravana, já que vamos ter de ir atrás enterrar vocês.

Ele se virou, deixando os dois homens com cara de cachorro que derrubou o pote.

— Acho que a patroa já está assustada o bastante para me deixar no inferno se eu insistir em seguir viagem — disse um deles e o outro concordou com a cabeça.

— O sr. Bondurant é um homem profano — disse o reverendo Tappan à sra. Marble, que viera buscá-lo para o jantar. — Acredito que qualquer homem, seja branco ou índio, pode ser domado se apenas ouvir as Escrituras.

Ele deu um tapinha na Bíblia que carregava no bolso.

— Precisam disso como precisam de um vendaval — resmungou Ben.

— Eles não têm sua educação, reverendo Tappan — disse a sra. Marble, levando-o pelo braço. Ainda usava o chapéu chique, com a pluma branca de avestruz agora marrom de poeira, e sorria para o ministro, apertando o braço dele com força.

— O senhor é um homem extraordinário — sussurrou ela, ao passar por mim.

— O que vai acontecer com ela? — perguntei a Ben.

— Nem ouso imaginar.

Agora todos estávamos ansiosos para chegar a Denver City e apressávamos os bois. Mas, por mais que os condutores gritassem com eles ou os estalassem com os chicotes, os bois apenas seguiam no mesmo passo lento de sempre, sem andar mais rápido do que haviam andado nos milhões de quilômetros desde que cruzamos o Missouri. Enquanto caminhávamos ao lado deles, forçávamos os olhos para sermos os primeiros a avistar as montanhas.

— Quatro dias até Denver — disse Ben certa noite, enquanto desafivelava os bois.

Quando ele colocou nesses termos, senti um frio na barriga de animação. Quatro dias até Denver, e talvez mais dois até que eu e Boots chegássemos a Georgetown e ao papai!

— Ouviu isso, irmã? Quatro dias para um banho decente — disse a srta. Lizzie, e acrescentou: — E para rever Edwin também, é claro.

— O irmão pode esperar, mas um banho! — sorriu a srta. Arvilla. — Tenho terra suficiente em mim para plantar rosas.

— Pois o cheiro não é de rosas — comentou a srta. Lizzie.

— Banho! — zombou Ben. — E quem é que se importa com banho? Uma garrafa de Taos Lightning, isso sim! Jovem Haidie, acho que você já merece um gole, depois de todos esses quilômetros.

Sorri de orelha a orelha, mas a srta. Arvilla franziu o nariz só de imaginar eu tomando uísque. Não comentou nada, porém, enquanto as duas conduziam seus bois para dentro do círculo de carroças, a srta. Arvilla perguntou a Ben:

— O senhor acha que eles poderiam pastar na pradaria aberta esta noite? Certamente não há mais perigo de índios tão perto da cidade.

— Eu não aconselharia isso. Vi sinais de índios o caminho todo.

— Então, seguiremos seu sábio conselho e manteremos os animais por perto — respondeu ela.

Começou a conduzir os bois para dentro, mas parou quando ouvimos uma gritaria vindo da carroça dos Tappan.

— Você tem que devolver meu cortador de açúcar! Ambrose, fale com ela! — gritou uma voz irritada.

A carroça dos Tappan estava estacionada do outro lado da carroça das solteironas. A sra. Tappan estava furiosa e podíamos ouvir cada palavra.

— Que vergonha, Emily, você sabe que a Bíblia nos manda compartilhar — repreendeu o reverendo a esposa.

— Compartilhar? É assim que chama isso? Compartilhar? A Bíblia também diz: 'Não furtarás'.

— Ah, pois fique com eles, então — disse a sra. Marble, atirando o cortador de açúcar para a sra. Tappan, mas o arremesso foi curto e o cortador caiu numa pedra e quebrou ao meio.

— Oh! — exclamou a sra. Tappan. — Estragou-se. E custou caro demais para ser substituído.

— Não deves adorar bens terrenos — disse o reverendo Tappan.

— Diga isso àquela... aquela... mulher — retrucou a sra. Tappan. — Ela já "pegou emprestado" meus grampos de cabelo e minha caixa de costura e agora não encontro minha jaqueta boa.

— É uma pobre viúva desamparada.

— É uma ladra e uma rameira pintada.

— Emily! — disse o reverendo em tom severo. — Que linguagem é essa, ainda mais vinda da esposa de um ministro!

— Ela suspira, faz beicinho e flerta descaradamente com você, Ambrose. Mal posso acreditar que não enxerga isso.

A sra. Tappan cobriu o rosto com as mãos e subiu para dentro da carroça. Se eu pudesse, teria subido junto com ela e dito que valia por cem Viúvas Marble.

A sra. Marble balançou a cabeça, num gesto de falsa compaixão, olhando para o reverendo Tappan.

— Meu pobre e querido reverendo, ter de carregar nas costas uma megera dessas... e feiosa, apagada — disse ela, passando a mão para cima e para baixo no braço dele. Baixou a voz, mas eu tinha me esgueirado até a frente da carroça das solteironas e conseguia escutar tudo.

— Pobrezinho, ter de aguentar uma esposa tão ingrata. Se o senhor fosse meu marido, saberia o que é satisfação de verdade.

Ela sorriu para ele, mas quando me viu, largou o braço do reverendo, que deu um salto para trás, corando.

— Cai fora, seu menino asqueroso. Está fazendo o quê, espiando seus superiores?

— Já vi mulher da vida muito mais bem-educada lá em casa — respondi.

Esperava ter dado o troco por tudo que ela fez à sra. Tappan.

O rosto do reverendo ficou vermelho como cachorro com ataque. Bufou e espumou, mas não conseguiu articular nenhuma palavra. Por fim, disse:

— Não vamos responder a tamanha grosseria.

Ele se virou e, ao passar pela carroça, chamou:

— Emily, está na hora do nosso jantar.

Embora tivesse estado dentro da carroça, a sra. Tappan tinha visto tudo. Quando desceu lentamente, vi que tentava esconder um sorriso.

— Haidie, você e o Boots venham aqui depois do jantar. Há um bolo de maçã seca. — Fez uma pausa. — Não, venham antes do jantar. Só tem metade do bolo, talvez vocês consigam comer tudo antes que... os que se acham superiores cheguem.

Três homens faziam a guarda do acampamento a cada noite, cada um em um turno de três horas. O terceiro guarda era responsável por acordar o acampamento às quatro da manhã. Mas, no dia seguinte, ninguém bateu na bacia para nos despertar e já estava quase amanhecendo quando Ben gritou:

— Acordem, acampamento!

Os homens perceberam que havia algo errado e se reuniram ao redor de Ben, comigo e Boots junto.

— Onde está o guarda? — perguntou um deles.

— Quem é o guarda? — veio a pergunta de outro.

— Tappan — disse Ben.

— Cochilou, foi? Deve ter se entediado pregando sermão — comentou o primeiro. — Onde ele está?

— Não está — respondeu Ben. — Revirei o acampamento. Sumiu.

— Olhou dentro da carroça da viúva Marble? — perguntou alguém, com malícia.

— Primeiro lugar que procurei — disse Ben.

Os homens ficaram em silêncio por um instante.

— Será que foi pego por um índio? — perguntei.

Ben balançou a cabeça.

— Não há corpo. E mesmo que um índio entrasse no acampamento para roubar, os que andam por aqui são soldados-cães. Vieram para matar. Se um tivesse entrado, viriam outros e estaríamos todos estirados no chão com flechas cravadas.

— Vai ver o reverendo voltou para a carroça dele e dormiu.

Os homens se voltaram para a carroça dos Tappan e eu reparei que a sra. Tappan estava sentada no banco, com a cabeça entre as mãos. Ben se aproximou e perguntou:

— Seu marido está aqui, senhora?

— Foi embora.

— Para onde?

— Fugiu. Levou a valise e todo o nosso dinheiro. — Então ela ergueu os olhos para nós. — Levou a Bíblia também.

— Onde está a sra. Marble? — perguntei a Ben.

A sra. Tappan olhou para mim e assentiu.

— Imagino que tenha ido junto... e levado nossos cavalos. O reverendo tinha trazido uma parelha de mulas e dois cavalos miseráveis.

— Eles vão me pagar quando eu os encontrar! — prometeu o sr. Samuels. — Dou uma surra de chicote em homem que abandona acampamento sem guarda!

— Deixe pra lá. Temos que atrelar os animais — disse Ben a ele.

— E não vamos atrás deles? — perguntou o sr. Samuels.

— Pra quê? — respondeu Ben. — São crescidinhos. Se alguém os pegar, vão ser os índios, e aí a gente arriscava a vida só pra raspar o que sobrar deles da pradaria.

— Acho que procuraram por isso — concordou o sr. Samuels.

Os homens foram buscar os animais, enquanto as mulheres voltaram para suas carroças para começar o café da manhã, mas eu e Ben ficamos com a sra. Tappan.

— A senhora sabe conduzir uma parelha de mulas? — Ben perguntou.

Ela assentiu com a cabeça.

— Mas não consigo atrelar sozinha.

— Eu consigo — falei. — Jake Crowfoot me ensinou.

Eu estava orgulhosa de poder ajudar a sra. Tappan. Acompanhei-a até onde os animais estavam cercados e pedi que me mostrasse quais eram suas mulas. Era uma parelha ruim, marrom, e eu não sabia como tinham chegado tão longe. Quando ela se afastava, eu disse:

— Senhora, sinto muito. Imagino que, onde quer que o reverendo Tappan vá, ele vai acabar encontrando Judas.

Eu não só atrelei as mulas, como também dirigi a carroça da sra. Tappan para ela, porque naquela manhã, ela não estava em condições de fazer coisa alguma sozinha. Chegou a separar os mantimentos para o café da manhã, mas se esqueceu de acender a fogueira. Depois sentou-se no banco da carroça, mas nem pegou as rédeas. Então, amarrei o Outlaw na traseira da carroça, subi ao lado dela, bati com as rédeas no lombo das mulas e gritei:

— Anda, suas imprestáveis, vesgas, mulas desgraçadas — do jeito que o Jake fazia.

Aí mordi a língua, com medo de a sra. Tappan me chamar de blasfema, por ser mulher de pastor. Mas ela resmungou:

— Mulas desgraçadas, marido desgraçado e aquela desgraçada daquela mulher também.

Gostei ainda mais dela por isso.

Pigarriei.

— A senhora está bem, senhora? — perguntei.

— O Senhor me largou no meio deste fim de mundo e meu marido me deixou por uma rameira, e você me pergunta se estou bem?

— Desculpe — falei, me sentindo mais rebaixada que sapo em toca.

Ficamos um tempo em silêncio, até que perguntei:

— A senhora vai voltar pra casa?

— Não tenho casa. Fui órfã até o dia em que Ambrose me tirou daquele lugar e disse que eu devia ser um instrumento do Senhor.

— Igual a mim e ao Boots. A gente não era instrumento, era só órfão mesmo. Estávamos num orfanato católico.

— Não tenho apreço nenhum por católicos. Uma vez um católico me bateu com uma frigideira na cabeça.

— Eu e Boots também não somos católicos. Eu até queria ser judia. Os órfãos deles comem melhor. Mas, se quer saber, orfanato não é lugar para criança.

A sra. Tappan sorriu com isso.

— A senhora se casou com o reverendo Tappan por que amava ele ou porque ele tirou a senhora do orfanato?

Uma das mulas virou a cabeça e mordeu a que estava ao lado. Estalei o chicote perto da orelha dela e gritei:

— Ei, você aí, mula desgraçada!

Gostava de xingar e achava que fazia isso muito bem.

Achei que a sra. Tappan não tivesse ouvido minha pergunta, porque demorou muito a responder.

— Acho que você entende mesmo de orfanato. O único futuro que eu conseguia enxergar ali era me casar com algum agricultor imundo ou virar criada, limpando a sujeira dos outros. Aí apareceu o Ambrose Tappan, com aquele papo de levar Deus para os bebezinhos pagãos e fundar uma igreja no meio do nada, onde a gente guiaria os pecadores até Cristo. Ele queria uma igreja grande, a maior de Denver, e dizia que seríamos tão bons quanto qualquer banqueiro ou dono de loja da cidade. Achei que poderia usar um casaco de veludo com botões de latão e carregar um regalo de pele. Sempre quis um regalo de pele. Tudo que eu tinha de fazer era me casar com ele.

Ela balançou a cabeça.

— Ele era o rato no saco de farinha, mas ainda achei que era melhor do que um criador de porco, mesmo que gostasse de se rebolar à noite.

Ela pensou por um instante.

— Ambrose não era um homem mau. Tentava viver conforme a Bíblia e eu fui uma boa esposa para ele. Fui submissa e usava roupas simples, porque Ambrose dizia que mulher com roupa enfeitada era como corvo com leque de penas.

A sra. Tappan me lançou um olhar de canto de olho.

— Cheguei à conclusão de que as palavras dele eram muito pouco confiáveis. Ele veio a ter conhecimento da viúva Marble — disse ela.

— Eles tiveram ligação? — perguntei, espantada comigo mesma por ser tão direta. Mas achei que "conhecimento" e "ligação" eram a mesma coisa, o que significava que fora ela quem tinha trazido o assunto à tona. Além do mais, por que mais ele teria fugido com a tal viúva? Não estavam sentados ao redor da fogueira lendo o Gênesis.

— O que um menino como você sabe dessas coisas?

A sra. Tappan suspirou.

— Ah, é mesmo. Você cresceu em orfanato.

Fiquei olhando para as ancas das mulas da retaguarda.

— Que escolha eu tinha? — ela continuou. — Como pode ver, não sou uma mulher bonita. Ambrose me dizia isso com frequência.

— Ele é um traste! Era mentiroso, sra. Tappan! A senhora é linda.

Menti com gosto, porque ela era só mais ou menos.

A sra. Tappan apertou minha mão.

— Pode me chamar de Emily. Tenho dezoito anos, não sou muito mais velha que você.

— Sem aquelas roupas espalhafatosas, a sra. Marble com certeza não é tão bonita quanto a senhora — falei. Não saiu muito certo, mas a sra. Tappan — Emily — entendeu o que eu queria dizer.

— Quando a gente chegar em Denver, nunca mais vou usar chita sem graça.

O sol já estava alto no céu e fazia calor. Eu gostava de conduzir as mulas, gostava mais disso do que de andar ao lado de uma junta de bois lerdos. Passamos por trechos cheios de flores silvestres, e se eu não estivesse dirigindo, teria colhido um ramalhete para a Emily, só para animá-la.

De vez em quando, ela apoiava a cabeça nas mãos e fungava. Não fazia barulho, mas dava para ver que estava chorando. Depois limpava o rosto com as mãos, olhava por cima das mulas e suspirava, perguntando:

— Por que estou sofrendo por um homem que não vale nada?

— Porque a senhora é uma boa pessoa — respondi.

Ficamos um tempo em silêncio. Então, perguntei:

— E o que vai fazer quando chegar em Denver?

— Estive pensando nisso. Não há muito o que eu possa fazer.

— A senhora pode lavar roupa, aposto. Foi o que aprendi a fazer no orfanato Smoak.

— E como é que você aprendeu a lavar roupa sendo menino?

Fui descuidada e logo acrescentei:

— Lá faltava menina, então os meninos tinham que ajudar. Eu odiava, porque era serviço de menina.

Tentei baixar um pouco a voz quando falei isso.

— Nunca ouvi falar disso, menino lavando roupa. Nem de orfanato que não tivesse um monte de menina. Você já viu?

— "Preponderância" é uma palavra boa — comentei, tentando mudar de assunto.

— Meu marido me ensinou. Significa ter pecado demais. Agora, o que você me diz do que eu perguntei?

— Não saberia dizer. Não conheço preponderância de orfanatos — respondi, sorrindo. Ela me encarou, esperando, até que eu disse: — Todo mundo aprendeu a lavar. É uma coisa bem útil de se saber. Aposto que alguns dos solteirões nesta caravana foram órfãos. A senhora nunca os viu lavando roupa?

— Não vi. Mas já vi pagando cinco centavos para a filha da sra. Samuels lavar as camisas.

— Lavar roupa não é um jeito tão ruim assim de ganhar a vida.

— É sim e você sabe disso.

Ela me observou por um instante, depois perguntou:

— Você é menina, não é?

Como eu não respondi, ela completou:

— Nunca percebi antes, mas agora acho que vejo. Bom, não vou contar.

— Ninguém sabe além de mim e do Boots, nem mesmo aquelas duas solteironas. Elas são muito gentis.

Emily assentiu.

— Disseram que eu podia comer com elas. Por que você finge ser menino?

— Quem é que ia querer contratar uma menina para conduzir bois?

— Entendo o que você quer dizer.

— E sendo menino, não preciso montar de lado.

O calor estava como mula brava e Emily abanou o rosto com a mão, depois abriu a frente do vestido para deixar o ar entrar.

— Vou te dizer uma coisa, Haidie. Ainda bem que não estou esperando filho. E olha que é até estranho, com tanto chamego que o reverendo fazia.

— A senhora gostava? — Achei que ela fosse ficar tão chocada quanto eu com a pergunta, mas em vez disso, pensou um pouco antes de responder.

— No começo, não, mas depois a gente se acostuma.

— Conheço uma moça chamada Teresa que gostava da coisa. Eu mesma nunca tentei.

— Acho que eu era boa nisso.

— Eu nem sabia que dava para ser boa ou ruim. Achei que só fosse.

— Ah, sim. Dá, sim.

Eu estava prestes a me aprofundar nesse assunto, querendo me instruir, quando Ben levantou a mão e mandou parar para o descanso do meio-dia.

— Pode comer com a gente — falei. — Não tem razão para fazer duas fogueiras.

— Não estou com muita vontade de comer. Tenho uns pensamentos para resolver.

Desatrelei as mulas, tratei de dar comida e água para elas e depois as soltei. Quando terminei, fui até onde Ben e Boots tinham acendido a fogueira. Boots tinha posto o pão de milho e o feijão frio da noite anterior e estava despejando água na cafeteira.

— Ben diz que os índios devem ter pegado o reverendo e a sra. Marble — ele me contou. — Aquelas duas éguas não escapavam nem de boi manco. Aposto que agora tão tudo crivado de flecha.

Ele parecia até satisfeito com aquilo.

— Crivado de flecha, com as partes íntimas cortadas fora.

— Onde foi que você ouviu isso? — perguntei.

— Foi o Ben. Ele contou isso pro sr. Samuels. Disse que talvez levassem a sra. Marble e... violentassem ela. O que quer dizer "violentassem", Haidie?

— Não sei — menti. — Talvez signifique pintar o rosto dela, tipo como os índios pintam a cara antes de atacar a gente.

— Eu sei que você é mentirosa, então acho que não é isso, não.

Moí um punhado de grãos de café e joguei dentro da cafeteira.

— Além do mais, ela já usava pintura. Vi ela passar uma coisa nas bochechas para a ficarem vermelhas — disse Boots.

— Aquela mulher era contra a natureza.

Ben se aproximou da gente nesse momento.

— Você conduz essas mulas como um muladeiro — me disse ele. — Quando aquele sujeito lá em Omaha falou que você sabia conduzir mulas, não acreditei, mas agora estou bem orgulhoso de você.

— Eu disse que sabia.

— É, mas você pode ser mentiroso.

Era a segunda vez em cinco minutos que me chamavam de mentirosa.

— Ben — falei, depois que servimos o almoço e sentamos de pernas cruzadas no chão para comer —, o que você acha que vai acontecer com a sra. Tappan?

— Ora, essa é uma boa pergunta, e não sei dizer ao certo. O melhor pra ela seria arranjar um homem e se casar de novo. Tem um ou dois aqui na caravana que talvez estejam atrás de esposa.

— E se ela não quiser se casar?

— Pode viver de lavar roupa. Em Denver, um homem paga cinquenta centavos pra ter a camisa lavada e passada por uma mulher branca.

— E se ela não quiser lavar roupa?

— Pode alugar quartos. Quer dizer, se achar um lugar pra se instalar.

— E se ela não souber cozinhar?

Ben assentiu, pensativo.

— Você está cheia de perguntas, mas há outras coisas que ela pode fazer.

— Tipo as coisas lá da Red Feather Road, em Smoak?

Ben limpou o prato com um pedaço de pão de milho e enfiou na boca. Quando terminou, sacudiu as migalhas da barba.

— Não conheço esse lugar, mas entendi o que quer dizer. É, acho que tem coisas assim.

— Não é justo. Foi ele quem fugiu, mas é ela quem tem que se virar.

— O mundo lá fora é cruel, jovem Haidie, cheio de mentirosos, trapaceiros e homens da pior espécie. Melhor você aprender isso.

Menos de uma hora depois do nosso descanso do meio-dia, avistamos as montanhas. Nos últimos trezentos quilômetros, mais ou menos, tínhamos cruzado pradarias cobertas de capim alto e amarronzado, com algumas flores silvestres vermelhas, azuis ou amarelas perdidas ali no meio. Em certos dias, não se via uma única árvore. Eu vinha esperando pelas montanhas, mas admito que, quando as vi, não fiquei impressionada. Eram só uma linhazinha azul e desgastada no horizonte. Eu tinha imaginado enormes montes de pedra, mas aquelas montanhas não pareciam maiores do que os morros do Mississipi. Não entendi por que tanta empolgação. Aqueles homens que se gabavam da imponência das montanhas tinham contado lorotas maiores do que qualquer uma que eu já tivesse inventado.

Ben apontou para uma montanha que se erguia mais do que as outras e disse:

— Aquela ali é o Pico Pike. Foi o que deu início à Corrida do Ouro, mas nunca se achou um grão de ouro lá, nem nunca vão achar.

— Vou dizer que fiquei foi bem decepcionada com as Montanhas Rochosas. Não vai ser nada pra mim e o Boots entrar nelas e achar o papai.

— Espera só pra ver — disse Ben, sorrindo.

Achei que conseguiríamos chegar a Denver, que ficava ao pé das montanhas, antes do pôr do sol, mas quando Ben mandou parar, parecia que estávamos tão longe quanto quando tínhamos avistado as Rochosas pela primeira vez.

— Ben disse que é por causa do ar ralo — me contou Boots.

Nunca tinha ouvido falar de ar ralo — nem de ar espesso, pra falar a verdade.

Justo quando estávamos nessa conversa sobre o ar, ouvimos cavalos. Os homens do acampamento correram para pegar as armas, e alguém gritou:

— Índios!

Mas Ben levantou o braço, do jeito que fazia quando queria que a caravana parasse, e disse:

— Índio não usa espora. Vocês não estão ouvindo o tilintar?

Esperamos até que uma dúzia de soldados se aproximasse da caravana e desmontasse dos cavalos. Ben e o sr. Samuels foram ao encontro deles e conversaram por um bom tempo. Quando voltaram com um oficial, estavam com expressão grave.

— Amigos, reúnam-se — gritou o sr. Samuels, embora fosse desnecessário, já que todo mundo já estava reunido.

— Amigos — repetiu ele —, neste mundo, passamos a esperar a tristeza. Devemos nos preparar para os deveres dolorosos que o Senhor nos confia. Nossos dias nesta terra são poucos e devemos sempre estar prontos para encontrar nosso Criador — preparados por meio de uma vida justa.

Nunca tinha ouvido esse tipo de discurso sair da boca dele — parecia até que o sr. Samuels tinha virado o reverendo Tappan.

— Amigos, sou o capitão desta caravana e tentei conduzi-la com justiça. Tentei manter—

— Os soldados encontraram dois corpos na pradaria — interrompeu Ben. — Eram da sra. Marble e do reverendo.

Arfamos todos, enquanto o sr. Samuels lançou um olhar furioso para Ben por estragar o sermão.

— Não adianta ficar enrolando — disse Ben a ele.

— Os soldados os encontraram na pradaria, a poucos quilômetros de onde acampamos naquela noite em que fugiram. Não foram longe — apressou-se o sr. Samuels, antes que Ben pudesse dizer mais.

— Bem feito pros adúlteros — disse uma mulher.

— Os soldados iam levá-los pra Denver, mas como já sabemos quem são, dissemos que cuidaríamos do enterro aqui mesmo.

— Quero vê-los.

Os homens já estavam indo buscar pás nas carroças, mas pararam, e o povo se calou quando Emily repetiu:

— Quero vê-los.

— Senhora? — disse o oficial.

— Um deles é meu marido. Quero vê-los.

O oficial olhou para Ben e balançou a cabeça.

— Melhor não.

— A senhora não deve — reforçou Ben.

— Tenho o direito de ver meu marido.

Ben cochichou com o soldado:

— Ele fugiu com outra mulher.

— Pois, pagou caro por isso — o oficial respondeu em voz baixa.

— Castigo — proclamou o sr. Samuels em voz alta.

Emily não deu atenção aos homens. Passou pelas carroças, passou pelos soldados que haviam desmontado, e seguiu até uma carroça de carga onde estavam os dois corpos. Ben foi atrás dela e eu escapei do círculo de carroças indo atrás do Ben. Nós três espiamos pelas ripas da carroça o que restava da sra. Marble e do reverendo. Nenhum dos dois tinha roupa. As mãos do reverendo, e outras partes, haviam sido decepadas e a sra. Marble tinha levado punhaladas um milhão de vezes: o rosto dela estava tão coberto de sangue que eu não a teria reconhecido se não soubesse quem era.

Emily apenas encarou, o corpo tão rígido que parecia incapaz de se mover, já eu me virei de lado e vomitei o jantar todo. Espero nunca mais ver uma cena tão horrível em toda a minha vida.

Ben percebeu que eu estava ao lado dele e disse:

— Você não devia ter olhado. Não é apropriado para um rapaz ver isso — nem para uma senhora. Na verdade, nem para um homem.

— Eu desejei a morte deles, mas não assim. Não desejei isso — chorou Emily.

Seu rosto estava tão pálido que achei que fosse desmaiar. Ben a ergueu nos braços e a levou de volta para o círculo das carroças, onde ela recobrou as forças.

— Não quero que sejam enterrados daquele jeito. Podem até ter vindo nus ao mundo, mas não hão de sair dele assim. Ambrose deixou um terno formal. Está no baú, na carroça.

— Vou buscá-lo — falei.

— E é melhor trazer também um vestido branco que está junto. A sra. Marble também deve ser coberta.

Encontrei o baú e peguei as roupas. Levei-as de volta, e Ben disse que ele mesmo vestiria os dois corpos.

— O certo seria uma mulher cuidar da senhora. Mas não é certo pedir a uma dama que veja o que fizeram com ela.

— Eu faço isso — disse.

Enquanto Ben vestia o reverendo, eu deslizei o vestido branco sobre a sra. Marble, pensando no desperdício que era ver o melhor vestido de Emily cobrindo uma mulher tão brutalmente mutilada. Como a sra. Marble era uma mulher de porte avantajado, o vestido não servia direito. Puxei, estiquei e acabei manchando de vermelho, mas, ainda assim, os botões nas costas não se alinhavam de jeito nenhum. Bem, ninguém iria olhar de perto mesmo. De todo modo, assim que os corpos estavam vestidos, nós os envolvemos em cobertores, como mortalhas, e quando os homens terminaram de cavar as covas, colocamos os dois lado a lado.

Não houve um serviço propriamente dito. O oficial do exército leu um trecho da Bíblia, algo sobre pecadores se arrependendo e a vingança do Senhor. Depois cantamos "*O God, Our Help in Ages Past*"

Enquanto os outros voltavam para suas carroças, Emily permaneceu ali até que o último torrão de terra fosse lançado e os homens colocassem pedras sobre os túmulos, para que os lobos não desenterrassem os corpos.

Fiquei ao lado dela, segurando sua mão, que estava tão fria quanto o corpo que eu havia vestido. Quando os homens terminaram, tiraram os chapéus para Emily e disseram que era melhor ela voltar para o acampamento, mas Emily continuou junto às covas por mais um tempo, encarando-as sob a luz do luar. Por fim, respirou fundo, como se puxasse o ar desde a sola dos pés, e com o rosto molhado de lágrimas, virou-se, e voltamos juntas para as carroças.

— Foi um gesto muito bonito o que a senhora fez, dar seu melhor vestido para a sra. Marble — comentei quando chegamos à sua carroça.

Emily parou e apoiou a mão no cabeçalho da carroça, limpando o rosto com a outra. Então disse:

— Era meu vestido de noiva.

Capítulo Sete

Tudo o que havíamos visto nos últimos cento e sessenta quilômetros era pradaria plana. Denver também ficava sobre uma pradaria plana, mas havia dois riachos que a cortavam, e a cidade se erguia bem diante de uma cadeia de montanhas. Ben disse que foi ali que os primeiros argonautas garimparam ouro. Os caçadores de ouro eram chamados de Argonautas e, vez ou outra, '*sourdoughs*', como se dizia por aquelas bandas.

Denver era cerca de mil vezes maior que Smoak e crescia a cada hora. Ben contou que, na primavera, um incêndio tinha destruído boa parte da cidade, livrando Denver das cabanas de toras caindo aos pedaços e dos barracões malfeitos que haviam sido erguidos desde a chegada dos primeiros garimpeiros, em 1858. Por isso, vimos construções de tijolo sendo erguidas ao longo da Larimer, a rua principal. Notei uma botica, um banco, uma agência funerária e até uma livraria, além das ferrarias, *saloons* e casas de dança, com mulheres vistosas paradas na porta. Ben nos contou que quase cinco mil pessoas viviam ali.

O som do piano vinha dos *saloons* e, se não fosse tanto barulho nas ruas, aposto que ouviríamos também as roletas girando e os dados rolando. Parecia haver tantos saloons quanto casas e pensei que o Cheet com certeza ficaria decepcionado por não ter vindo com a gente, se soubesse das oportunidades que teria de ser passado pra trás e perder seu dinheiro em Denver.

Aí me peguei pensando no Cheet, no que ele teria achado ao chegar no orfanato e descobrir que eu e Boots tínhamos partido. Ele saberia que fugimos para encontrar o papai e talvez até tivesse nos seguido.

Pensei nisso por um minuto, antes de me perguntar: por que motivo Cheet viria ao Colorado? Ele não saberia o que fazer conosco aqui, do mesmo jeito que não soube em Smoak. Só ia procurar outro orfanato para nos largar. Eu amava o Cheet, do meu jeito, e me entristecia o fato de meu irmão não se importar com a gente. Mas papai se importava. Ele ficaria tão feliz, tão orgulhoso de saber que viemos até aqui sozinhos, que dançaria de alegria. Quase me abracei de empolgação, pensando no quanto estávamos perto de encontrá-lo.

As ruas estavam cheias de carreteiros e transportadores. Eles gritavam com os *sourdoughs*, que avançavam pelas ruas enlameadas com seus burros, embora, em Denver, Ben nos explicou que chamavam de *burros*. Os homens praguejavam contra os animais, uns contra os outros e contra quem quer que se metesse no caminho. Quase fomos atropelados por uma parelha de mulas atreladas a uma carroça enorme que não conseguia parar, o condutor puxando as rédeas e gritando para o povo sair da frente. Parecia haver cachorros por toda parte, brigando entre si e correndo atrás de gatos.

— Gato que ainda tem rabo é turista — disse Ben.

Havia bancos e lojas de secos e molhados, barbearias, ferragens e ferradores. Vi uma loja de artigos de lata e outra que anunciava daguerreótipos e achei que seria bonito eu e o Boots tirarmos uma fotografia juntos, mas não havia ninguém a quem dar. Cheet não se importaria com uma foto nossa e o orfanato não ia emoldurá-la em ouro nem pendurar com uma plaquinha dizendo "órfãos fugitivos". Pensei na Teresa então, onde estaria ela e se ela e Jake haviam se casado ou se apenas estavam sendo incorrigíveis juntos.

Os comerciantes que ficavam em frente aos seus estabelecimentos vestiam ternos encardidos e camisas engomadas, iguais às que eu e Teresa lavávamos e passávamos no orfanato. Já os homens da rua usavam calças de lona sujas, camisas de flanela, chapéus engordurados e botas rachadas. Não se via um uniforme sequer.

— Este lugar é ianque ou secessionista? — perguntei a Ben.

— Ianque, mas os homens que eram patriotas o bastante para lutar já se alistaram. Os daqui se importam mais com ouro do que com a guerra.

Por fim, paramos na Wazee Street, num lugar chamado *Elephant Corral*, e fiquei decepcionada ao ver que não havia elefante nenhum ali. Afinal, durante a trilha, cruzamos com vários *go-backs*, homens voltando para o leste, que diziam já ter "visto o elefante", então eu esperava ver um. Ben me explicou que *Elephant Corral* era só o nome por causa do tamanho do lugar. E era mesmo grande como um elefante — grande e lotado de carroças de pradaria, carroções de carga, animais circulando, crianças correndo por todo lado e homens gritando.

Eu estava dirigindo a carroça de Emily, com o Outlaw amarrado atrás, quando Ben nos guiou para dentro do *Elephant Corral*. Quando parei as mulas, perguntei a Emily:

— A senhora já decidiu o que vai fazer?

— Já. Vou vender esta parelha e a carroça e tudo que estiver nela. E se ninguém quiser, deixo aqui mesmo.

— E depois?

— Não é da sua conta.

Ela olhou em volta e chamou:

— Sr. Bondurant, se aceitar agir como meu agente na venda da carroça e dos bens, lhe dou dez por cento.

Ben não respondeu nada, apenas fez um gesto para um homem que estava sentado num tronco e lhe disse que Emily queria vender a carroça. O homem examinou as mulas e comentou que não entendia como elas tinham atravessado as planícies, sendo velhas, marrons e alimentadas só com capim.

Subiu na carroça e revirou os pertences de Emily.

— Cem dólares. É a oferta mais generosa que vai receber — disse ele, levantando uma Bíblia e apertando os olhos para enxergar. Abriu o livro e, ao perceber o que era, atirou de volta dentro da carroça. — Cem dólares e um centavo.

Emily assentiu para Ben, mas em vez de aceitar a oferta, Ben zombou:

— Vale trezentos.

Barganharam por um tempo, Ben dizendo que só a caixa de Bíblias valia uns vinte e cinco dólares fácil e o homem retrucando que talvez conseguisse vender a caixa toda por um dólar para quem quisesse calçar o chão com elas. Eu já tinha estado dentro da carroça da Emily e sabia que as panelas, as roupas e tudo o mais não valiam muito, o açúcar tinha acabado e só restava meio saco de farinha, mas o altar era grande e talvez servisse de bom cepo numa casa de carnes.

Ben disse que talvez encontrasse alguém querendo levar a família de volta para o Leste, para poder se alistar na guerra, mas o homem deu de ombros:

— Aqui ninguém mais fala de guerra. O assunto agora é mineração.

Por fim, os dois homens fecharam em duzentos dólares. O comprador entregou o dinheiro à Emily e ela estendeu para Ben uma moeda de ouro de vinte dólares, mas ele balançou a cabeça.

— Agradecido, mas não seria certo aceitar dinheiro de uma viúva.

Emily tentou me dar então, mas eu também não aceitei.

— Ora, não entendo — disse ela, guardando o dinheiro na bolsa. — Ambrose jamais recusou nem mesmo um centavo na vida.

— E agora, para onde a senhora vai? — perguntou Boots.

Ela respondeu ao Ben, e não ao Boots:

— Ouvi uns comentários, entre os homens da caravana, sobre o Clube Progressista. Conhece o lugar, sr. Bondurant?

Ela tinha um olhar firme, como se esperasse que Ben fosse se opor. Ele a observou por um momento, mas não protestou. Em vez disso, assentiu.

— É o melhor entre os do tipo. Gostaria que tivesse um plano melhor, mas de todo modo, desejo sorte à senhora.

Ela se virou para mim.

— Se algum dia me vir passando pela rua, tudo bem fingir que não me conhece.

— Por quê? — perguntou Boots.

Mas eu já sabia. Demorei só um instante para entender que o Clube Progressista era como os lugares da Red Feather Road e meu coração pesou ao perceber que Emily ia trabalhar em um deles. Só esperava que fosse melhor do que lavar roupa.

— Melhor me dar as direções, sr. Bondurant — disse Emily.

Ele apontou para o fim da rua, e nós a vimos se afastar, sem levar nada da carroça, sem olhar para trás.

Assim que Emily sumiu de vista, as duas solteironas se aproximaram.

— Já mandamos um rapaz avisar nosso irmão, Edwin, de que chegamos — disse a srta. Lizzie. — Haidie, você e Boots estão convidados a vir conosco até fazerem os preparativos para subir às montanhas. Talvez queiram um banho.

— Eles vão se sujar de novo — comentou Ben.

— A oferta não foi feita ao senhor, já que seria inútil — retrucou ela. Depois se voltou para mim, e eu recusei, porque não tínhamos tempo para banhos.

— Ao menos uma refeição, então, Haidie — insistiu a srta. Arvilla.

Balancei a cabeça.

— Acredito que estamos ansiosos para encontrar o papai.

Eu até que gostaria de um jantar que não tivesse sido feito numa fogueira, mas temia que as irmãs tentassem nos convencer a ficar em Denver e talvez até frequentar a escola delas.

— Então devem nos visitar quando retornarem — disse a srta. Lizzie, pedindo que procurássemos pela casa dos Matchett. — Enquanto isso, desejamos boa sorte aos três. Sr. Bondurant, eu teria morrido sem seus conhecimentos médicos. Se algum dia pudermos fazer algo pelo senhor...

Ben fez um gesto, dispensando os agradecimentos, e disse:

— Ah, deixe disso!

— Compreendo, mas estamos em dívida com o senhor e com você também, Haidie, por sua gentil ajuda. Se algum dia pudermos ajudá-los, não hesitem em nos procurar.

Fiquei tão sem graça quanto o Ben com aquelas palavras todas, e só murmurei:

— Obrigado, senhora.

Nesse instante, um homem gritou:

— Lizzie! Arvie!

Eu esperava que o irmão das solteironas fosse tão distinto quanto elas, vestido como Corny, com camisa branca, colete florido e cartola. Mas, em vez disso, um homem grande, usando calça de veludo cotelê e roupas de lã grosseira, tirou da cabeça um chapéu tão surrado quanto o do Ben e levantou as duas irmãs no ar. Elas gritaram e o abraçaram.

— Ninguém acreditou quando eu disse que minhas irmãs viriam sozinhas até aqui, mas eu sabia que vocês tinham gosto por aventura.

Ele parou ao ver o braço da srta. Lizzie. Ficou olhando para ele por um bom tempo. Depois, o olhar subiu lentamente até o rosto dela.

— Índios — ela disse. — Mas não há razão para se preocupar, Edwin. Tenho uma mão perfeitamente boa no outro braço e ainda consigo ganhar de você no carteado.

Fiquei espantada, porque não fazia ideia de que as irmãs jogavam cartas.

— Pôquer — disse a srta. Lizzie, me olhando. Em seguida, virou-se para o irmão — Claro que eu não estaria aqui se não fosse pelo sr. Bondurant, nosso fiel guia. Foi ele quem removeu minha mão afetada e impediu que a infecção se alastrasse pelo braço. E foi Haidie quem o auxiliou.

Edwin se virou e nos viu, pela primeira vez.

— Bondurant. Ben Bondurant, aposto. Já ouvi falar do senhor. Sou grato pelo que fez por minha irmã — pelas duas.

Acrescentou com afeto:

— Sei melhor do que ninguém que elas podem ser uma provação.

Apertou a mão do Ben e então se apresentou:

— Edwin F. Matchett, às suas ordens.

— Hein? E. F. Matchett, o dono do banco? — perguntou Ben.

— Ele mesmo.

— Também já ouvi falar do senhor.

A srta. Arvilla nos apresentou, a mim e a Boots, e contou que estávamos indo para Georgetown procurar nosso pai.

Com tanta saudação e apresentação, comecei a me sentir deslocada e cochichei para Ben:

— Eu e Boots estamos prontos para partir, se o senhor nos mostrar o caminho.

Eu já tinha posto nossas coisas num saco e amarrado na sela do Outlaw.

— Não vão esperar por um guia? — perguntou a srta. Arvilla.

— São só oitenta quilômetros e a estrada vai estar cheia de gente. Não vai haver necessidade — disse Ben a ela. Depois se voltou para mim: — Vou levá-los até o começo da trilha.

Nos despedimos dos Matchett e Ben mandou o rapaz dos Samuels tomar conta da carroça. Ele montou em seu cavalo, eu e Boots subimos no Outlaw, e seguimos rua abaixo. Algumas quadras depois, Ben virou para o oeste e parou.

— É por ali — disse ele, apontando uma estrada. — Vocês chegam a Golden — é onde começam as montanhas — e de lá sobem pelo cânion até as escavações em Central. Quando estiverem em Central, perguntem qual estrada atravessa as montanhas até Idaho Springs, e depois segue para Georgetown.

Ele enfiou a mão numa pequena bolsa e me entregou uma moeda de ouro, mas recusei, dizendo que nosso trato era por comida.

— Não vou forçar, mas ela estará aqui quando precisarem. Nunca conheci um homem que eu admirasse tanto quanto admiro você — disse Ben. — Se voltar a Denver, procure por mim e me conte como se saiu, sim?

Engoli em seco e endireitei as costas. Nunca tinha recebido um elogio tão bonito em toda a vida.

— Onde o senhor vai estar?

— No Clube Progressista, imagino. Pode perguntar pela Emily lá dentro, se esse ainda for o nome dela.

Senti as lágrimas surgirem nos olhos, então dei um leve chute no Outlaw para pô-lo em trote. Por fim, eu e Boots partimos.

Eu estava errada sobre as montanhas. De longe, não pareciam grande coisa, mas de perto, eram a coisa mais espantosa que eu já tinha visto: enormes como um elefante, selvagens, irregulares, com encostas íngremes e picos que pareciam alcançar metade do céu. Havia até neve no topo de algumas montanhas mais distantes e era verão!

Passamos a noite em Golden, enrolados em cobertores debaixo de uma árvore, e pela manhã, gastei dois níqueis no café da manhã, porque eu já estava cansada de comida de fogueira. E, além disso, não tínhamos mais panela nem frigideira. Depois disso, eu e Boots montamos o velho Outlaw e seguimos cânion acima.

Pois bem, aí veio outra surpresa. Eu já tinha mudado de ideia sobre as montanhas e agora sabia que eram maiores e mais brutas do que eu pensava, mas esperava que fossem bonitas, com árvores e riachos, talvez algumas flores. Pode até ser que já tivessem sido assim algum dia, mas agora o riacho que passava pelo cânion, chamado Clear Creek, embora não fosse mais claro do que o Mississipi em cheia, estava tomado de homens, e eu nunca tinha visto tamanha bagunça.

Alguns homens tinham bateias do tamanho de travessas de peru e ficavam agachados à beira do riacho, mergulhando-as na água e girando-as, catando grãos de ouro do tamanho de lêndeas. Outros escavavam o leito do riacho e jogavam a terra em caixas chamadas *sluice boxes*, por onde passavam água, que lavava o barro e deixava para trás pequenas lascas de ouro, que os homens guardavam em suas bolsas de pano. Depois de lavarem a terra, jogavam tudo de volta no riacho, de modo que as margens estavam cobertas por montes de pedra e lama já usados, onde nada crescia.

As árvores do garimpo tinham sido cortadas para construir cabanas ou queimadas como lenha, então não havia mais que um ou outro ponto verde em todo o cânion. Paramos o Outlaw para deixar passar uma carroça de carga. Estava cheia de pedras — *minério*, falei para Boots, porque tinha ouvido os homens da caravana comentarem sobre isso. Enquanto esperávamos, um homem se aproximou e me ofereceu trabalho por um dólar por dia para encher suas *sluice boxes* com terra. Disse que pagaria cinquenta centavos ao Boots para fazer pequenos serviços também.

— Vamos aceitar, Haidie. A gente ia ficar mais rico do que aquelas solteironas.

Fiquei muito tentada. Mais duas semanas não fariam tanta diferença na busca pelo papai e eu já percebera que nosso dinheiro não duraria muito, mas balancei a cabeça.

— Aposto que só de cama e comida gastaríamos dois dólares por dia. Temos que continuar procurando o papai.

— Ah, é. Você acha que ele vai me pagar cinquenta centavos por dia pra trabalhar pra ele?

— Talvez até mais, se tiver encontrado uma mina de ouro.

A estrada era ruim e cheia de gente e a todo momento tínhamos que sair do caminho para deixar passar uma daquelas carroças de minério. Também havia muita lama e como o barulho era tão grande, Boots teve que tapar os ouvidos com as mãos. Eu precisava gritar o mais alto que podia só para ele conseguir me ouvir.

À medida que subíamos, começamos a ver as minas. Dava para saber o que eram por causa dos enormes montes de rejeito amarelo espalhados pela encosta, como uma saia estendida montanha abaixo.

— Você acha que tem sala de ouro dentro dessas minas? — perguntou Boots. — Tudo o que a gente teria de fazer era pegar um canivete e raspar um pouco de ouro por dia. Aí, teríamos que nos incentivar e dizer para nós mesmos: "Preciso de dois dólares pra comprar um porco", daí entrava lá e tirava um naco, talvez um pouco mais para comprar um doce. Aposto que se entrasse com uma lamparina de querosene numa daquelas salas, ficaria cego com tanto brilho.

— Ouro aparece só em fiapinhos bem pequenos — falei para ele. — Você tem que tirar a pedra da terra e depois rachá-la para chegar ao ouro. Dizem que, se você não souber o que está fazendo, pode encarar a mina de ouro mais rica do mundo e achar que é só um monte de pedra.

— Aposto que a mina do papai tem uma sala de ouro — insistiu Boots.

— Talvez você tenha razão — respondi, pensando comigo mesma: *Se é que ele tem mesmo uma mina.* Havia ouro demais sendo disputado por outros argonautas.

Antes de sairmos de Denver, perguntei ao sr. Edwin se ele conhecia o papai. Ele disse que o nome lhe soava familiar, mas não tinha certeza. Interpretei aquilo como um "nunca ouvi falar" dito por educação. Perguntei a um homem em Golden, que respondeu:

— Não posso dizer que tenha ouvido esse nome.

— Você acha que papai talvez nem esteja aqui? — perguntou Boots.

Pensei um pouco antes de responder:

— Esses homens vivem em Central. Se papai encontrou uma mina, ela fica depois da montanha, em Georgetown.

— Sabe qual é a primeira coisa que vou fazer quando a gente encontrar ele?

— Não sei.

Estávamos mais devagar porque seguíamos atrás de um garimpeiro que andava a pé, guiando um burro carregado com uma bateia, picareta, frigideira de ferro, trouxa de cobertor, barraca e outras coisas que eu nem soube reconhecer.

— Comprar uma sela para o pônei que papai vai me dar, uma sela cheia de estrelas de ouro, igual às estrelas de prata que você tem na sela do Outlaw.

— Tem certeza desse pônei?

— Se você tivesse uma mina de ouro, não compraria um pônei para seu filhinho?

E se papai for como aquele garimpeiro ali na frente?, pensei, *caminhando na lama com botas velhas e papelão dentro da sola para não molhar os pés?* Mas não havia razão para preocupar o Boots.

— Com certeza eu compraria — falei.

— Sabe de mais uma coisa, Haidie?

— O quê?

O garimpeiro parou para arrancar uma mascada de fumo e nós o ultrapassamos. Tinha uma barba espessa, os cabelos grisalhos e eu me perguntei há quanto tempo estaria procurando ouro e se algum dia chegaria a encontrar. Talvez caísse de uma montanha, pegasse gripe ou adormecesse na neve e nunca mais acordasse. Estremeci ao pensar que isso já podia ter acontecido com papai.

— O que papai vai comprar para você?

Pensei um pouco. Não havia muita coisa que eu quisesse.

— Talvez eu vá para a escola das solteironas — falei.

Boots ficou decepcionado, depois perguntou:

— Por que você acha que papai não escreveu mais para a gente, Haidie?

Quisera eu ter uma explicação melhor do que a que dei da última vez que ele perguntou, mas essa também era uma dúvida que me afligia.

— Talvez ele tenha escrito e a carta se perdeu — continuou Boots. — Ah, claro! Você sabe como o sr. Mueller, o carteiro, vive confundindo a correspondência lá em casa. Aposto que o sujeito do correio em Georgetown não é melhor. A carta do papai pode estar lá no Mississippi. Ou no Texas — acrescentei, esporeando Outlaw para apressar o passo.

Cavalgamos até que o sol começou a cair para o lado oeste do meio-dia. Paramos, e eu tirei um pouco de pão e queijo que tinha comprado em Golden. Raspei o mofo do queijo com a faca e entreguei um pedaço para Boots, que quebrou um naco de pão. Estávamos famintos. Outlaw também. Ben tinha amarrado um saco de aveia na sela, o que foi uma sorte, porque não havia lugar algum no cânion do Clear Creek onde Outlaw pudesse pastar, então o alimentei também. Depois, eu e Boots nos estiramos sobre um monte de pedras, olhando para o sol, que brilhava mais do que eu jamais vira. Chegamos a Central justo quando começava a escurecer.

Temi que alguém roubasse Outlaw se o amarrássemos a uma árvore ou a um poste de cerca, então procuramos um estábulo.

— Vocês estão sozinhos, rapazes? — perguntou o homem de lá, passando a mão pelo lombo do Outlaw.

— Estamos procurando nosso pai — respondi. — Ele está em Georgetown.

— Bom, vocês não chegam lá hoje. Vão precisar de um lugar para passar a noite. Podem dormir aqui se toparem limpar estrume por uma hora. Dou a ração do cavalo de brinde. Esse animal é excelente. Não está à venda, está?

— Jamais o venderíamos — respondi.

Ele assentiu.

— Não posso culpá-los por isso.

Encontrar aquele estábulo foi um golpe de sorte, por isso topamos limpar esterco de cavalo em troca de um lugar para dormir. Eu e Boots nos pusemos ao trabalho com empenho e não paramos até termos limpado todo o estábulo.

Quando o cocheiro viu o quanto tínhamos limpado, disse:

— Ora, vejam só, dois fedelhos que sabem trabalhar. Acho que posso bancar o jantar de vocês também.

Ele tirou uma panela de feijão com bacon de cima do fogão de ferro e despejou o conteúdo em três pratos de lata, depois nos entregou os pratos. Em vez de colheres, nos deu pão para usarmos de pá e comermos o feijão. Não dissemos uma palavra, só comemos como se estivéssemos há semanas sem comer.

Quando eu e Boots terminamos, o homem jogou feijão seco e água dentro da panela suja e a colocou de novo no fogão, dizendo que já estava começando a preparar o jantar do dia seguinte.

— Não quer que eu lave essa panela? — perguntei.

— Pra quê? Não lavo desde que cheguei aqui. Dá sabor — respondeu ele.

Apontou para o mezanino de feno e nos mandou estender nossos cobertores.

Aquela palha foi a melhor cama em que dormi desde que saímos da fazenda — talvez até melhor, porque Boots podia se virar sem rolar por cima de mim. Sem ninguém batendo em bacia de lavar e dizendo que era hora de juntar os bois, dormi até o nascer do sol. Boots ainda dormia quando me levantei, então deixei-o ali e saí em busca de café da manhã. Encontrei uma mulher vendendo pãezinhos quentes, três por cinco centavos. Comprei cinco centavos de pão e, ao voltar, dei um a Boots e outro ao homem do estábulo.

— Ficarei grato se puder nos indicar o caminho para Georgetown — disse, enquanto enrolava nossos cobertores.

O homem já havia selado Outlaw para nós e demorou um instante para responder. Passou a mão pelo cernelha do Outlaw e repetiu:

— Tem certeza de que não quer vendê-lo? Dou cinquenta dólares em ouro e ainda incluo o Rusty ali.

Apontou para um cavalo de lombo afundado. Quando balancei a cabeça em negativa, ele perguntou:

— Como foi que dois rapazes como vocês conseguiram esse animal?

— Foi dado a nós — disse Boots. — Como recompensa. Haidie ajudou Corny a capturar Dan, que era um sujeito que ia matar a gente e roubar a carroça de carga do Jake. Acho que já deve estar morto, enforcado. O xerife disse que Dan não ia mais precisar do Outlaw, então Haidie podia ficar com ele.

— Isso é muito bom. Tem trabalho aqui para vocês, se um dia quiserem. É só voltarem para Central e perguntarem por Ed Simpson. Sou eu. Boa sorte para vocês.

Apontou-nos a trilha pela montanha e disse para virarmos à direita ao chegarmos a Idaho Springs. E, pouco antes de partirmos, se aproximou e falou em voz baixa:

— Melhor vocês ficarem longe do estábulo em Idaho. Quando bebe, aquele sujeito é conhecido por espancar cavalo. E também não vai deixar vocês dormirem no feno.

A trilha era íngreme, mas não tão movimentada quanto a estrada do Cânion Clear Creek, e conseguimos avançar mais rápido, chegando a Idaho Springs ainda com luz. Eu estava disposta a seguir adiante, mas Boots estava exausto. Lembrando o que o sr. Simpson dissera, passamos direto pelo estábulo e acampamos sob uma árvore, onde comemos o resto do pão e do queijo.

Dormi tão profundamente que nem ouvi o Outlaw fugir. Quando acordei de manhã e fui procurá-lo, ele tinha sumido. Boots foi para um lado, chamando por ele, e eu fui para o outro, pensando que talvez tivesse ido até o riacho beber água. Outlaw não podia ter ido longe, porque estava com os currais presos. Mesmo assim, não consegui encontrá-lo. Boots também não.

Disse que talvez ele tivesse seguido outros cavalos até o acampamento e decidimos esconder a sela e nossos cobertores para procurá-lo, mas quando fui pegar a sela, descobri que ela também tinha sumido. E, então, vi as madeiras que formavam os currais do Outlaw jogadas no chão.

— Roubaram o Outlaw! — falei para Boots.

Os olhos de Boots se arregalaram.

— Como vamos chegar a Georgetown?

— Vamos encontrar esse cavalo!

Pegamos nossas coisas e seguimos pela estrada, onde os homens já estavam preparando o café da manhã.

— Viram um cavalo com duas estrelas na testa e estrelas de prata na sela? — perguntávamos em cada acampamento.

Por fim, um garimpeiro coçou a cabeça e disse:

— Vi esse cavalo no meio da noite. Só vi mesmo porque o danado quase pisou em mim. Falei para o sujeito que estava montado nele que ia quebrar a perna dele se deixasse aquele bicho me pisar de novo. Ele mandou eu calar a boca e disse que era uma pena o cavalo não ter me acertado na cabeça.

— O cavalo *dele*? — perguntei. — Outlaw é *nosso* cavalo.

— Foi roubado — acrescentou Boots.

— O sujeito era ruim de verdade. Espetou espora mexicana no cavalo e ainda bateu nele com um chicote.

Estremeci. Nem Dan tinha tratado o Outlaw assim.

— Viu para que lado ele foi?

O garimpeiro balançou a cabeça.

— Mas seja lá qual fosse, ele foi depressa.

Eu e Boots achamos a delegacia e contamos que tinham roubado o Outlaw, mas o auxiliar do xerife disse que não podia fazer muita coisa.

— Como vamos chegar a Georgetown para encontrar o papai, Haidie? — lamentou-se Boots.

— Acho que vamos a pé.

Mas o auxiliar interrompeu:

— Não é preciso. Podem conseguir carona numa carroça.

Saiu para a rua e parou um carreteiro.

— Esses meninos tiveram o cavalo roubado e precisam de carona até Georgetown. Pode levá-los?

O carreteiro concordou e eu e Boots subimos no banco da carroça ao lado dele.

— Posso conduzir as mulas, se o senhor se cansar — falei.

— Um rapaz como você?

— Pode me testar. Jake Crowfoot me ensinou. Ele é do Missouri.

— Crowfoot? Ora, já cruzei com ele uma ou duas vezes. É bom como pão quente.

— Ouviu isso, Boots? Ele conhece o Jake.

Virei-me para o carreteiro:

— Ele estava com uma mulher chamada Teresa?

— Não que eu saiba.

Depois ele me disse:

— Se foi Crowfoot que ensinou, então você deve saber dirigir bem.

Assenti, achando que ele me entregaria as rédeas, mas ele não entregou, e quando me preparei para oferecer de novo, já tínhamos chegado a Georgetown.

Logo de cara, fiquei decepcionada com Georgetown. Não era mais bonita do que Central ou Idaho e bem menor, mas gostei do jeito como ela se encaixava naquele vale montanhoso.

— Como vamos encontrar o papai? — perguntou Boots.

— Vamos ao correio perguntar.

E assim fizemos. Eu e Boots esperamos na fila e, quando chegou nossa vez, perguntamos se o carteiro conhecia um homem chamado Manley Richards.

— Acho que sim — respondeu ele. Vasculhou uma pilha de correspondências e puxou um envelope. — Se encontrarem ele, digam que tenho uma carta aqui.

Levantou a carta e reconheci minha própria letra. Eu havia escrito para o papai logo depois que a mamãe morreu.

— O senhor faz ideia de onde ele possa estar? — perguntei.

— Ora, se ele não pegou a correspondência, é porque não está aqui, não é?

Foi então que Boots se adiantou:

— Por favor, senhor, ele é nosso pai. Caminhamos uns trinta mil quilômetros para chegar até aqui, e se não o encontrarmos, vão nos mandar de volta para o orfanato.

— Isso é difícil de acreditar. Por que o senhor não ajuda os meninos? — disse um homem atrás de nós.

O carteiro deu de ombros.

— Parece que lembro de ter conhecido alguém com esse nome, mas não ouço falar dele faz tempo.

— Como é o nome mesmo? — perguntou o segundo homem.

— Manley Richards. Ele é de Smoak, Illinois — respondi.

— Olha, não é aquele sujeito que descobriu a Hangover?

Tive que rir daquilo. Se alguém descobriu a ressaca, não foi Manley Richards, mas o filho dele e meu irmão, Cheet.

— Hangover é uma mina — explicou o homem. — Mas ele não é mais o dono. Agora é do Joel Thacker.

— E mal administrada como nunca — acrescentou o carteiro.

— Se o papai não é mais o dono, para onde foi? — perguntei.

— Podem perguntar na loja de secos e molhados. Talvez saibam de algo. Mas se quer minha opinião, se ele vendeu a mina, foi para Denver.

Agradecemos aos homens e, enquanto íamos em busca da loja, Boots perguntou:

— E se ele tiver *voltado* para casa? E se a gente tiver cruzado com ele lá na pradaria, ele indo numa direção e a gente noutra?

— Então, voltamos e seguimos até Smoak.

— Mas, e se ele descobrir que viemos para o Território do Colorado atrás dele e resolver voltar também?

A ideia de nós dois cruzando a pradaria de um lado para o outro, passando um pelo outro vinte ou trinta vezes como coiotes no escuro, me fez rir.

— Voltamos para aquele estábulo em Central, conseguimos trabalho e escrevemos uma carta para ele — falei. Meu coração estava leve por saber que alguém em Georgetown ao menos tinha ouvido falar do papai.

O Empório de Georgetown tinha um balcão comprido, e atrás dele havia mais mercadoria do que eu já tinha visto em um só lugar: picaretas, pás e bateias, rolos de tecido, latas de ervilhas e pêssegos, chapéus de feltro, calças, sapatos e vestidos, e, pendurado num prego bem alto, um aro para usar debaixo da saia. Pude observar tudo com calma, porque o homem à minha frente estava negociando com o balconista, *grubstaking*, chamavam aquilo.

— Você já pegou sua picareta e bateia da última vez, e eu lhe dei feijão e café, toucinho e farinha, bolachas e queijo o bastante para passar o verão. Não vou bancar mais uísque para você. Da última vez, ficou sentado debaixo de uma árvore bebendo e jogou a garrafa fora.

— Ora, sr. Olson, o senhor sabe que aquela garrafa me levou ao filão.

— É, e você teve preguiça demais para registrar a posse. Deixou outro passar na sua frente.

— Isso não vai acontecer de novo.

— Relâmpago não cai duas vezes no mesmo lugar. Não vou lhe dar mais uísque.

Os dois discutiram por um tempo, depois o garimpeiro assinou um X num papel e saiu com seu suprimento.

— E vocês, meninos, vieram buscar suprimentos também? — perguntou o homem, enquanto eu e Boots nos encostávamos no balcão. — Não pensem que sou coração mole. Aquele ali é irmão da minha esposa.

— Não, senhor. Estamos tentando encontrar nosso pai, e o carteiro disse que talvez o senhor já tenha ouvido falar dele. O nome dele é Manley Richards.

O homem coçou o queixo com os nós dos dedos.

— Sinto muito, meninos. Os homens vêm e vão nessas cidades. Espero que encontrem ele.

Ao sairmos da loja, avistei um banco e sugeri que verificássemos se papai era cliente. Ora, com todo o dinheiro que ele devia ter ganhado vendendo a mina, a foto dele podia até estar pendurada na parede. Mas não havia retrato nenhum na parede. A sala era tão simples quanto um saco de ração. Aproximei-me de um homem atrás de uma grade de latão e disse:

— Gostaria de saber se o sr. Manley Richards guarda seu dinheiro aqui.

— Ah, é mesmo? Gostaria?

— E guarda? — perguntou Boots.

O homem se ergueu nas pontas dos pés e se inclinou até que o nariz quase encostou na grade. Fitou-nos através dos óculos presos no nariz.

— Isso é confidencial, jovens senhores. Não revelamos o nome de nossos clientes.

— Mas, ele é nosso pai, e tem que guardar o dinheiro em algum lugar — disse Boots.

— Então, por que não perguntam a ele?

— Por favor — falei, dando um leve chute em Boots para que se calasse. — Viemos de Smoak, Illinois, para encontrar nosso pai, e não sabemos onde ele está. Ele morava em Georgetown, mas o carteiro disse que faz tempo que não busca sua correspondência. Ele foi quem descobriu a mina Hangover.

— A Hangover. Já foi uma promessa em tempos passados, mas está mal administrada.

— O senhor poderia nos dizer se ele guarda o dinheiro aqui?

O homem pensou por um instante, depois ergueu um dedo e foi até outro homem, que estava sentado atrás de uma escrivaninha. Sussurraram por um momento e então os dois vieram até nós.

— Sou Wilbur Toll. Sou o dono deste banco. Meu caixa disse que vocês estão procurando por Manley Richards.

— Ele é nosso pai. Fugimos de um orfanato para onde nosso irmão nos mandou depois que mamãe morreu. Jake nos deu carona até Omaha, e quase fomos assassinados por dois bandidos, mas eu e Corny conseguimos detê-los, e o xerife me deu um cavalo, só que ele foi roubado ontem à noite em Idaho Springs — contei.

O sr. Toll assentiu e ergueu a mão para me interromper.

— Essa história é improvável demais para ser invenção, então suponho que vocês sejam mesmo quem dizem ser. Somos responsáveis por manter confidenciais os nomes dos nossos clientes, mas, já que vocês são filhos do depositante e vieram de tão longe, acho que posso responder.

Levou-nos de volta até sua mesa e puxou duas cadeiras para mim e para Boots, depois sentou-se também.

— Não conheci nenhum Manley Richards, mas meu caixa lembra que ele veio aqui e fechou a conta há um ou dois anos. Sacou todo o dinheiro: um dólar e seis centavos. Parece que seu pai comentou que as montanhas não lhe faziam bem e que pretendia ir para Denver. É claro que não posso afirmar com certeza, mas se eu tivesse juntado uma boa quantia, era para lá que eu iria. Vocês passaram por Denver?

Assenti.

— Pois é uma pena que não tenham procurado por ele quando estavam lá. Teria lhes poupado a viagem. E agora, o que vocês dois vão fazer?

— Vamos voltar para Denver. Queria mesmo que ainda tivéssemos o Outlaw para montar. É o nosso cavalo, aquele que foi roubado — falei.

— Seja como for, vocês vão chegar lá bem. Vou ajudá-los a conseguir uma carona, mas antes disso, vou levá-los ao *Prospector* e comprar um bife para cada um. Quando foi a última vez que comeram direito?

Pensei um pouco.

— Dois dias antes de sairmos de Denver.

O sr. Toll nos levou para jantar num restaurante. Eu e Boots achamos que foi a melhor refeição que já tivemos na vida.

— Quando seu pai encontrar outra mina de ouro, diga a ele que venha me procurar — disse ele.

— Quando encontrarmos o papai, ele vai levar a gente para jantar num restaurante — e o senhor também, sr. Toll — prometeu Boots.

Eu e Boots acampamos naquela noite com um carreteiro que transportava mercadorias entre Central City e outras cidades, e prometeu nos levar até Central em um dia. Ele arreou os animais antes do nascer do sol e já estávamos quase em Idaho Springs quando o sol surgiu por trás das montanhas. Levamos o resto do dia para chegar a Central City e as estrelas já brilhavam quando chegamos.

Como o carreteiro foi gentil o bastante para nos levar e até dividir o jantar com a gente, eu e Boots o ajudamos a descarregar a carroça. Ele ofereceu que dormíssemos na carroça vazia com ele, mas decidi que devíamos voltar ao estábulo e dormir no feno.

Ed Simpson não estava lá. Na verdade, o estábulo estava vazio, exceto por um par de cavalos bem no fundo. Eu e Boots até esperávamos por ele, mas estávamos cansados demais, então apenas subimos pela escada até o mezanino de feno e nos deitamos ali mesmo.

Era no meio da noite quando acordei porque dois homens estavam discutindo logo abaixo do mezanino de feno.

— Por que trouxe ele pra cá? — reconheci aquela voz como sendo de Ed Simpson.

— Onde mais você acha que eu podia deixá-lo? Quer que ele fique ali na rua, onde alguém pode reconhecer? Me escondi por dois dias, quase me matei cavalgando no escuro, e não vou fazer isso de novo esta noite. Vou partir antes do nascer do sol. Ninguém vai vir procurar por ele.

— Então tire ele daqui cedo, antes que alguém reconheça aquelas duas estrelas na testa. E dê fim naquela sela também. Qualquer um enxerga aquelas estrelas de longe.

Endireitei a cabeça bruscamente, cobrindo a boca com a mão para não gritar, mas devo ter me mexido, porque o feno se soltou e caiu lá embaixo.

— Que foi isso? Tem alguém lá em cima? — perguntou o homem.

O sr. Simpson zombou:

— Está ficando nervoso, é? São só ratos.

Estremeci com aquilo. Detestava ratos, mas odiava ainda mais aqueles dois homens e sentia medo só de pensar no que fariam se descobrissem eu e Boots no mezanino.

— Nunca tinha roubado cavalo de criança antes.

— É — disse o sr. Simpson. — É uma pena. Eu até gostava daquelas crianças.

Ouvi ele suspirar, depois acrescentar:

— Provavelmente foram eles que roubaram o cavalo antes, mentirosos. Disseram que tinham ganhado por capturar um ladrão.

Ele riu.

— Pois é, quem sabe alguém rouba ele de você antes do amanhecer.

Fiquei pensando naquilo. Era exatamente o que eu e Boots faríamos. Assim que os dois saíssem, eu acordaria Boots e nós fugiríamos dali com o Outlaw. Já estaríamos no meio do cânion quando o sr. Simpson percebesse que o cavalo tinha sumido.

— Pouco provável. Vou ficar bem aqui até você voltar. Eu e a Betsy vamos montar guarda — disse ele, armando o revólver.

Justo quando o ladrão parecia prestes a ir embora, ouvi outra voz, desta vez calma, com um tom ligeiramente amistoso e familiar.

— Vi um cavalo bem bonito entrando aqui agora há pouco. Pensei em perguntar se está à venda?

— Esse cavalo não é da sua conta — disse o sr. Simpson.

— Quer dizer que não está à venda?

— Quero dizer que não é da sua conta. Agora saia daqui.

— Pode ser que seja da minha conta, sim. Acho que conheço esse cavalo. A sela também. Onde foi que o conseguiu?

— Está muito curioso pro meu gosto, sendo um estranho. Talvez a gente deva chamar o xerife.

— Chame!

A porta do celeiro bateu com o vento, me pegando de surpresa e fazendo com que eu me mexesse, deixando cair ainda mais feno pelo chão. Boots se mexeu também e eu estendi a mão para tapar a boca dele, caso acordasse e fosse dizer algo.

— Ao menos que esteja querendo confusão, é melhor dar meia-volta e esquecer que esteve aqui — disse o sr. Simpson.

— Da última vez que soube, dois garotos eram os donos desse cavalo. Nunca imaginei que eles o venderiam para gente como você. Simpson Velhaco, não é assim que te chamam? Se você encostou a mão nesses meninos, vai se arrepender.

Agora a voz me era familiar, e espreitei por cima da beira do mezanino. À luz de uma lamparina de querosene pendurada num prego, consegui ver o sr. Simpson logo abaixo de mim, com a arma em punho. Ao lado dele estava um homem que eu não reconheci. Mas enfrentando os dois estava Jake Crowfoot! Fiquei tão aliviada que quase gritei, mas não havia sinal de Tige e isso me desapontou bastante.

— É mesmo? — A voz do sr. Simpson soou quase triste. — Não vejo muito jeito de você fazer isso. Pelo que parece, você entrou no meu estábulo para roubar um cavalo. Tentamos fazer você ir embora, mas você foi teimoso demais. Agora acho que não temos escolha. O Bob aqui vai dizer ao xerife que pegamos você com a mão na massa. Claro que você não vai poder dizer nada, porque não vai estar em condição de falar. Ninguém liga muito pra ladrão de cavalo morto.

O outro homem pareceu surpreso.

— Ora, você não pode fazer isso, Ed. A gente podia deixar ele ir, se ele prometer ficar de boca fechada.

Ed zombou:

— Quem dera, mas não se pode confiar num homem para fazer isso.

De onde eu estava, conseguia ver o sr. Simpson levantar a arma, devagar. Nesse instante, percebi que Boots estava acordado, agachado ao meu lado. Os olhos arregalados, o rosto tomado de pavor. Estendi os braços até o chão, e Boots, entendendo o que eu ia fazer, meteu as mãos no feno também. Fiz um sinal com a cabeça: um, dois, três... e então, juntos, empurramos mais de uma tonelada de feno pela beirada do mezanino, bem em cima do sr. Simpson e seu comparsa.

O feno caiu como folhas levadas pelo vendaval, cobrindo os dois homens. Eles levantaram os braços para proteger a cabeça e os olhos, e, nesse momento, eu e Boots pulamos do alto direto nos ombros deles.

— Pega a arma, Jake! — gritei, acertando a cabeça do sr. Simpson com o pé.

Rolamos todos pelo chão, até que Jake gritou:

— Chega! Tô com vocês na mira.

Eu e Boots nos afastamos rápido e fomos nos esconder atrás de Jake, que empunhava uma arma numa mão e seu chicote de mula na outra.

— Mas que diabo...? — murmurou o sr. Simpson.

— Parece que vocês roubaram o cavalo errado, ora bolas — disse Jake, estalando o chicote uma ou duas vezes contra a perna.

Boots correu atrás do xerife, enquanto os dois homens se lamentavam e diziam que não tinham intenção de fazer mal algum.

— O sr. Simpson mandou o amigo dele atrás de nós quando a gente se recusou a vender o Outlaw — expliquei ao Jake. — Você salvou a gente.

— Ah, ora essa — disse ele, como se não quisesse ouvir agradecimentos.

Quando o xerife chegou, contou que já suspeitava do sr. Simpson por roubo de cavalos, mas nunca tivera provas. Levou os dois homens para a cadeia, então eu e Boots montamos no Outlaw e seguimos com Jake até seu acampamento.

— O que está fazendo aqui? — perguntei.

Jake sorriu.

— Acho que não consegui ficar longe. Dei umas voltas por Omaha. Depois um sujeito me contratou para levar uma carga até Central City. Aí a Teresa falou: "Vamos, assim a gente vê a Haidie e o Boots de novo".

— Cadê o Tige?

Jake balançou a cabeça.

— Deixei ele vigiando a Teresa. Devia era ter trazido ele comigo.

Nesse momento, chegamos ao acampamento do Jake, e fiquei tão surpresa de ver a Teresa ali quanto tinha ficado ao ver o próprio Jake. Para falar a verdade, eu estava com medo de que ele tivesse se cansado dela e largado.

Aquele cão lindo, o Tige, pulou em cima de mim e do Boots todo contente, e então Teresa, com o tom mais tranquilo do mundo, como se já esperasse me ver, disse:

— Oi, Haidie Richards.

— Oi, você também, Teresa Stover.

— Não é mais Stover — disse ela.

— Bom, seja lá o que era antes disso.

— Também não é. Agora é Teresa Crowfoot. Eu e Jake nos casamos.

— Com um padre de verdade, desta vez?

Ela deu uma risadinha.

— Não confio mais em padre. Casamos com um pastor metodista.

— Que bom, Teresa. — Depois de encontrar o papai, o casamento da Teresa era o que mais andava pesando no meu coração. Eu amava a Teresa, e fiquei tão contente que quase gritei: — Viva!

Teresa sorriu.

— Está tudo bem ser incorrigível quando se é casada.

Estendeu a mão e me mostrou um anel do tamanho de um fio de linha. Tive que chegar bem perto para enxergar, mas disse a ela que era a coisa mais bonita que eu já tinha visto.

— Já dormiu entre lençóis? — perguntei, lembrando como ela tinha desejado isso em Fort Madison. Achei que o Jake devia ter levado ela para um hotel com lençóis na noite de núpcias.

— Ainda não. — Ela fez uma pausa. — Tem outra surpresa. Adivinha quem a gente trouxe com a gente?

— Corny — falei, achando que aquele estava mesmo sendo um bom dia, com a recuperação do Outlaw, o reencontro com Jake e Teresa, e talvez até com o Corny.

Ela fez uma cara desapontada.

— Achei que você não ia adivinhar.

— Você não traria o Billy Stover e não é provável que tenha acolhido o Cheet. Então, quem mais poderia ser?

— Ele alcançou a gente um dia depois de Omaha, disse que tinha gente no encalço dele. Tinha ganhado um monte de dinheiro.

— Ele está em Central?

— Não, ficou em Denver. Contou que ia ver um sujeito sobre um cavalo, e que dava para encontrá-lo num lugar chamado Clube Progressista. Acho que é restaurante ou pensão, alguma coisa assim.

— Ou alguma coisa assim — falei.

Capítulo Oito

Eu e Boots não estávamos dispostos a deixar ninguém roubar o Outlaw de novo, então ficamos em Central até Jake conseguir uma carga para levar até Denver, e ajudamos ele a carregar a carroça e atrelar os burros. Achei que o Big Blue tivesse me reconhecido e ficado contente em me ver de novo, até tentar arrancar um pedaço da minha mão com uma mordida. Fiquei tentada a esquecer o conselho do Jake de tratar bem os burros.

Antes do amanhecer, Jake já estava de pé e nós já seguíamos pela mesma estrada por onde eu e Boots tínhamos subido apenas uns dias antes.

— Perdemos tempo. Devíamos ter procurado o papai enquanto estávamos em Denver. Parece que ele vendeu a mina de ouro e mora lá agora — falei para Jake.

— É, numa casa enorme — acrescentou Boots. Depois disse: — Achamos que ele mandou chamar a gente, mas a carta se perdeu. É bem provável que ele esteja muito triste, morando sozinho naquela casa com uns quinhentos empregados. Puxa vida, ele vai ficar feliz de nos ver.

Fiquei contente de ver Boots tão animado.

— Vai ficar surpreso também — disse Jake. — Isso eu garanto. Quem imaginaria que dois órfãos atravessariam o país sozinhos e encontrariam o pai?

— Não vamos mais ser órfãos — disse Boots para ele.

Fizemos boa viagem até Denver. Outlaw vinha amarrado à carroça de carga e eu e Boots íamos sentados na frente, espremidos entre Jake e Teresa, observando os garimpeiros pularem para os lados enquanto Jake, dirigindo feito um possesso, despencava pelo cânion abaixo. Nos separamos deles quando chegamos ao Curral do Elefante e pedimos informações sobre a casa de E. F. Matchett. Todo mundo sabia onde era, porque aquela casa era uma mansão.

Seguimos as indicações até a Curtis Street, que parecia bem longe do Curral do Elefante, com casas de tijolos cercadas por grades de ferro. Havia árvores plantadas, flores e até grama. Eu e Boots jamais teríamos imaginado, quando conhecemos aquelas senhoritas, que elas moravam num lugar daqueles. Era o tipo de casa onde a gente imaginava que o papai morasse agora, feita de tijolos, com uma torre, cerca de ferro e um cachorro de ferro fundido no meio do jardim.

Ficamos um ou dois minutos sentados no Outlaw, só olhando a casa, criando coragem para bater na porta.

— Você acha que elas são tão ricas quanto o papai? — perguntou Boots.

— Talvez até mais.

Descemos, amarramos o Outlaw na cerca e subimos até a porta, puxando a campainha. Ela fez um som abafado, como sino raspando em pedra.

Um minuto depois, uma criada apareceu: usava avental branco e um chapéuzinho inútil na cabeça. Era mais um enfeitinho do que um chapéu de verdade e parecia ridículo nela.

— Pois não? — disse ela, nos olhando de cima a baixo. Deu para perceber logo de cara que não ficou nem um pouco impressionada.

— Viemos ver a srta. Lizzie e a srta. Arvilla — falei.

— Ah, vieram, foi? Elas estão indispostas. Talvez outro dia.

Ela já ia fechando a porta.

Olhei para Boots, depois para as minhas roupas, e percebi que parecíamos duas crianças abandonadas, ou talvez uns moleques de rua que enxugariam as mãos na toalha de mesa ou roubariam colheres de sal. Vai ver a criada achou que a gente era pedinte. Senti vergonha, mas logo me lembrei de que a gente não podia fazer nada quanto à nossa aparência.

— Por favor, senhora, a gente as conhece — falei.

— Ah, sim. Devem conhecer também o presidente Lincoln e o papa de Roma. Agora andem daqui — ela disse, tentando fechar a porta.

Mas Boots foi mais rápido. Enfiou o pé na porta e disse:

— A gente viu quando a srta. Lizzie teve a mão cortada. Ela foi muito corajosa. O Ben disse que nunca tinha visto uma dama tão forte quanto ela.

A criada hesitou com isso.

— A gente veio na trilha com elas — acrescentei.

Ainda assim, ela não pareceu muito impressionada, porque ficou parada na porta, tentando empurrar o pé do Boots para fora. Então, ouvimos um barulho dentro da casa e Boots chamou:

— Srta. Lizzie!

Não era a srta. Lizzie e sim a srta. Arvilla que apareceu na porta e disse:

— Santo Deus!

— Eu tentei me livrar deles, senhora — disse a criada.

— Se livrar deles? Ora, Martha, essas são justamente as crianças que acompanharam minha irmã e eu até Denver. Sem elas, talvez nem tivéssemos conseguido chegar. Entrem, entrem. Não fiquem aí parados. Martha, chame a srta. Lizzie, por favor.

A srta. Arvilla estendeu as mãos para nós e nos conduziu até uma sala que ela chamou de biblioteca. Aquela tinha umas vinte e cinco vezes mais livros que a biblioteca de Smoak.

Ela pediu que nos sentássemos, mas eu e Boots estávamos sujos demais e tivemos medo de sujar os móveis, por isso ficamos em pé até a srta. Lizzie entrar na sala e passar um braço por cima de cada um de nós. Eu fiquei com o braço sem mão.

— Ora, nunca fiquei tão feliz em ver duas pessoas na vida — ela disse, abaixando a voz. — A casa do nosso irmão é muito bonita, mas sentimos falta da pradaria.

Ela também mandou a gente se sentar, então, por fim, nos sentamos...no chão. A srta. Lizzie sentou ali do nosso lado, mesmo vestindo um vestido de seda. Estava bonita naquele vestido vermelho com detalhes pretos e gola de renda, o cabelo preso com pentes enfeitados. Nem parecia mais uma solteirona.

Olhei para a srta. Arvilla e vi que ela também estava arrumada como a irmã, usando um vestido da cor das flores azuis que a gente tinha visto na pradaria. Um broche com o retrato de uma dama pintado nele estava preso a uma fita amarrada no pescoço. O cabelo estava todo em cachinhos e ela também já não parecia mais uma solteirona.

A srta. Arvilla riu da irmã enquanto se acomodava numa das cadeiras que pareciam tão duras quanto o banco de tábua da carroça do Ben.

— Agora contem logo. Conseguiram encontrar o pai de vocês?

— Descobrimos que ele teve uma mina em Georgetown, mas não é mais dono dela, e não está mais lá. A gente acha que ele veio para Denver, mas não temos a menor ideia de quando — respondi.

— Sabem onde ele poderia estar?

Balancei a cabeça, enquanto Boots disse:

— Provavelmente mora aqui por perto. Aposto que é dono de uma casa como esta.

— Sem dúvida — disse a srta. Lizzie. — Enquanto isso, vocês vão ficar conosco.

Ela esticou o braço para pegar um sininho sobre a mesa e o sacudiu.

Quase antes que o som terminasse, Martha já estava de volta. Quando viu a srta. Lizzie sentada no chão, exclamou:

— Ai, senhora, a senhora caiu!

— Que nada, Martha, escolhi sentar no chão com nossos amigos, como fazíamos na trilha. Agora, se você preparar um jantar de feijão com toucinho, vou me sentir mesmo em casa.

— Senhora?

— É uma brincadeira, Martha. Você já conheceu nossos amigos Haidie e Boots. Eles vão precisar de banho e depois pode sair para encontrar roupas decentes para eles. As que estão usando estão quase desmanchando. Confie no seu bom senso para os tamanhos. Eles vão ficar conosco por tempo indeterminado.

Martha nos examinou com atenção, achando que a gente estivesse coberto de piolhos e apertou os lábios até virarem uma linha fina.

— Eles são nossos convidados — disse a srta. Lizzie, num tom severo.

— Sim, senhora.

Ela nos levou escada acima até o quarto mais bonito que eu já tinha visto, com uma cama de latão que brilhava feito uma moeda de ouro de vinte dólares. Tinha lençóis, inclusive. Eu mal podia esperar para contar isso para Teresa!

Martha arrastou uma banheira de lata para dentro do quarto e, em poucos minutos, trouxe chaleiras de água quente. Falei para Boots que ele podia usar a água primeiro, fazendo com que ele jogasse a roupa no chão e se enfiasse na banheira por tanto tempo que a água ficou fria. Eu não me importei, porque, tirando as poucas vezes em que nadamos na trilha, era o primeiro banho dele desde que saímos do orfanato.

Depois que ele saiu da banheira e se enrolou numa toalha do tamanho de um tapete persa, Martha bateu à porta e disse que ia esvaziar a água suja e trazer mais água quente para mim.

Nem precisei usar a água fria do Boots!

Fiquei na banheira o mesmo tanto que o Boots, lavando a sujeira do corpo, ensaboando até o cabelo e mergulhando a cabeça na água para enxaguar. Quando estava me enxugando, Martha bateu na porta mais uma vez e disse que tinha trazido roupas novas para a gente.

— Vou entrar de olhos fechados — avisou, abrindo a porta e tropeçando em direção à cama.

Nem precisava disso, porque, naquela altura, eu e Boots já estávamos enrolados em toalhas. Ainda bem, porque ela acabou abrindo os olhos mesmo assim e deu uma boa olhada na gente.

— Vocês ficaram bem limpinhos, viu? — disse ela. — É verdade que o pai de vocês é dono de uma mina de ouro?

— Não mais. Ele vendeu — respondeu Boots. — É mais rico que a srta. Arvilla e a srta. Lizzie. Se a senhora for boa com a gente, ele vai lhe dar um anel de ouro.

— Ah, vá — disse Martha, mas sorriu para a gente pela primeira vez.

Fui até a cama e entreguei a calça e a camisa do Boots. Tinha até ceroulas e precisei explicar o que era, porque ele nunca tinha usado antes. Depois, encontrei mais roupas de menino para mim.

O sr. Edwin estava esperando na sala de jantar, mas não o vimos de imediato, porque estávamos admirando toda a prataria e porcelana brilhando como sol batendo na água, à luz de umas duas mil velas. O papel de parede parecia ter cortinas azul-brilhante pintadas nele, combinando com as cortinas de veludo das janelas, que eram presas com cordões dourados. Por baixo delas, havia longas faixas de renda branca.

Eu sabia que quem passava na rua podia espiar por entre a renda e nos ver lá dentro, porque eu e Boots já tínhamos andado pelas casas grandes de Smoak olhando pelas janelas para ver as pessoas jantando. Naquela época, eu não teria apostado nem cinco centavos, mesmo com certeza de ganhar, que um dia eu e Boots íamos estar jantando dentro de uma daquelas casas.

Nós dois nos sentamos de um lado da mesa, com a srta. Lizzie de frente para a gente. O sr. Edwin e a srta. Arvilla ficaram nas cabeceiras. Uma criada trouxe umas xícaras pequenas de sopa, o que me decepcionou. Achei que num lugar chique como aquele viriam tigelas maiores. Boots pegou a sua tigelinha para beber direto, mas a srta. Lizzie pigarreou e nós observamos enquanto ela pegava a colher e mergulhava no líquido.

Havia três colheres na nossa frente e eu não fazia ideia de qual usar.

— Sempre comece pelo garfo ou colher que estiver mais longe — sussurrou ela.

Assenti, mas antes peguei meu guardanapo. Ao menos sabia o suficiente para amarrá-lo no pescoço.

Depois que terminamos a sopa e a criada levou as tigelas, o sr. Edwin disse:

— Minhas irmãs me contaram que vocês acreditam que seu pai está em Denver.

— Sim, senhor. O senhor o conhece? — perguntou Boots.

— Talvez. Qual é o nome dele? Me fugiu agora.

— Manley Richards. Disseram para a gente, em Georgetown, que ele era dono da Hangover...

Parei de repente. Podia não pegar bem se papai tivesse dado esse nome à mina. Iam pensar que ele era bêbado.

— Ele era dono de uma mina, mas acho que já vendeu.

— Não conheço nenhum Manley Richards, mas vou me informar. Minhas irmãs estão ansiosas para que vocês encontrem o pai de vocês, mas não estão com pressa que vão embora. Arvilla até me falou da esperança de matriculá-los na escola dela, se ela conseguir ficar solteira tempo suficiente para fundá-la.

— Edwin! — disse a srta. Arvilla, corando.

A srta. Lizzie se inclinou sobre a mesa:

— Minha irmã já está sendo cortejada. Um amigo banqueiro do nosso irmão veio visitá-la três vezes. Parece bem encantado.

— Com o dinheiro dos Matchett, você quer dizer — murmurou a srta. Arvilla.

— Isso quer dizer que a senhora não vai mais ser uma solteirona? — perguntou Boots.

— Fica quieto — falei para ele, mas os outros três só riram.

— Se aos vinte e sete eu sou uma solteirona, o que dizer de você aos vinte e nove? — perguntou a srta. Arvilla para a irmã.

— Esperta o bastante para não revelar a idade — respondeu ela, rápida.

A sopa não foi a única coisa que comemos no jantar. Martha trouxe a melhor comida que já provei na vida — carne assada, batatas, vagens, alface e tomates. E, de sobremesa, um creme com calda por cima. Os Matchett terminaram com o que chamaram de licores, mas não era grande coisa, vinham em taças do tamanho de dedais. Não ofereceram para a gente, mas não fez diferença, porque eu e Boots estávamos tão cansados que mal conseguíamos ficar nas cadeiras. Percebendo o nosso cansaço, a srta. Lizzie disse para Martha nos levar para a cama, e de manhã, cuidaríamos de encontrar o papai.

Quando estávamos saindo da sala, parei de repente e disse:

— Outlaw. Esqueci completamente do Outlaw.

Corri até a janela e olhei para fora, mas meu cavalo tinha sumido.

— Roubaram ele de novo.

— Não se preocupe — disse a srta. Arvilla. — Ele está no estábulo. O tratador cuidou dele.

— Srta. Arvilla, ninguém nunca foi tão bom com a gente na vida — falei para ela.

— Boots e eu — corrigiu ela.

— Boots e a senhora o quê?

— Deixa pra lá.

Ela pegou nossas mãos e nos levou até a escada.

— Amanhã começamos a busca pelo seu pai.

Ela trocou um olhar com a srta. Lizzie que, acho, não era para eu ter visto.

De manhã, eu e Boots fomos até o Curral do Elefante perguntar sobre o papai, mas ninguém nunca tinha ouvido falar dele. Perguntamos também nos *saloons* e até fomos ao Clube Progressista, onde vimos Emily — embora quase não a reconhecêssemos. Ela estava com o cabelo preso, bochechas e lábios pintados, e usava um vestido tão decotado que dava para ver os seios. Ninguém a confundiria com esposa de pastor, mas, pensando bem, ninguém entrava no Clube Progressista em busca de salvação. Ela estava a cara das moças da Red Feather Road.

Ela nos viu, se levantou num pulo e perguntou se tínhamos encontrado o papai, mas dissemos que não e pedimos que ficasse de olho em um homem chamado Manley Richards.

— Perguntei aqui, mas ninguém se lembra dele — disse Emily.

Agradeci, depois perguntei como ela estava se saindo.

Ela pensou por um bom tempo antes de responder.

— Acho que todo mundo lá em casa ia ficar chocado com o jeito que eu acabei, mas não é tão ruim. Eu era pura como a neve quando me casei com Ambrose, mas ele vivia dizendo que eu era uma pecadora. Agora, sou pecadora mesmo, mas... — Ela balançou a cabeça. — Sei que é errado o que eu faço, mas o Senhor não me deu outra escolha. Vai ver foi isso que Ele quis que eu fosse. Pelo menos por enquanto.

Ela sorriu.

— Sabe de uma coisa, Haidie? Acho que vou conhecer um homem legal aqui. Ele vai casar comigo e a gente vai ter uma casa e um bebê, não vai ligar para como a gente se conheceu. Também não vai passar as noites lendo a Bíblia.

— Ah, aposto que sim — menti.

Talvez Emily acreditasse mesmo nisso, mas eu já tinha ouvido histórias sobre garotas da Red Feather Road que bebiam demais e usavam droga, já tinha visto algumas sentadas na terra, pedindo dinheiro.

Não encontramos viva alma que conhecesse o papai e eu já estava bem desanimada quando voltamos para a casa dos Matchett mais tarde naquele dia. Fomos recebidos pela srta. Arvilla na porta que disse:

— Nosso irmão tem algo a lhes contar.

— Encontrou o papai? — perguntei assim que entramos na biblioteca, onde o sr. Edwin estava sentado numa cadeira do tamanho de uma carroça Conestoga.

— Não, exatamente. Mas tenho um endereço. Vou visitá-lo amanhã de manhã para descobrir se ele é de fato o pai de vocês.

— Não, senhor. Isso é com a gente. Eu e Boots viemos até aqui só para encontrar ele, então queremos ver com nossos próprios olhos.

Depois acrescentei depressa, para não parecer malcriada:

— Mas agradecemos do mesmo jeito. Ninguém nunca foi tão bom com a gente, nem mesmo nossa família.

Pensei em Cheet e corrigi:

— Especialmente nossa família.

— Haidie, não queremos que você se decepcione — disse a srta. Arvilla.

— Não vamos nos decepcionar, se encontrarmos o papai.

A srta. Arvilla começou a dizer mais alguma coisa, mas a srta. Lizzie levantou o braço — o que ainda tinha a mão — e disse:

— Isso não nos cabe, irmã.

Eu queria sair naquela mesma noite, naquela mesma hora até, mas o sr. Edwin disse que já estava escuro e que havia marginais perigosos nas ruas. As irmãs e o irmão estavam agindo de um jeito esquisito e eu não conseguia entender por quê. Talvez não quisessem que a gente fosse embora tão cedo.

Na manhã seguinte, a srta. Lizzie disse que ela e a irmã nos levariam de carruagem até a casa do papai, mas recusei. Ela suspirou, e poucos minutos depois, o tratador trouxe o Outlaw, que tinha sido escovado até brilhar como um cavalo de corrida. A sela estava polida com óleo e as estrelas reluziam como, bem, estrelas.

O sr. Matchett me entregou um papel com o endereço do papai e instruções de como chegar lá. E então, eu e Boots partimos.

Passamos pelo Curral do Elefante e pelo Clube Progressista até chegar a uma rua cheia de casas caindo aos pedaços — piores do que a casa onde a gente morava na fazenda —, e Boots disse:

— O papai não moraria em nenhuma dessas.

— Provavelmente está esperando a gente chegar para ajudá-lo a planejar a mansão.

— Você acha mesmo, Haidie? — Pela primeira vez ouvi preocupação na voz do Boots.

A gente descobriria em instantes, então não menti para ele.

— Vamos ver.

Parei o Outlaw em frente a uma casa.

Estava mais empolgada do que jamais estivera, mas também com medo. Por que o papai moraria num casebre tão pobre, com só uma porta e uma janela? As tábuas estavam sem pintura e o quintal da frente era só terra batida.

Ficamos sentados no Outlaw, olhando para a casa, do mesmo jeito que tínhamos feito diante da mansão dos Matchett, até que eu disse:

— Pronto, Boots?

— Puxa vida! — respondeu Boots, parecendo o Jake. — Puxa vida, Haidie!

E pulou do Outlaw.

Boots correu até a porta o mais rápido que pôde. Eu fui mais devagar. Estava com medo de bater e descobrir quem estava lá dentro, mas nem precisei, porque Boots já estava esmurrando a porta.

Passou um bom tempo. Eu sabia que tinha alguém dentro, porque saía fumaça da chaminé, e achei ter visto a cortina da janela se mexer. Por fim, a porta se abriu e Boots gritou:

— Papai!

Mas não era o papai. Em vez disso, uma mulher apareceu. Ela era bonita, embora o cabelo caísse sobre o rosto, e usava um vestido velho. E dava para ver que ia ter um bebê a qualquer minuto.

— Não sou pai de ninguém, isso é certo, mas estou quase virando mãe, daqui uns vinte minutos.

Ela esfregou as costas, estufando a barriga, e deu um leve sorriso para a gente.

— Ah, não se preocupem. Ainda vai levar um tempo. O que vocês querem?

— Acho que erramos de casa — falei, aliviada. Pousei a mão no ombro do Boots e disse: — Estamos procurando o senhor Manley Richards. A senhora sabe onde ele mora agora?

— Ora, ele mora aqui mesmo. Manley — chamou ela por cima do ombro —, tem gente aqui querendo falar com você.

— Quem é?

— Não sei dizer, mas não são cobradores. Venha até a porta.

E, num instante, lá estava o papai. Estava mais velho, com os lados do cabelo já grisalhos e o rosto mais fino do que era em Smoak. Também estava meio curvado.

— Papai! — gritou Boots, correndo até ele e jogando os braços em volta.

Só Boots se mexeu. Eu fiquei paralisada. Papai olhava como se tivesse visto um fantasma. E a mulher só fitava a gente. Por fim, ela disse:

— Você nunca me contou que tinha filhos, Manley. Aliás, nunca disse que já tinha sido casado.

Papai respirou fundo.

— Esses não são meus. Eu não tenho um filho desse tamanho.

Ele apontou com o queixo para mim.

— Sou eu, papai. Haidie — falei. — Me vesti assim para poder arranjar trabalho na trilha.

Papai ficou me encarando por um bom tempo, antes de estender a mão para mim e começar a chorar.

— Nunca pensei que fosse ver vocês de novo.

Ele pegou Boots no colo e o abraçou.

— Bootsy, meu pequeno Bootsy, você já está todo crescido — disse, com as lágrimas escorrendo pelo rosto. Depois me puxou também para um abraço.

Fiquei feliz de ver o papai depois de tanto tempo, mas senti um nó na garganta do tamanho de uma castanha-da-índia, porque entendi, ali naquele momento, que papai nunca teve intenção de voltar para casa. Ele tinha nos abandonados e talvez agora nem quisesse mais a gente. Quis chorar, mas me segurei. Já tinha percebido que, mesmo que papai não fosse tão rico quanto os Matchett, imaginei que ao menos fosse respeitável. Mas ali estava ele, morando num lugar pequeno e malcuidado, do tamanho de um casebre de peão, com roupas tão gastas quanto as que eu e Boots usávamos quando chegamos a Denver. Vai ver a gente não devia ter aparecido assim, envergonhando-o. E ainda tinha aquela mulher. Quem era ela? Isso foi o que mais me incomodou. Será que papai tinha esquecido que era casado com a mamãe? Era tão pecador quanto Ambrose Tappan. Eu estava feliz em vê-lo, mas também estava com raiva dele.

— Vamos sentar. Ainda temos café, Fanny?

— Acabou faz uma semana.

— Não queremos nada, papai — falei.

— As solteironas já deram panqueca, bacon, ovos e... — Começou Boots, mas parou quando toquei no ombro dele.

A mulher, que se chamava Fanny, olhou do papai para nós e de volta para o papai, depois cruzou as mãos por cima da barriga e disse:

— Explique-se, Manley.

— Nunca pensei que esse dia chegaria. Nunca achei que vocês fossem se encontrar. — Ele respirou fundo. — Esses são meus filhos. Meu filho Boots e minha filha, Haidie.

— Filha?

Papai me examinou com atenção.

— Tem certeza de que não é o Cheet? Seria a cara do Cheet, fazer uma palhaçada dessas.

— Eu sou a Haidie, papai. Já falei.

— Manley — disse Fanny.

— Quem é ela? — perguntou Boots.

Papai pigarreou e desviou o olhar ao entrar na casa e nós o seguimos. A casa era pobre, mas bem arrumada. Talvez fosse obra da Fanny. Papai nunca foi de arrumar nada por conta própria.

— Esta é minha esposa — disse ele, corando e sem olhar para a gente.

— Sua esposa? E a mamãe? — perguntei. Eu sabia quanto tempo levava para fazer um bebê e mamãe ainda estava viva quando aquele ali começou a ser feito.

— Você trouxe ela com você? — perguntou papai.

— Tem outra esposa? — perguntou Fanny. Estava com as mãos na cintura e olhou para ele com uma expressão feroz.

— Mamãe morreu — falei para o papai.

— Então, não é bigamia — disse Fanny.

Eu a ignorei.

— Mamãe morreu no ano passado. Novembro. O senhor não recebeu minha carta. Ela ficou parada no correio de Georgetown, esperando o senhor buscar.

— Novembro? A gente se casou em outubro, com pastor e certidão. Está me dizendo que isso aqui não é um casamento de verdade? Eu nunca teria saído do Clube Progressista se soubesse que o senhor tinha uma esposa por aí — disse Fanny.

— Foi por isso que eu não contei — disse papai. Afundou-se numa cadeira, parecendo miserável. Arrastou um pouco as botas pelo chão, depois se recostou. — Não contei porque sabia que você não ia querer casar comigo e eu estava numa tristeza tão grande depois que fui passado para trás na mina de ouro que achei que devia me matar.

Ele se virou para mim.

— Fanny me salvou.

— O quê? — perguntou Boots.

— Fanny trabalhava no Clube Progressista como... como... — gaguejou papai.

— A gente já esteve no Clube Progressista — falei.

Agora foi a vez de Fanny corar. Tinha sido mesmo uma moça da Red Feather Road.

— Vim para cá para ficar rico e até consegui... por quase um minuto. Ia voltar, mas depois perdi tudo. Quando fui embora, achei que a sua mãe não ia durar muito. E pensei que vocês dois e o Cheet iam tocar a fazenda, que não iam precisar de mim. Depois de tanto me gabar por ter encontrado ouro, tive vergonha de voltar.

— Cheet vendeu a fazenda por uma ninharia, ficou com o dinheiro e nos colocou num orfanato — disse Boots.

— O senhor podia ter voltado, papai — falei, baixinho.

— Não. Sua mãe ficou tão furiosa quando fui embora que disse que eu só devia voltar se tivesse uma mina de ouro.

— Ela não falou sério.

Depois de um instante, ele murmurou:

— Eu sei, mas não consegui voltar quebrado desse jeito.

— Você não está quebrado. Só está com azar — disse Fanny.

— E sou um tolo que confia demais — disse papai, balançando a cabeça. Depois acrescentou: — Nunca achei que fosse ver vocês de novo.

— Está feliz, papai? — perguntou Boots.

— Claro que estou.

Mas não pareceu tão certo assim.

— Me contem da mãe de vocês.

Fanny foi até o fogão e fingiu que não estava ouvindo, mas o cômodo era tão pequeno que ela teria escutado mesmo se tivesse cera de lacre nos ouvidos.

Contei para o papai como a mamãe tinha simplesmente se apagado, feito vestido velho.

— Durante muito tempo, ela esperou que o senhor voltasse. Mandava-me ir ao correio toda semana perguntar se tinha carta, mas depois de um tempo, desistiu.

— Sua mãe já estava doente quando fui embora. Achei que ela não ia resistir.

— Nunca pensou em voltar para casa? — perguntei.

— Pensei, no começo. Mas desisti. Vai ver vocês iam se lembrar de mim como eu era, não como eu acabei.

— O senhor nem estava tão mal quando a gente se encontrou. Era dono de uma mina de ouro — disse Fanny, do fogão.

— Era mesmo, mas como você sabe, fui passado para trás.

— O senhor achou mesmo uma mina de ouro? — perguntou Boots.

Papai se animou.

— Com certeza. A Hangover, em Georgetown. Começou rendendo bem.

Ele sorriu, do jeito que eu lembrava, mas logo abaixou a cabeça.

— O senhor a perdeu num jogo de pôquer? — perguntei. Papai sempre foi bom nas cartas, era talento de família. Afinal, foi ele quem ensinou tudo para mim e para o Cheet.

— Não, não perdi. Usei a mina como aposta e ganhei cinco mil dólares com ela.

— Cinco mil dólares! — exclamou Boots. — Eu disse que ele era rico, Haidie.

Papai abaixou a cabeça.

— Não fiquei com aquele dinheiro nem por dez minutos. Não queria andar com ele lá pela Blake Street por causa dos ladrões. Então, quando vi uma luz acesa num banco, bati na porta e pedi para deixar o dinheiro lá — e a escritura da Hangover também. Era só para guardar em segurança.

— O senhor pegou um recibo? — perguntei.

— Claro que peguei.

Ele fez uma pausa.

— Mas, na manhã seguinte, quando voltei para buscar o dinheiro e a escritura, o banqueiro disse que nunca me tinha visto na vida. Mostrei o recibo e ele falou que não era dele, que aquela não era a assinatura dele. Vi que estava encrencado, então pedi que ficasse com o dinheiro, contanto que me devolvesse a escritura, mas tudo o que disse foi que tinha ganhado ela de um sujeito em um jogo de pôquer. Aí, ele sorriu para mim e falou: "Azar o seu!" Fui ao xerife, mas não tinha nenhuma prova, só aquele recibo que não valia nada.

Papai fez uma pausa.

— Esses são os fatos, duros como são.

— Esse banqueiro era o Joel Thacker? — perguntei.

Papai ergueu a cabeça num sobressalto.

— Como foi que você soube?

— Fomos procurar o senhor em Georgetown. O pessoal lá diz que ele está fazendo um trabalho bem ruim administrando a mina.

— Bem feito pra ele — disse Fanny.

— Não tem nada que o senhor possa fazer? — perguntei. — Não dava para ganhar a escritura de volta num jogo de pôquer? O senhor sempre foi um bom trapaceiro, papai, igual ao Cheet.

— Não tenho nem o que apostar.

— Além disso, seu pai está tão para baixo que nem tenta mais — disse Fanny.

Eu e Boots ficamos naquela casa conversando. Contamos para o papai sobre as irmãs, que na verdade eram ricas. Fiquei pensando se elas não topariam bancar uma aposta para ele, mas tirei a ideia da cabeça assim que ela surgiu. Já tinham acolhido a mim e a Boots, não seria certo pedir dinheiro. E se papai perdesse? Eu ia ter que botar um vestido e trabalhar no Clube Progressista para pagar a dívida. Só de pensar nisso, me deu vontade de rir. Eu tinha crescido, mas não o bastante para alguém no Clube Progressista se interessar por mim. Talvez Fanny tivesse que voltar a trabalhar lá e eu ficasse tomando conta do bebê. Isso seria tão ruim quanto voltar para o orfanato.

— Estou preparando o café. Vocês dois podem comer com a gente — disse Fanny.

Ela estava fritando toucinho e fervendo mingau, mas até Boots percebeu que não havia muito, então dissemos que não. Gostei da Fanny. Ela foi gentil conosco e parecia tratar bem o papai. Não era culpa dela que ele não tivesse contado que já era casado.

Depois de um tempo, papai disse que precisava ir trabalhar. Tinha conseguido um serviço naquele dia num estábulo, fazendo o mesmo que eu e Boots tínhamos feito em Central para o Trapaceiro Simpson.

Enquanto vestia o casaco, papai perguntou:

— E o que vamos fazer com vocês?

Antes que eu pudesse responder, Fanny disse:

— Eles ficam aqui com a gente. Só temos uma cama, mas vocês podem dormir no chão — falou. Depois perguntou para o papai: — Estou pensando no jantar. Tem mais alguém da família por aí?

— Só o Cheet, mas ele não está aqui — respondi.

Fanny assentiu.

— Eu já tinha dito que com o bebê chegando, Manley, a gente ia precisar de um lugar maior. Agora vamos precisar de um ainda maior.

Achei muito bonito da parte dela, que só naquela manhã tinha descoberto que papai tinha parentes, se oferecer para nos abrigar.

Falei depressa:

— As senhoritas querem que a gente fique mais um tempo com elas. Temos nossa própria cama. Não queremos incomodar vocês.

Eu não sabia se a srta. Lizzie e a srta. Arvilla ainda iam querer a gente lá, agora que havíamos encontrado o papai, mas percebi que ele estava envergonhado por não ter algo melhor para nos oferecer. Além disso, eu precisava pensar. Precisava descobrir um jeito de recuperar a mina do papai. E de perdoá-lo.

Ele nos abraçou de novo, como vinha fazendo a cada cinco minutos desde que chegamos, e saiu para o trabalho. Fanny se sentou na cadeira e cobriu o rosto com as mãos. Achei que fosse chorar, mas estava só cansada.

— Seu pai está numa tristeza tão profunda que nem tenta sair dela. Não me importo que ele não seja rico, mas queria que se reerguesse. Ele já não tem mais orgulho. Achava que era alguém quando tinha uma mina.

— Temos que recuperá-la para ele — falei.

— Você é uma boa menina, Haidie, mas não há como fazer isso.

— A gente vai encontrar um jeito.

— Ela é mentirosa — disse Boots. — Sempre foi mentirosa, mas tem boas intenções com isso.

— Bem, agradeço o sentimento — disse Fanny. — Talvez só o fato de vocês dois estarem aqui anime ele. Tomara mesmo.

Ela olhou para a barriga e eu disse:

— Talvez três crianças.

— O que vamos fazer agora, Haidie? — perguntou Boots quando já estávamos na metade do caminho de volta para a casa dos Matchett.

Estávamos cavalgando pela Larimer Street, a apenas alguns quarteirões do Clube Progressista. Havia salões de dança e antros de jogo misturados com lojas de ferragens, armazéns de equipamentos e até um teatro. Eu gostava de Denver. Era uma cidade agitada, barulhenta e empolgante e eu não tinha visto nenhum orfanato. Talvez eu conseguisse arrumar um emprego para sustentar a mim e ao Boots. Ou então, se eu trabalhasse, poderia entregar o dinheiro ao papai e ele poderia encontrar uma casa maior.

— Estou pensando nisso.

— Você disse para a Fanny que a gente ia recuperar a mina do papai, mas somos só crianças. Como é que vamos fazer isso? Você mentiu feio.

— Menti nada. Vou dar um jeito.

Pensei naquilo o caminho inteiro até a casa das irmãs, mas não tive ideia nenhuma. Boots estava certo. Eu era mesmo uma mentirosa.

Levamos o Outlaw até o estábulo, bem quando um homem saía da casa e subia em uma carruagem. A srta. Arvilla estava parada à porta, com a mão erguida.

— Entrem, entrem. Encontraram o pai de vocês? — perguntou.

Antes que pudéssemos responder, ela chamou:

— Lizzie, desça. As crianças voltaram.

Depois mandou Martha nos levar chá na biblioteca.

— Encontramos ele — disse Boots, assim que as duas mulheres se sentaram. — Encontramos mesmo.

— E...? — perguntou a srta. Lizzie.

— E ele achou uma mina de ouro — completou Boots.

— Ah, eu adoro finais felizes — disse a srta. Lizzie.

— E a gente ganhou uma nova mãe também — completou Boots. Ele olhou para mim. — A gente vai ter que chamar ela de mamãe?

— Fanny. Vamos só chamar ela de Fanny.

As irmãs trocaram um olhar.

— Está tudo bem. Nossa mãe morreu — falei.

Não expliquei que papai tinha se casado com Fanny antes da mamãe morrer.

A srta. Arvilla me observava.

— Mas, não foi como você esperava, foi? — sugeriu.

— Foi e não foi — respondi.

Contei como papai tinha perdido a mina e que agora morava num casebre, e estava tão desanimado que não conseguia seguir em frente.

— Se a gente conseguisse aquela mina de volta pra ele... Nem importa se ela já não vale mais nada. Sabe, papai nunca teve sucesso em nada na vida e agora acha que nunca vai ter, mas se ele tivesse aquela mina, ia se sentir alguém. É assim que eu vejo. A gente precisa recuperá-la pra ele.

— É uma mina importante? — perguntou a srta. Arvilla.

Dei de ombros.

— Só sei que está sendo mal administrada, mas o pessoal em Georgetown disse que a Hangover era um bom filão quando papai a encontrou.

— Hangover? — disse a srta. Arvilla.

— Sim, senhora, mas acho que não foi papai quem deu o nome — falei, lembrando do quanto tinha ficado envergonhada de contar esse nome antes. — A senhora já ouviu falar dela?

— De fato, já ouvi.

Ela se virou para a srta. Lizzie e disse:

— O senhor Thacker é o dono da Hangover.

— Joel Thacker é o homem que roubou ela do papai, roubou a mina e cinco mil dólares. A senhora o conhece também?

— Infelizmente, sim. Aquele era Joel Thacker entrando na carruagem quando vocês chegaram. Ele me pediu em casamento.

Respirei fundo. Agora sim, estávamos com a corda no pescoço: a srta. Arvilla avisaria ao Thacker que a gente queria enganá-lo para pegar a mina de volta, e, como consequência, papai nunca mais ia recuperar nada. Ela também ia mandar a gente embora e papai teria que nos acolher. As coisas iam ficar piores do que já tinham sido no orfanato. Era melhor ter ficado lá.

— Sinto muito, srta. Arvilla. Eu e Boots vamos embora agora.

Levantei.

— Onde você pensa que vai? Sente-se — ela disse com uma voz firme.

Afundei de novo na cadeira. Tinha me esquecido da língua afiada que essa solteirona podia ter.

— O senhor Thacker é um tolo pomposo.

Não entendi "pomposo", mas sabia bem o que era um tolo. Endireitei-me um pouco.

A srta. Arvilla se virou para a irmã.

— Já lhe disse, Lizzie, que ele está de olho é no dinheiro do Edwin. Por que mais ele se declararia depois de apenas uma semana? Disse que, em Denver, as convenções do namoro não se aplicam. Que bobagem. Mal consegui ser cortês ao recusar.

A srta. Lizzie sorriu.

— Então, você recebeu um pedido de casamento e recusou.

— Mais de um, se você se lembra do sr. Stevens lá da cidade.

— Ah, sim, mas ele só se interessou por você porque eu já tinha deixado bem claro que não estava disponível.

A srta. Lizzie pegou a mão da irmã e as duas começaram a rir. Depois ela se voltou para mim.

— Homens são tão tolos. Pensam que não percebemos que é nosso dinheiro que cortejam, não a nós mesmas, por mais desejáveis que sejamos.

— Agora — disse a srta. Arvilla, inclinando-se para a frente —, como você propõe recuperar a Hangover do sr. Thacker? Quer que a gente banque uma partida de pôquer para seu pai?

Sorri para as duas solteironas e de repente me senti tão feliz quanto tinha me sentido quando inventei o plano para tirar eu e Boots do orfanato.

— Não, senhora — respondi. — Papai está desanimado demais para jogar pôquer direito. Mas, vocês podiam bancar o Corny.

E então expliquei às irmãs o plano que tinha bolado.

Capítulo Nove

O sr. Edwin me levou até o Clube Progressista na sua charrete. Disse que o Outlaw seria roubado com certeza se eu o deixasse amarrado na Blake Street. Além disso, se eu estivesse sozinha, provavelmente seria atacada por bandidos a pé, que iriam esfolar meu rosto até virar mingau. Deixamos Boots com as irmãs. Ele estava morto de cansado depois do dia com o pai, e o sr. Edwin achava que um menino tão novo poderia chamar atenção, embora a maioria dos antros de jogo aceitasse o dinheiro de qualquer um, não importando a idade.

O Clube Progressista estava mais movimentado à noite do que durante o dia, quando tínhamos visitado Emily. Era grande, lotado e barulhento, com sons de homens gritando e xingando e arrastando as botas, mulheres rindo, garçons berrando, e o clique da roleta.

— Corny deve estar jogando pôquer — eu disse, e nos afastamos das mesas de roleta e do *chuck-a-luck*. Não o vimos, e eu me perguntei se tínhamos chegado cedo demais.

Mas vimos Emily, e eu conduzi o sr. Edwin até a mesa onde ela estava sentada com outra mulher. As duas sorriram para o sr. Edwin, daquele jeito que a gente sorri pro homem da venda quando está torcendo que ele dê um pau de alcaçuz.

Então Emily me viu e abriu um sorriso.

— Oi, Haidie — disse ela.

— Oi, Emily. Este aqui é o sr. Edwin. Ele é irmão das solteironas.

Emily se levantou e inclinou a cabeça para ele, enquanto a outra mulher disse:

— Tem moça que nasce virada pra lua mesmo — e se afastou, balançando os quadris.

— Minhas irmãs mandam lembranças — disse o sr. Edwin. — Podemos nos juntar a vocês — a menos que estejam ocupadas?

Achei o jeito dele falar mesmo bonito. O sr. Edwin era banqueiro, e era rico, e eu sabia que homens como ele costumavam zombar de garotas de salão. Mas ele era um cavalheiro, e tratava a srta. Emily como uma dama.

— Claro — disse ela. — E não precisa me pagar champanhe. É só chá frio mesmo. — Depois se voltou para mim: — Já achou seu pai?

Assenti com a cabeça.

— Ele é rico?

— Não mais. Foi passado pra trás na mina. Estamos tentando recuperá-la. É por isso que estamos aqui. Estamos procurando um homem chamado Cornelius Vander.

Emily pensou um pouco.

— Acho que já ouvi falar de alguém assim, mas esse nome não me soa bem certo.

— Ele é todo enfeitado. Usa colete de flores, cartola e...

— Ah, esse. É o sr. Cornelius. Rodney Cornelius, acho. Ele aparece mais tarde — depois que os outros jogadores de pôquer já estão bêbados e meio descuidados com as apostas. — Ela deu uma risadinha. — Não sei como é que os outros ainda não sacaram. Ele chega por volta da meia-noite.

Um garçom se aproximou e perguntou:

— Champanhe?

Emily balançou a cabeça.

— Eles já estão de saída.

Disse que era melhor irmos antes que ela se metesse em encrenca. Então nos levantamos e começamos a atravessar o salão. Eu me virei para acenar para Emily e vi que o sr. Edwin havia deixado uma moeda sobre a mesa.

— Podemos esperar na charrete, se quiser. Ou podemos ficar de olho no jogo — disse o sr. Edwin.

— O senhor joga? — perguntei.

— Só com o dinheiro dos outros. Sou banqueiro.

Ainda não era meia-noite, mas eu disse que era melhor ficarmos dentro do Progressista, porque não seria fácil encontrar o Corny se estivéssemos sentados do lado de fora. Então fomos andando entre as mesas de pôquer, *faro* e vinte-e-um, observando os homens jogarem. Vi um homem usando um mecanismo escondido tão evidente que apontei para o sr. Edwin, que me perguntou como é que eu sabia dessas coisas.

— Venho de uma família de trapaceiros — respondi.

— Seu pai trapaceava muito?

— Antigamente. Agora, não saberia dizer. Mas meu irmão sim. E meu avô também. E eu mesma sou danada de boa nisso.

— Então minhas irmãs acolheram uma jogadora de meia-tigela.

— Sim, senhor — falei.

— E você e esse tal Vander, seja lá qual for o nome dele, acham que são bons o bastante para ganhar uma mina de ouro?

— Bons o bastante pra tentar.

— Com o meu dinheiro.

— Se perdermos, vou lhe pagar até o último centavo, mesmo que leve o resto da minha vida. Não quero que o senhor fique no prejuízo.

— Isso não tem importância. Pelo que entendi, sem você eu poderia ter perdido uma ou duas irmãs — disse o sr. Edwin.

Eu tinha ficado surpresa que o sr. Edwin tivesse concordado em ajudar a mim e Boots. Quando a srta. Arvilla contou a ele sobre Joel Thacker, ele disse que já tinha suas suspeitas.

— Não o apresentei a você para que ele a cortejasse, Arvie. Apenas fui educado quando ele passou lá em casa para tratar de um negócio. Ele pareceu interessado, e achei que você faria o que bem entendesse, sem precisar de conselho meu. Aliás, você é teimosa o bastante para fazer justamente o contrário do que eu sugerisse, então preferi me calar. Mas fiz uma investigação e posso lhe dizer que o sr. Thacker é um homem sem muitos princípios e que, por mais desejável que você seja, minha querida irmã, o alvo do afeto dele não é exatamente você — é o nosso dinheiro.

— Não precisava desperdiçar seu tempo com investigação, Edwin. Já percebi isso sozinha. Só pensei em me divertir um pouco, mas a proposta dele me enojou, de tão descarada que foi, depois de menos de uma semana de convivência. Eu já tinha decidido não recebê-lo mais em casa, mas agora que Haidie surgiu com um plano para arrancar dele a mina que roubou do pai, acho que vou mantê-lo preso à minha linha por mais um tempinho. O plano de Haidie só tem um problema: falta dinheiro. Que tal adiantarmos isso para ele?

— Uma ideia excelente, mas duvido que ele aceite jogar contra um garoto.

— Ah, o plano não é esse. Haidie vai procurar um amigo dele, um tal de sr. Vander, que dizem ser o maior trapaceiro de baralho que Haidie já viu. — E então a srta. Arvilla completou: — Ainda mais habilidoso do que ele próprio.

— Não há nada que eu queira mais do que passar a perna num trapaceiro. Ah, como senti falta das minhas irmãs e seus esquemas mirabolantes.

Lá estávamos nós, então, no Clube Progressista, na esperança de encontrar o Corny. Eu estava perto de uma mesa de vinte-e-um, espiando por cima do ombro de um homem, mas ele virou a cabeça e disse:

— Cai fora, moleque.

Fui me juntar ao sr. Edwin, que estava encostado no bar, com um copo de cerveja na mão. De vez em quando levava o copo aos lábios, mas quase não bebia.

— Lavagem de carneiro — resmungou, quando lancei um olhar para o copo.

Ficamos ali, vigiando a porta, até bem depois da meia-noite.

— Talvez seu amigo esteja ocupado esta noite — disse o sr. Edwin.

Era possível. Mas também podia ser que alguém lá de Omaha, que tivesse desconfiado da honestidade do Corny, o tivesse seguido até Denver, e então ele teria se mandado para Central, ou Black Hawk, ou até Georgetown.

— Que tal desistirmos por hoje? — perguntou o sr. Edwin.

Assenti, decepcionada, porque o plano parecia tão bom. Mas, quando nos preparávamos para sair, vi Corny entrando pela porta, todo emperequetado e balançando aquela bengala com a empunhadura dourada de ferro fundido.

— Lá está ele — falei, apontando para Corny.

O sr. Edwin não pareceu impressionado.

— É a esse homem que você pretende confiar seu futuro?

— Ele mesmo.

— Parece um caipira.

— E o senhor preferia que ele parecesse um vigarista?

— Argumento aceito — respondeu ele.

Ficamos observando enquanto Corny, de cabeça erguida, olhava para um lado e para o outro. Parou um instante junto à roleta, depois seguiu para o bar, alguns metros de onde estávamos, e apoiou o pé na barra de latão. Balançou a cabeça quando o barman perguntou se queria champanhe.

— Um copo de cerveja, cavalheiro — respondeu ele.

Com o braço apoiado no balcão, passou a estudar os jogadores de pôquer, erguendo o copo de vez em quando, do mesmo jeito que o sr. Edwin, e tomando apenas golinhos.

— Por que alguém ostentaria um anel de diamante daquele tamanho, correndo o risco de ser atacado por bandidos? — cochichou o sr. Edwin.

Decidi que ele não sabia o mínimo sobre jogo — ou trapaça.

— É vidro — expliquei. — Serve pra refletir as cartas que ele distribui, como se fosse um espelho.

— Você é mesmo um jovem impressionante, Haidie, conhecedor dos caminhos da malandragem. Não é de se admirar que minhas irmãs tenham se encantado por você.

Corny parou de observar os jogadores e voltou-se para a cerveja, olhando pelo espelho atrás do bar enquanto examinava o salão. Por fim, me viu no espelho, e um sorriso se espalhou em seu rosto.

— Ora, ora, o que vejo? Não é meu jovem amigo Haidie?

Pegou o copo e veio se espremer ao nosso lado no bar.

— Nunca vi coisa que me alegrasse tanto. E este, presumo, é seu pai. — Ergueu o copo. — Senhor, meus parabéns pelo excelente jovem que o senhor gerou. Nunca conheci um rapaz que admirasse tanto quanto este aqui, e seu irmão promete ser igualmente notável.

— Este não é o papai. É o sr. Edwin Matchett. Ele é banqueiro e irmão de duas senhoras que vieram comigo e com Boots na jornada por terra.

— Então vocês não encontraram seu pai?

— Encontramos, sim.

— E ele achou a mina de ouro?

— Achou, e perdeu. É por isso que viemos atrás do senhor. Jake e Teresa disseram que o encontraríamos no Progressista.

— Então fico contente em poder ajudar. Este jovem aqui — disse ele, virando-se para o sr. Edwin —, este jovem ajudou a salvar a vida de várias pessoas que estavam sendo ameaçadas por marginais. O jovem mestre Haidie é alguém de coragem. Agora me diga, o que está planejando? Espero que envolva algum tipo de trapaça, pois sempre apreciei levar a melhor sobre canalhas.

— É complicado demais para discutirmos aqui — disse o sr. Edwin. — O senhor poderia nos fazer uma visita amanhã lá em casa? Haidie, minhas irmãs e eu lhe explicaremos tudo.

— Será um prazer. Pode apostar. — Corny tocou o chapéu, e eu me perguntei se ainda guardava a arma lá dentro. Achei que essa era uma aposta certa.

Corny apareceu às oito da manhã seguinte, e Martha o conduziu até a sala de jantar, onde estávamos terminando o café da manhã. Ele não quis deixar o chapéu, mas o colocou debaixo da cadeira ao se sentar — aí eu soube com certeza que a arma ainda estava escondida ali.

— Não esperávamos o senhor tão cedo, sr. Vander — disse a srta. Lizzie, depois que as apresentações foram feitas.

Sem sequer perguntar se Corny queria comer, ela mandou Martha pedir à cozinheira que preparasse um prato, e logo ele já estava se servindo de presunto frito, ovos, panquecas e pão de trigo, murmurando entre uma garfada e outra que a srta. Lizzie era bondosa demais.

Esperamos até que ele terminasse e estávamos todos tomando café — bebida pela qual eu e Boots havíamos pegado gosto na trilha.

— Agora que estou revigorado, gostaria de conhecer os detalhes da pequena aventura à qual me convidaram tão gentilmente — disse Corny.

— É um plano simples, sr. Vander — ou seria sr. Cornelius? — perguntou a srta. Arvilla.

— Isso decidiremos em instantes.

A srta. Arvilla assentiu.

— Como preferir. Gostaríamos que o senhor desafiasse um certo cavalheiro conhecido nosso para uma partida de pôquer e ganhasse dele uma mina de ouro, além de cinco mil dólares. — Corrigiu-se: — Seis mil dólares, sendo o mil adicional como pagamento pelos seus serviços. Meu irmão, minha irmã e eu adiantaremos o dinheiro para a partida.

— E se eu perder?

Quem respondeu foi a srta. Lizzie:

— Haidie nos garantiu que o senhor não vai perder. Mas, se isso acontecer, o prejuízo será nosso. Naturalmente, se perder, não haverá dinheiro com que pagá-lo. — A srta. Lizzie sorriu para a irmã e então perguntou a Corny: — Não é esse um bom estímulo, cavalheiro?

— Ajudar o jovem mestre Haidie já seria incentivo suficiente — disse Corny. — Mas os mil dólares são, digamos, a nata do leite.

— Pois aqui está o plano — disse a srta. Arvilla, dispensando Martha e se levantando para servir mais café a Corny. — O pai de Haidie foi enganado e perdeu sua mina de ouro e mais cinco mil dólares para um homem inescrupuloso que, ao que parece, é sócio de negócios de meu irmão. Vamos apresentá-lo como um amigo recém-chegado do Leste que deseja investir em minas do Colorado. Pediremos a esse homem que o tome sob sua proteção e o ajude a encontrar os investimentos adequados para seu dinheiro. Depois, o senhor o atrairá para uma partida de pôquer — e vencerá usando os métodos que julgar convenientes.

O plano era simples, mas Corny franziu a testa.

— E o que os faz pensar que ele aceitaria me acompanhar?

— Ah, ele aceitará, depois que tiver certeza de que o senhor é amigo de Edwin — disse a srta. Lizzie, lançando um olhar à irmã e acrescentando com um tom maroto: — Veja, cavalheiro, esse homem está cortejando minha irmã e já declarou suas intenções. Faria qualquer coisa para agradá-la.

— Para agradar ao nosso dinheiro, isso sim — completou a srta. Arvilla com desdém. — Então, se não fosse por outro motivo, ele o aceitaria como cliente só para me agradar.

— É um homem de bom gosto, mesmo se o dinheiro não entrar na conta — disse Corny, inclinando ligeiramente a cabeça.

— Espero que o senhor não seja tão evidente assim quando joga pôquer — repreendeu a srta. Arvilla.

— Vejo que não é uma mulher que aprecia lisonjas — respondeu Corny.

— Então, ao menos nesse ponto, estamos de acordo — replicou ela.

Ficou decidido, então, que Corny se passaria por um homem rico, Cornelius Vander, parente de um dos homens mais abastados da América, ávido por comprar propriedades auríferas — um investidor cuja familiaridade com mineração era rala como sopa rala. O sr. Thacker se mostraria tão solícito que, certamente, não recusaria uma partida de pôquer quando Corny sugerisse.

— Parece queijo bem curado — disse Corny. — Mas tenho um pedido: gostaria que Haidie estivesse comigo. Ele será meu pupilo e meu faz-tudo. Sempre é prudente ter um cúmplice.

Abri um sorrisão com isso. Agora eu poderia mesmo ser o assistente de Corny — e ainda teria o gosto de ver Joel Thacker sendo depenado.

A srta. Lizzie disse que, já que eu faria parte do plano, compraria para mim um traje de cavalheiro — e um para Corny também, pois o jeito dele era espalhafatoso demais para um investidor do Leste. Só que ela não usou "espalhafatoso". Disse "grandiloquente".

— Concordo — disse Corny —, mas insisto em ficar com meu chapéu.

Bem, isso eu já sabia.

A srta. Arvilla entregou a Corny um envelope com dinheiro "para despesas", e seu irmão nos levou até uma alfaiataria, onde fomos vestidos com roupas novas. Depois, Corny desapareceu — "para fazer os preparativos", disse ele. Tudo isso levou tempo, então só dois dias depois nos sentamos na sala de estar, Corny vestido com um terno preto, camisa branca de colarinho alto, gravata cor de vinho, polainas sobre as botas, e eu com um traje que era uma versão em miniatura do dele — só que sem as polainas — e tão apertado e desconfortável quanto uma saia de armação. Boots tinha ido montado no Outlaw visitar o pai, mas o sr. Edwin e suas irmãs estavam sentados conosco. Já havíamos tomado umas mil xícaras de chá e estávamos prestes a desistir do sr. Thacker, quando ouvimos aquele som áspero da campainha da porta.

Quando Martha trouxe nosso alvo para a sala, fiquei olhando, avaliando o sujeito enquanto tentava imaginar que tipo de homem roubaria uma mina de ouro. Trapacear no jogo era uma coisa, afinal, quem entrava numa partida sabia do risco, mas roubo descarado era outra história.

O sr. Thacker não tinha cara de ladrão, mas eu sabia que os melhores vigaristas pareciam gente da própria família. Era alto, corpulento, com cabelo castanho-escuro e olhos castanhos tão suaves quanto os daquele búfalo que tínhamos abatido. O nariz era comprido, a boca larga, mas o que me chamou atenção foram as mãos. Dava pra ver que ele nunca tinha trabalhado numa mina. Os dedos eram afilados e macios — mãos de jogador. E isso me deixou um pouco preocupada, porque mãos como aquelas sentem qualquer raspadinha ou picadinho num baralho. Talvez ele fosse um bom jogador de pôquer também.

— Este é nosso amigo do Leste, sr. Cornelius Vander, e seu pupilo, Haidie — disse Edwin, lançando um olhar na minha direção. Nunca tínhamos conversado sobre que nome eu usaria. Eu torcia para que ele não dissesse "Richards", porque o sr. Thacker podia lembrar do nome de papai e desconfiar de mim na hora.

— Vander. Haidie Vander — disse eu, antes que o sr. Edwin pudesse continuar.

— É um prazer — disse Corny, levantando-se e apertando a mão do sr. Thacker.

— O prazer é meu, cavalheiro — respondeu o sr. Thacker com uma voz macia como mingau. Estudou Corny com atenção, mas não deu a menor bola pra mim, nem sequer me apertou a mão, aliás. Depois se voltou para a srta. Arvilla e tomou a mão dela.

— Minha querida senhora. — E então, para a srta. Lizzie: — Srta. Elizabeth. Espero que esteja bem.

— Nunca estive com o espírito tão leve — disse a srta. Lizzie.

Por fim, ele apertou a mão do sr. Edwin.

— Edwin.

— Thacker.

Quando todo esse protocolo terminou, o sr. Thacker se sentou. Procurou um lugar ao lado da srta. Arvilla, mas eu estava sentada ali e não me ofereci para sair. Todos trocaram algumas amenidades por um momento, até que o sr. Edwin disse:

— Estou tentando dissuadir o sr. Vander de investir em mineração. Creio que a maioria das propriedades mineradoras à venda são *borrascas* — sem valor, por assim dizer — e não *bonanzas*, e que é uma loucura um homem sem experiência colocar seu dinheiro nesse tipo de empreendimento. O senhor não concorda?

— Alto lá, Edwin, não posso dizer que concordo. Eu mesmo já me deparei com várias oportunidades de investimento que são verdadeiras minas de ouro, por assim dizer. — O sr. Thacker sorriu da própria piada, embora ninguém mais tenha achado graça.

— Está vendo, Edwin? Nem todos compartilham sua opinião. — Corny se voltou para o sr. Thacker. — Espero poder confiar no senhor, como amigo da família de Edwin, que estou aqui representando investidores cujos nomes não posso revelar, mas que certamente lhe seriam familiares. Eles têm uma quantia considerável para investir. Eu mesmo sou um dos investidores, embora de maneira modesta.

— Cornelius Vander — disse a srta. Arvilla, fazendo uma pausa para deixar o nome pairar no ar — vem de uma família importante do Leste e confia em Edwin, com quem mantém amizade há muitos anos.

— E eu digo que o senhor deveria manter seu dinheiro em ferrovias e navios a vapor, e deixar a mineração para quem entende do assunto — disse o sr. Edwin. Então se levantou e disse: — Os negócios me chamam. Thacker, tire da cabeça do sr. Vander essa ideia de comprar minas de ouro, sim?

Saiu da sala, e ninguém falou por um tempo, pois o sr. Thacker parecia imerso em pensamentos.

— Vander — disse ele por fim. — Nome curioso, diria eu. É holandês?

— É uma abreviação. O nome original era um pouco mais longo.

— Cornelius Vander — murmurou o sr. Thacker. Depois abriu um sorriso. — Creio que o nome original devia ser Vanderbilt.

Corny abaixou a cabeça.

— Quanto a isso, o senhor deve guardar para si. De fato, faço parte dessa ilustre família, mas de um ramo mais pobre, que escolheu um nome mais modesto. Foi alterado após uma desavença, mas a paz foi restabelecida, e meus parentes mais afortunados agora confiaram a mim a responsabilidade por seus investimentos no Oeste. Consegue imaginar o que aconteceria com o preço de uma mina se o dono soubesse que a família Vanderbilt está interessada nela? O senhor precisa manter essa informação em segredo.

— Naturalmente — disse o sr. Thacker.

— Edwin pode ter razão ao dizer que mineração é um investimento ruim para nós, mas minhas instruções são para adquirir esse tipo de propriedade. — Ele deu um sorriso pesaroso. — Suponho que meus parentes possam se dar ao luxo de perder alguma coisa, caso o conselho de Edwin se mostre acertado.

A srta. Arvilla se desculpou, dizendo que iria providenciar o chá, e a srta. Lizzie saiu com ela. Assim que as portas de correr se fecharam — deixando apenas uma fresta —, o sr. Thacker disse:

— Espero não estar sendo indiscreto ao dizer que sou, por assim dizer, um especialista em propriedades mineradoras, tendo atuado nesse ramo por vários anos na Califórnia e agora no Colorado, e ficaria satisfeito em oferecer meus serviços.

Corny o olhou longamente e recuou ligeiramente, como se tivesse se ofendido.

— Ainda espero convencer Edwin a me auxiliar.

— Claro, claro. Mas, caso ele não aceite — grandes mentes nem sempre concordam, como se diz —, ficaria honrado em prestar esse serviço. Tenho referências, e a melhor delas é o próprio Edwin. Se quiser, poderíamos nos encontrar mais tarde, senhor. Eu teria prazer em discutir oportunidades com o senhor — longe das damas, é claro.

Os dois combinaram de se encontrar no dia seguinte no Saloon Criterion, na Larimer Street, e mal haviam marcado o horário quando a srta. Arvilla entrou na sala carregando a bandeja de chá. A srta. Lizzie vinha logo atrás com um prato de bolinhos. Era quase como se tivessem ficado escutando atrás da porta, esperando os dois homens combinarem o encontro para então se juntarem a nós.

— Martha estava indisposta, e tive de preparar o chá eu mesma. Espero que esteja do agrado — disse ela.

— Querida senhora, qualquer coisa feita por suas mãos é mais que satisfatória — disse o sr. Thacker com suavidade.

A srta. Arvilla não respondeu, mas lançou à irmã um olhar tão carregado de desdém que, se o sr. Thacker o tivesse notado, teria entendido na hora que seu cortejo com a srta. Arvilla era pura borrasca.

— Seu trabalho — disse Corny para mim, na tarde seguinte, enquanto íamos até o Criterion na charrete do sr. Edwin — é observar como Thacker trapaceia. Eu conheço o tipo. Claro que a maioria dos homens trapaceia um pouco. Pode apostar. Acham que são tolos se não o fizerem. Mas são desajeitados. Ainda assim... — Ele fez uma pausa, pensativo.

— O senhor viu as mãos dele? São mãos de jogador — falei.

— Você é um rapaz observador. Vi, sim. É possível que ele seja homem de cartas. Se ele passou seu pai para trás, então não tem escrúpulos e acredito que faria qualquer coisa para vencer no jogo. — Corny enfiou a mão no bolso e tirou dois baralhos. — Se eu mandar você ir até o balcão pedir um baralho novo, volte com um destes.

— E se o sr. Thacker pedir?

— Estes aqui servirão.

Então Corny me ensinou os sinais que eu deveria usar caso flagrasse o sr. Thacker trapaceando de diferentes formas.

— Ele vai me deixar ganhar no começo, porque quer cair nas minhas boas graças. Mas talvez eu perca de propósito, para convencê-lo de que sou um novato. Tudo faz parte do jogo. Se eu começar a ganhar muito, no entanto, ele vai ficar irritado — e é aí que a trapaça começa. Se ele apostar a mina do seu pai, então estará desesperado, e você precisa ficar de olho nele.

Chegamos atrasados ao Criterion. Corny havia enrolado de propósito para deixar o sr. Thacker nervoso, fazendo-o pensar que talvez tivesse desistido. Fiquei imaginando se o sr. Thacker faria o mesmo: nos deixar esperando para mostrar que tinha coisas mais importantes a fazer, mas ele estava de pé logo depois das portas e estendeu a mão assim que nos viu. Ele e Corny se cumprimentaram com um aperto de mãos. Mais uma vez, o sr. Thacker não me deu atenção alguma.

— Tivemos um contratempo. Edwin está longe de satisfeito por não ter conseguido me dissuadir de investir em propriedades de mineração, mas admitiu que o senhor entende do assunto como poucos — bem mais do que ele mesmo —, disse Corny. Olhou ao redor. — Isto aqui não é o Delmonico's, não é? Mas afinal, estamos no Velho Oeste. Será que o uísque é ao menos bebível?

— Talvez o senhor se surpreenda.

Fomos até o bar, onde o sr. Thacker pediu dois uísques. Quando os copos chegaram, ele virou o dele de uma vez, mas Corny apenas provou, depois fez uma careta.

— O senhor é um homem mais forte que eu. Meu estômago não aguenta esse tipo de porcaria. Acho que vou passar para a cerveja.

Quando o sr. Thacker se virou para o barman a fim de pedir uma cerveja e outro uísque, Corny deu uma olhada rápida pela sala, e seus olhos brilharam ao avistar dois homens sentados a uma mesa, e aí eu soube que ele tinha trazido comparsas.

— Vamos procurar uma mesa onde possamos conversar com mais privacidade? — sugeriu o sr. Thacker. Corny enfiou a mão no bolso para pagar pelas bebidas, mas o sr. Thacker disse:

— O senhor é meu convidado, cavalheiro. Não me insulte.

Colocou uma moeda sobre o balcão, e então os três seguimos até uma mesa nos fundos, onde o movimento era menor.

Enquanto nos sentávamos, olhei ao redor. O Criterion não era tão fino quanto o Progressista. Não havia espelhos nas paredes nem quadros de moças seminuas. Mas estava cheio e barulhento, e havia garotas de salão como Emily sentadas a algumas mesas, bebendo champanhe que, como ela nos contara, era só chá frio. Homens jogavam em outras mesas. Vi um se levantar de repente, jogar as cartas na mesa e sair pisando duro, e me perguntei se tinha perdido de verdade ou sido enganado. Eu apostaria na segunda opção. Como Cheet dizia, só perde quem é tolo — ou quem não sabe trapacear.

Dessa vez o sr. Thacker não virou o uísque de uma vez, apenas deu um gole e se inclinou na direção de Corny.

— Sr. Vander, sua chegada não poderia ter sido mais oportuna. Justamente esta manhã fiquei sabendo que uma das melhores minas do território está disponível — e por um bom preço. Essa informação é confidencial, por isso preciso pedir que não a revele a ninguém, nem mesmo a Edwin.

Corny franziu a testa.

— Que coincidência curiosa, senhor.

— Sim, o senhor está certo em ser cauteloso. Há tanta enrolação no mundo da mineração, infelizmente, e os promotores se aproveitam de novatos, *greenhorns*, como os chamam por aqui. Não estou insinuando que o senhor seja um desses, é claro, mas aconselho que negocie apenas com alguém em quem possa confiar, alguém altamente recomendado. — O sr. Thacker recostou-se na cadeira, dando a Corny tempo para concluir que ele era justamente esse tipo de homem.

— Tomo seu conselho — disse Corny. — Que mina é essa?

O sr. Thacker olhou ao redor do salão, depois se inclinou para mais perto de Corny.

— A *Mighty Warrior*, senhor. Pode ser adquirida por metade do valor. — Depois se recostou de novo com um ar satisfeito no rosto.

— *Mighty Warrior*?

— Certamente já ouviu falar dela — uma das melhores minas do Colorado. Pertence a uma sociedade que agora enfrenta grandes dificuldades por conta das ações inescrupulosas de um de seus membros. Ao que parece, ele apostou sua parte num jogo de pôquer e perdeu. Era o principal investidor. O vencedor das cotas agora quer se livrar delas. Então o controle da *Warrior* está disponível por uma ninharia.

— Gostaria de ver a mina antes de me comprometer.

— Isso não é possível. Se descobrirem que as ações estão à venda, o preço vai disparar. Mas posso lhe mostrar os laudos e os relatórios de engenharia. E amostras do minério.

Corny franziu o cenho e tamborilou os dedos indicadores um contra o outro.

— Bem, não sei... Vou ter que pensar. Não esperava ser apresentado a uma oportunidade de investimento tão rápido. E tenho algumas ideias próprias que quero explorar.

O sr. Thacker se inclinou para frente até quase encostar o peito na mesa.

— Meu caro, se o senhor pretende investir em mineração, precisa entender que os acordos se fecham num piscar de olhos. Esperar é flertar com o fracasso. Coração fraco nunca conquistou donzela, como diz o ditado.

— Isso pode funcionar em cortejo, mas quando se trata de investimentos, a prudência é a ordem do dia.

— Então sugiro que mantenha seu dinheiro em navios a vapor. A mineração exige um homem decidido.

Corny pareceu levado à razão.

— Admito que, às vezes, sou cauteloso demais. Meus primos — digo, meus investidores — já me advertiram para não deixar oportunidades escorrerem por entre os dedos.

Apoiou os cotovelos sobre a mesa e juntou os dedos, formando um arco como de igreja. Depois se recostou na cadeira, equilibrando-se em duas pernas, e lançou um olhar em volta.

— Que jogo é aquele ali? — perguntou, fazendo um gesto com a cabeça na direção da mesa que ele já tinha olhado quando estávamos no bar.

— Pôquer, provavelmente.

— Ah. Talvez pudéssemos nos entreter com uma partida enquanto penso na sua proposta.

O sr. Thacker franziu o cenho.

— Um jogo de azar?

— Talvez.

— Não recomendaria isso aqui, senhor. Arriscaria sua bolsa. Trapaceiros e canalhas não faltam. Mas, se estiver mesmo com vontade, posso sugerir um lugar mais seguro.

— Um onde o senhor joga?

— Ah, não. Eu nunca jogo cartas.

Corny se endireitou rapidamente, fazendo a cadeira bater no chão.

— O senhor não joga?

— Nunca joguei, nem jogarei. Conheço minhas limitações. Mas não julgo quem gosta de arriscar seu capital. Sinta-se à vontade para buscar esse tipo de distração por conta própria.

Corny ficou o encarando, e minha boca se escancarou. Nunca me passou pela cabeça que o sr. Thacker talvez não quisesse jogar com Corny. O plano que ele tinha dito ser "bom como queijo" agora fedia como queijo Limburger.

— Ofendi o senhor. Tenho o hábito de falar contra o jogo. Peço desculpas — disse o sr. Thacker.

Corny piscou algumas vezes, depois se recompôs.

— Um homem segundo o meu coração. Foi um teste, senhor. Eu mesmo não confiaria num homem que apostasse.

O sr. Thacker pareceu satisfeito consigo mesmo, mas eu estava horrorizada. Havíamos revelado nosso jogo — e perdido. Empurrei a cadeira para trás, tentando pensar em como contaria aquilo ao papai, mas Corny esticou o braço por baixo da mesa e pousou a mão no meu joelho.

— Gostaria de ver os relatórios sobre a mina de que o senhor falou, mas devo lhe dizer que tenho informações sobre outra propriedade que me interessa bem mais. Não a mencionei antes porque não sabia até que ponto podia confiar no senhor. Mas agora vejo que é um homem de honra.

O sr. Thacker inclinou a cabeça, como se estivesse aceitando um elogio.

— A propriedade fica em um lugar chamado Georgetown. O senhor conhece?

Corny foi óbvio demais. Não podia simplesmente perguntar sobre a Hangover, ou o sr. Thacker ficaria desconfiado. Limpei a garganta tentando avisá-lo, mas ele só deu mais um leve toque no meu joelho.

— Conheço bem a região. Na verdade, tenho investimentos lá — disse o sr. Thacker.

— Então vou lhe contar. — Corny se inclinou para a frente e sussurrou: — A Blue Flag.

Recostou-se, com a expressão de um gato satisfeito depois de pegar um passarinho. Franzi a testa, porque não fazia ideia do que ele estava falando.

O sr. Thacker franziu a testa também.

— Não conheço.

— Excelente. Isso significa que ainda não chamou atenção — disse Corny, abaixando ainda mais a voz. — A Emerald Isle, a principal produtora do distrito, tem seu afloramento no terreno da Blue Flag.

Ele sorriu e olhou para mim, explicando:

— Descobrir uma veia subterrânea de minério é ótimo, mas o sujeito que detém o título da área onde essa veia aflora — ou seja, emerge na superfície — tem o direito de segui-la por onde ela for.

Virou-se para nosso alvo.

— Não é verdade, sr. Thacker?

— Vejo que o senhor não é totalmente ignorante das leis da mineração.

Corny tentou manter uma expressão de confiança, mas parecia mais um empolado metido a entendido que sabia só uma coisinha ou outra sobre o assunto.

— E como soube disso, sr. Vander? — perguntou o sr. Thacker. Eu mesma estava me perguntando o mesmo.

Corny tocou a própria têmpora.

— Como o senhor disse, não sou desprovido de recursos. Não posso revelar a fonte da informação, pois nos foi confiada sob o mais estrito sigilo. Mas posso garantir que é absolutamente confiável. Na verdade, vim para cá com o objetivo expresso de adquirir a *Blue Flag*. — Abaixou a voz num sussurro. — Veja, mandamos especialistas examinarem a mina — fizeram isso discretamente — e os resultados o deixariam boquiaberto.

— Então o senhor me fez de tolo e desperdiçou meu tempo — disse o sr. Thacker, começando a se levantar.

— Não tão depressa, senhor. — Corny puxou o braço do sr. Thacker, que acabou voltando a se sentar. — Admito que não fui completamente honesto com o senhor, mas pode me culpar? O nome Vanderbilt atrairia todo tipo de artimanha. Embora o senhor tenha vindo recomendado por Edwin, eu precisava me certificar do homem com quem estava lidando. Foi apenas prudência. Perdoe-me, sr. Thacker, mas achei necessário colocá-lo à prova e o senhor passou com louvor, cavalheiro, com louvor.

Eu não fazia a menor ideia do que Corny estava dizendo, mas achei que não tínhamos mais nada a perder, já que não poderíamos recuperar a mina do papai numa partida de cartas. Então me inclinei para frente como se estivesse interessado e fiquei quieta.

— Não vejo em que isso me diz respeito — disse o sr. Thacker.

— Deveria interessá-lo — disse Corny. — Gostaria que o senhor adquirisse a mina em nome do sr. Vander... digo, dos meus investidores. Acredito que o senhor conseguiria comprá-la por um valor bem menor do que eu conseguiria.

— Já tentou? — perguntou o sr. Thacker.

— Infelizmente, sim. O proprietário disse que não venderia.

— Então não vejo como eu...

— Calma, homem. Deixe-me explicar. A mina fica no distrito de Georgetown. Seu descobridor tem uma visão inflada sobre o que as minas de lá podem render. Tolo que é, não percebe que tem em mãos a chave de todo o distrito. Aquela única mina pode controlar tudo. Ele não é minerador, veja bem, mas um carreteiro que acha que sabe mais do que realmente sabe. Ficaria desconfiado de mim. Na verdade, se desconfiasse de quem eu represento, com certeza procuraria outros especuladores para fazerem lances concorrentes e inflacionar o preço. Mas o senhor é um homem da região e poderia lidar com ele com eficácia. Adquiriria a Blue Flag e depois a venderia para nós — com uma comissão justa, é claro.

— Entendo — disse o sr. Thacker, assentindo com a cabeça. Ele olhou para a mesa como se estivesse pensando, mas eu notei um brilho estranho em seus olhos.

— Não é um plano ideal? Lucrativo para o senhor, para mim, para meus investidores e até para o dono da Blue Flag?

— Todos sairiam ganhando — disse o sr. Thacker. — Quem é o sortudo?

— Um caipira chamado Jacob Crowfoot.

Minha cabeça se ergueu num estalo, e foi por pouco que não sorri para Corny. Nunca me passou pela cabeça que Corny teria um plano reserva e que o colocaria em prática tão rápido. Fiquei me perguntando por que não tinha me contado.

— Não conheço — disse o sr. Thacker. — Onde posso encontrá-lo?

— Acredito que esteja hospedado na Denver House.

— Irei procurá-lo lá. Talvez possamos mesmo fazer negócios, sr. Vander. Vou atrás dele imediatamente.

Quando o sr. Thacker se levantou, Corny ergueu a mão.

— Só mais uma coisa, senhor.

— Sim? — O sr. Thacker semicerrava os olhos.

— Peço que me perdoe por não confiar completamente em alguém que conheço há tão pouco tempo. — Quando o sr. Thacker se enrijeceu, Corny acrescentou: — Na verdade, não confio nem em quem conheço há muito tempo. — Riu como se tivesse feito uma piada. — Só insisto em uma condição: quero que leve meu pupilo, Haidie, com o senhor. Ele não é muito brilhante... — Corny fez uma pausa, enquanto eu tentava fazer cara de abobalhado. — E vivia demais com os moleques rebeldes lá de casa. Quero que ele aprenda um pouco sobre como os negócios são feitos. E, francamente, está precisando de umas lições de ética. Já teve um ou dois desentendimentos com as autoridades, e eu o trouxe comigo para endireitá-lo.

Aí tentei parecer com um dos valentões do orfanato.

— Não me agrada ter um rapaz assim me espiando por cima do ombro, sr. Vander.

— Ele não vai incomodar. Não fala nada. — Corny se inclinou, como se eu nem estivesse ali. — Só mantenha a mão na carteira.

— Mas senhor...

— Essa é minha condição.

Por fim, o sr. Thacker assentiu.

— Acho que nos entendemos, sr. Vander. E em pouco tempo, espero que a Blue Flag seja sua. Venha, garoto.

Essa história da Blue Flag era novidade completa para mim, claro. Olhei por cima do ombro em direção ao Corny enquanto seguia o sr. Thacker pelo meio da multidão de jogadores, esperando que ele dissesse alguma coisa com os lábios, algum tipo de instrução, mas ele apenas sorriu, assentiu e fez um gesto com a mão como quem diz "vai, anda" — e aí entendi que estava por minha conta.

O sr. Thacker praticamente esqueceu de mim enquanto apressava o passo pela rua. Mas, depois de um tempo, diminuiu a marcha e disse:

— Agora, garoto, precisamos nos entender.

— Sim, senhor.

— Você é honesto?

Dei um meio sorriso.

— Claro.

— E o que pensa do sr. Vander?

Desviei o olhar.

— Bem...

— Bem?

— Ele é metido.

— Ele é honesto?

— Honesto até demais pro meu gosto. E pão-duro também. Me faz prestar conta de cada centavo que gasto.

— E você gostaria de ter algum dinheiro só seu, pra esbanjar um pouco.

Dei de ombros.

— Então sugiro que mantenha a boca fechada sobre o que vir, e eu o recompensarei generosamente.

— Quanto?

— Se tudo correr bem, cem dólares. Já viu cem dólares na vida?

— Que tal duzentos?

— Apressadinho, hein?

— Não mais do que o senhor, não é?

O sr. Thacker riu e me deu um tapinha no ombro.

— Acho que você teria futuro nos negócios se decidisse se afastar do seu tutor. Agora, o combinado é que você não vai dizer uma palavra ao sr. Vander sobre meus tratos com o sr. Crowfoot. E vai confirmar tudo o que eu disser quando eu contar como adquiri a propriedade. Entendido?

— Se o senhor diz...

Enquanto seguíamos rumo à Denver House, fiquei preocupada com o que Jake diria ao me ver. Ele e Corny deviam ter armado alguma coisa juntos, mas Jake não teria como saber que Corny me mandaria junto com o sr. Thacker. E se ele falasse alguma coisa que estragasse o plano? Jake não era tão ardiloso quanto Corny e podia muito bem soltar um "Oi, Haidie" logo de cara.

Achamos a Denver House, e o sr. Thacker perguntou por Jacob Crowfoot.

— Não posso dizer que conheço, mas fique à vontade para procurar — respondeu um homem.

Entramos no celeiro do hotel, onde os "quartos" eram demarcados por lonas de carroção penduradas do teto.

— Jacob Crowfoot, mostre-se — chamou o sr. Thacker.

Alguns homens enfiaram a cabeça por entre os painéis de tecido, mas nenhum deles era Jake.

Um minuto depois, Teresa surgiu dos fundos do cômodo. Eu não tinha pensado nela. Teresa me entregaria na hora se me reconhecesse. Então me escondi atrás do sr. Thacker, balancei a cabeça e levei o dedo à boca. Ela começou a dizer alguma coisa, mas me adiantei:

— Senhora, estamos procurando um tal de Jacob Crowfoot. A senhora o conhece?

Teresa me lançou um olhar demorado. Ou ela estava no jogo com Corny, ou percebeu que algo estava acontecendo, porque respondeu:

— Ele está no Elephant Corral.

Juntei as mãos como se estivesse rezando, e ela assentiu uma única vez.

— Poderia descrevê-lo, senhora? — perguntei.

O sr. Thacker se virou para mim e disse:

— Quem fala aqui sou eu, moleque. Cale essa boca.

Teresa o ignorou.

— Claro que sim. É um homem grande, cabelo castanho já ficando ralo. E tem um cachorro enorme com ele. Um cachorro feio. Tenham cuidado, é brabo que só.

Agora eu tinha outra preocupação. E se Tige viesse correndo ao meu encontro? Ah, como eu queria que Corny tivesse me contado sobre esse plano B.

— Posso levar vocês até lá — ofereceu Teresa.

— Não, senhora, vamos encontrá-lo — disse o sr. Thacker.

— Por que o senhor não quis que ela fosse junto? — perguntei, já de volta à rua.

— Mulheres ficam gananciosas. Você oferece cem dólares, elas querem duzentos.

Isso me pegou de surpresa. Será que o sr. Thacker tinha descoberto que eu era uma menina? Mas então ele completou:

— Moças... e certos rapazes também. Agora estou falando sério, moleque: quero você de boca fechada.

Seguimos em direção ao Elephant Corral, com o sr. Thacker assobiando baixinho, se sentindo cheio de energia, imagino eu, achando que ia arrancar uma boa grana do Corny. Logo avistei Jake. Ele estava em pé na lama com suas mulas, e Tige amarrado à carroça. Fiquei preocupada que Tige me reconhecesse, mas ele estava entretido roendo um osso quase do tamanho dele. O sr. Thacker viu Jake, e nos aproximamos.

— Sou Haidie Vander — eu disse, enfatizando o sobrenome.

Jake assentiu e estendeu a mão para o sr. Thacker.

— E o senhor deve ser o pai do garoto, sr. Vander, aposto.

— Joel Thacker. O garoto é meu associado. Viemos procurá-lo, sr. Crowfoot.

— Procurar a mim? — Jake soou confuso — e um tanto bobo.

— Exatamente. Vim lhe fazer uma pequena proposta.

— Bem, eu sempre me interesso por isso — respondeu Jake, todo simpático. — Me interesso por qualquer tipo de proposta, desde que não envolva minha mina de ouro.

Aí ele deu um sorriso tão abobalhado que o sr. Thacker não teve como não acreditar que Jake era o alvo mais fácil de Denver.

Capítulo Dez

Achei que a gente fosse entrar num salão de jogos como o Criterion, onde Corny tinha se encontrado com o sr. Thacker para falar sobre a Hangover, mas em vez disso, o sr. Thacker conduziu Jake — comigo vindo logo atrás — até a Larimer Street e entrou em um banco que não era maior do que a biblioteca dos Matchett. Subimos uma escada encostada a uma das paredes e entramos num escritoriozinho no segundo andar.

O escritório era tão malconservado quanto o orfanato onde eu e Boots havíamos morado, com apenas uma escrivaninha e duas cadeiras de madeira. Não havia tapete no chão nem quadros na parede, nem mesmo cortinas nas janelas, que estavam abertas e deixavam entrar o barulho da rua. Um homem praguejava com suas mulas e Jake foi até a janela e acenou.

— Ei, olha aqui onde eu tô! — gritou ele.

— Sente-se, senhor — disse o sr. Thacker, acomodando-se numa das cadeiras. Jake sentou-se na outra e eu me empoleirei no parapeito da janela.

Jake cruzou o tornozelo sobre o joelho e olhou em volta, decepcionado.

— Isto aqui não é grande coisa — resmungou.

— De fato não é. Prefiro investir meu dinheiro em aplicações, não em adereços.

— O que é “andereços”? — perguntou Jake.

— Mobiliário, senhor. Cadeiras elegantes e quadros em molduras douradas, um desperdício de dinheiro. Basta que tenhamos esses enfeites lá embaixo, para satisfazer os fregueses que se impressionam com essas futilidades. Mas o senhor, sim, é um homem de mais substância. Acredito que prefira lidar com alguém que não desperdiça dinheiro.

Jake pareceu ainda mais confuso, mas assentiu com a cabeça. Depois lançou um olhar para mim.

— E esse aí?

— Filho de um amigo. Seu pai, um homem de fé, faleceu, e eu tomei o menino sob minha proteção, encarregado de ensiná-lo os fundamentos dos negócios. Não lhe dê atenção.

Naquele momento, me lembrei de Cheet e me perguntei quantos vigaristas achavam que ninguém suspeitaria deles se fingissem ser padres ou filhos de padres.

Jake assentiu de novo, aparentemente satisfeito, e praticamente me ignorou dali em diante.

— Vamos ao que interessa? — perguntou o sr. Thacker.

— E o que interessa?

— Ora, mineração, senhor. Mineração. Como banqueiro, tenho grande interesse no ramo de mineração, assim como o senhor, creio eu.

— Ah, isso eu tenho mesmo! — disse Jake. — Tenho a mina mais formidável do distrito de Georgetown.

— Isso ainda está por se provar.

— É a Blue Flag. Já teve gente que me ofereceu um milhão de dólares por ela.

— Um milhão? Certamente não um milhão — franziu a testa o sr. Thacker.

— Bom, quase isso. Mil, pelo menos. Um ofereceu, mas eu não quis vender, nem pra ele nem pra ninguém.

— Tudo tem seu preço.

Jake deu de ombros.

— Só por curiosidade, qual seria o seu preço? — perguntou o sr. Thacker, pegando um pedaço de minério que usava como peso de papel em sua mesa e começando a examiná-lo. Parecia um pouco entediado, como se na verdade não ligasse tanto assim para a mina.

— Ora, não há preço nenhum. Georgetown é o distrito mais rico do Território do Colorado e eu pretendo ficar com uma boa parte dele.

— E a Blue Flag é a chave do distrito? — Uma brisa entrou pela janela e bagunçou os papéis sobre a mesa, e o sr. Thacker colocou o pedaço de minério por cima deles.

Jake se remexeu na cadeira, lançando um olhar que passou por mim e foi parar na janela. Não respondeu.

— Senhor? — disse o sr. Thacker.

— Vou lhe contar uma história — respondeu Jake. — Nunca tive dinheiro na vida. Cresci numa fazenda tão pobre que a gente tinha de comprar as pedras pra poder se livrar delas. — Ele riu da própria piada, mas o sr. Thacker não achou graça. Jake abaixou a cabeça e continuou: — Trabalhei até quase morrer pra conseguir minha junta de mulas, e é um bom time, não tem uma mula marrom no meio. Virei um bom freteiro, ganhei dinheiro suficiente pra arrumar uma esposa. Vim pra cá e comecei a transportar carga pros acampamentos de mineração e vi como tinha sujeito que ficava rico só com um buraco no chão. Eu disse pra mim mesmo: "Ora, se eles conseguem, Jake Crowfoot, você também consegue". Aí comprei uma picareta, e a cada viagem a Georgetown ou Black Hawk ou Central City, eu passava um ou dois dias procurando uma mina de ouro. E encontrei. Um pedacinho de terra bem ajeitado. Gosto mais dela do que de jantar. Não é muito grande, mas fica bem no meio do distrito. Já fiz algum trabalho nela. É uma belezura.

— Quanto dá o teor do minério?

Jake fez uma cara astuta.

— Isso eu não conto. — Franziu a testa. — Como é que soube da Blue Flag, afinal?

— Estou sempre acompanhando os distritos de mineração.

Jake estreitou os olhos.

— E por que quis falar comigo?

— Uma proposta, senhor. Veja, como banqueiro, estou sempre em busca de bons investimentos e considero a Blue Flag... bem, não exatamente um bom investimento, mas uma perspectiva modesta. É claro que, como o senhor disse, há pouco trabalho feito nela e é preciso capital para desenvolver uma mina. O senhor tem esse capital?

Jake deu de ombros.

— Imaginei que não. Seria sensato vender sua pequena mina enquanto pode, enquanto o distrito ainda está em alta. Nesse sentido, faço ao senhor uma oferta bastante generosa de dois mil dólares.

Jake se levantou, indignado.

— Dois mil dólares! Tá achando que eu sou idiota? Acha que pode me trazer até aqui pra me roubar a mina? Ora, era pra eu ter trazido meu chicote...

E já se encaminhava para a porta.

— Agora espere aí, sr. Crowfoot. Essa foi apenas minha oferta inicial. Podemos negociar a partir dela.

— Negociação nenhuma. Não vendo. Minha mulher só ia gastar o dinheiro. Meu propósito era ter uma mina de ouro, e agora eu tenho, e o senhor não vai tirá-la de mim. Quero que todo mundo saiba que Jake Crowfoot é um homem de posses. Ser dono de uma mina faz de mim alguém.

— Então o que o senhor propõe?

— Eu não proponho nada.

O sr. Thacker se levantou e apontou para a cadeira, mas Jake não se sentou. Em vez disso, ficou de pé atrás da cadeira, com a mão apoiada no encosto. O sr. Thacker sentou-se e começou a girar o pedaço de minério entre as mãos, pensativo.

— Então o que o senhor quer é uma mina de ouro no distrito de Georgetown.

— Não é qualquer mina — disse Jake. — Não pense que pode me fazer de bobo.

— Ora, claro que não, sr. Crowfoot. Isso é evidente — disse o sr. Thacker, balançando a cabeça algumas vezes. — E se houvesse outra mina no distrito, ainda melhor que a Blue Flag?

— Não existe nada melhor que a Flag — respondeu Jake.

— Naturalmente, o senhor não pode ter certeza disso, já que não houve produção significativa. O senhor apenas *acha* que seja a melhor. Eu estou pensando numa mina que já é produtiva, com resultados comprovados.

Jake semicerrrou os olhos.

— Que mina é essa? — sentou-se na beirada da cadeira.

Eu me inclinei tanto para a frente que quase perdi o equilíbrio. Agora entendi o jogo do Corny. Ele queria que Jake trocasse a Blue Flag pela Hangover. Tive que morder o lado de dentro da boca pra não cair na risada. Era um plano esperto. Só queria ter sido eu a bolar aquilo.

O sr. Thacker ergueu um pouco o queixo e sorriu.

— A Senator.

Parei de morder a bochecha e arregalei os olhos. A Senator! Mas o que, em nome de tudo, era a Senator? Fiquei aliviada que o sr. Thacker estivesse olhando para Jake e não para mim, senão ele teria percebido pela minha cara que tinha algo errado. Eu me senti tão mal quanto quando ele disse que não jogava.

Mas Jake soube jogar direito. Zombou:

— A Senator já deu o que tinha que dar. Não vem com essa. Acha que sou burro demais pra entender o que está acontecendo? Me trouxe aqui pra me passar a perna. Tenho coisa melhor para fazer com meu tempo.

Jake virou de costas para o sr. Thacker.

— Agora espere mais uma vez, sr. Crowfoot. Há outras minas em Georgetown. Por acaso, sou dono de uma excelente mina lá — a Hangover.

Ao se virar de novo para o sr. Thacker, Jake lançou um olhar rápido para mim, quase imperceptível.

— Ouvi dizer que anda com problemas.

— Nada sério. Nada que um homem inteligente e trabalhador não possa resolver. E acredito que o senhor seja esse homem.

Jake pareceu lisonjeado.

— Bem, eu tenho jeito com mulas. Imagino que com homens não seja tão diferente.

— Muito bem observado — disse o sr. Thacker, sorrindo. — Eu lhe trocaria uma mina produtiva por uma promessa. Você pode se perguntar por que razão e eu lhe diria que tenho o capital para desenvolvê-la. E eu, senhor, sou um especulador. É a aposta que me dá vida. — Fez uma pausa. — Um troca justa, então?

— Não tão rápido. Como vou saber que ela também não já deu o que tinha que dar?

O sr. Thacker tirou alguns papéis da gaveta e os colocou diante de Jake.

— Veja só os registros de envio, senhor. Tenho aqui uma mina que produz, enquanto o senhor tem apenas um buraco no chão.

Quando Jake levantou a cabeça num estalo, o sr. Thacker logo acrescentou:

— Claro que pode ser um buraco valioso, mas isso ainda está por se provar. Estou lhe oferecendo uma certeza em troca de uma especulação.

Enquanto Jake batucava na testa com o dedo, como se tentasse entender o que o sr. Thacker tinha dito, o banqueiro se virou para mim.

— Garoto, vá buscar uma garrafa de uísque pra nós.

Enfiou a mão no bolso e estendeu uma moeda.

Jake levantou a cabeça num rompante.

— Devagar aí. Sei como é com uísque. Vai colocar alguma coisa que me faça parar de pensar.

— Então, a garrafa será só para mim.

Eu não queria sair dali. Jake estava se saindo muito bem por conta própria, mas eu não confiava no sr. Thacker e achava que ele podia tentar alguma coisa quando eu não estivesse na sala. Talvez Jake também desconfiasse, porque disse:

— O garoto fica bem aqui. Não quero que ele saia por aí espalhando meus negócios.

— Como quiser — disse o sr. Thacker, lançando um olhar atravessado pra mim. — Vamos concluir a troca, sr. Crowfoot?

— Nah, o senhor parece ansioso demais. Aposto que sabe de alguma coisa que eu não sei. Além disso, minha mulher não vai gostar. Eu quero uma mina de ouro, mas ela quer um anel de diamante e uma carruagem com forro de seda azul. É a mulher mais danada que existe — balançou a cabeça.

O sr. Thacker riu.

— E uma beleza incomum, com certeza.

— Incomum ela é, disso ninguém duvida.

— Eu entendo de mulheres, então vou lhe fazer uma oferta generosa — a Hangover e mil dólares.

— Não, assim eu não aceito.

— Quanto o senhor quer?

— Sua mina e sete mil dólares.

Ainda bem que o sr. Thacker não estava olhando na minha direção, senão teria me visto sorrir. Isso dava cinco mil dólares para o papai, mil para o Corny e mil para o Jake.

— Ora, isso é um roubo à mão armada. Dou três mil.

— Sete ou nada feito. Minha mulher sempre disse que, se tivesse sete mil dólares, seria uma mulher rica. — Jake deu aquele sorrisinho bobo de novo. — Eu bem que queria deixá-la rica. Ela ia saber me recompensar.

— Dou cinco, e isso já é uma grande concessão da minha parte.

Jake se levantou.

— Então, fique com sua mina. Agora que me animou, talvez eu ache alguém que me ofereça um acordo melhor.

O sr. Thacker suspirou.

— Vai contra o meu bom senso, mas sou uma pessoa generosa. Prefiro satisfazer outro homem a colher o maior lucro possível. — Ele abriu a gaveta da mesa e puxou um documento. — O senhor está com a escritura?

— Carrego sempre comigo. É o lugar mais seguro que conheço. — Ele deu um tapinha na camisa.

Corny devia ter preparado uma escritura falsa e entregado a Jake. Ele com certeza tinha estado bem ocupado desde que saíra da casa dos Matchett.

— Então, podemos fazer a troca. O garoto servirá de testemunha. Em seguida, providenciarei uma ordem de pagamento do banco.

— Dinheiro vivo — disse Jake.

— Dinheiro vivo?

— Dinheiro. Não confio em ordem nenhuma.

— Mas há homens perversos por aí que o atrairiam para uma partida de pôquer e o arrancariam até o último tostão. O senhor poderia não apenas perder a bolsa como a própria vida. — Ele ergueu um pouco o queixo. — Eu mesmo já matei dois homens que tentaram me passar a perna.

— Dinheiro — repetiu Jake.

O sr. Thacker deu de ombros.

— Como quiser.

Os dois assinaram uma porção de papéis. Em seguida, o sr. Thacker me entregou a pena, e eu a molhei com cuidado no tinteiro e escrevi com atenção "Haidie Vander" onde dizia "testemunha".

— Agora que os negócios estão resolvidos, peço licença para buscar o dinheiro no cofre.

Ele fechou a porta ao sair. Eu e Jake trocamos um sorriso e ergui o punho no ar. Queria gritar "Viva!", mas nenhum de nós disse uma palavra em voz alta, porque, vai saber, o sr. Thacker podia estar escutando do lado de fora. Esperamos um tempão, os dois nervosos feito galinha em dia de festa. Jake ficou com o pé apoiado no joelho, batendo com a mão na outra perna, enquanto eu tamborilava o pé no chão. De vez em quando, a gente se olhava e sorria de novo.

Depois de um tempo, Jake examinou a escritura da Hangover, então assentiu, satisfeito. Moveu os lábios, sem som:

— Não sou tão burro quanto ele pensa. Já assinei contrato antes.

Então movi os lábios, sem som:

— Não tem medo de ele estar armando pra alguém te assaltar?

Jake balançou a cabeça.

— Tige tá amarrado lá fora.

Continuamos esperando até que comecei a me perguntar o que o sr. Thacker estava fazendo. Vai ver ele tinha sacado o nosso jogo. Talvez até tivesse ido chamar o delegado.

— Você acha que...

Jake me cortou, porque ouvimos passos. E justo quando a porta se abriu, ele me perguntou:

— Me diz uma coisa, garoto, sabe onde posso comprar um anel de diamante?

— Nah, não entendo nada de anel — respondi.

— Há um joalheiro logo ali na rua de cima. Pode confiar que ele vai lhe vender um diamante de verdade, não vidro. É o sr. Manning, na Holliday Street. Diga que recomendei e ele lhe fará o melhor preço — disse o sr. Thacker, entrando na sala.

Então, com grande pompa, contou os sete mil dólares e entregou o dinheiro a Jake, que contou tudo de novo.

— Não confia em mim? — perguntou o sr. Thacker.

— Confio no senhor como a galinha confia na raposa — respondeu Jake e abriu um sorriso tão largo que o sr. Thacker não podia se ofender.

O sr. Thacker lhe entregou a escritura da Hangover.

Jake enfiou a escritura dentro da camisa. Os dois homens apertaram as mãos e Jake saiu pela porta. Eu me levantei para segui-lo, mas o sr. Thacker disse:

— Onde pensa que vai, garoto?

Engoli em seco algumas vezes. Tudo o que eu queria era me afastar do sr. Thacker. Ele tinha contado que já matara dois homens e eu sabia que também ameaçara matar o papai quando ele tentou reaver sua mina e seu dinheiro. O que faria comigo se descobrisse que eu fazia parte de um plano para arrancar dele a Hangover?

— Tenho que voltar. O sr. Vander não gosta que eu fique longe dos olhos dele por mais de um minuto.

— Foi ele quem o mandou comigo. Não vai esperar que volte agora.

— Mas, o senhor já conseguiu a mina.

— Sim. — O sr. Thacker parecia satisfeito consigo mesmo. Então, apontou para a cadeira e me mandou sentar. — Nós dois temos um acordo, garoto.

— Sim, senhor?

— Esqueceu dos cem dólares que lhe prometi?

Eu preferia ir embora a receber o dinheiro, mas isso com certeza deixaria o sr. Thacker desconfiado. Então respondi:

— Duzentos.

O sr. Thacker abriu a gaveta da escrivaninha e tirou cinco moedas de ouro de vinte dólares.

— Cem agora. Cem quando a transação com seu guardião estiver concluída.

— Não foi isso que combinamos.

— Não me faça de tolo. Se eu lhe der o valor total agora, o que me garante que não vá contar tudo ao velho sobre minha negociação pela Blue Flag? — Refletiu por um instante. — Aquele dinheiro era dos depositantes. Eu estaria arruinado se algo desse errado.

Dei de ombros.

— E o que há para contar? O sr. Vander vai lhe devolver os sete mil dólares.

— Ah, ele vai pagar, vai? Talvez você não seja tão esperto quanto parece. Acha mesmo que vou contar a ele que paguei sete mil? Ora, de jeito nenhum — disse o sr. Thacker, recostando-se na cadeira. — Paguei vinte e sete mil dólares por aquela mina e ainda incluí uma propriedade que vale tanto quanto. Ele é um Vanderbilt, não é? Está acostumado a lidar com somas enormes e vai ficar satisfeito em saber que a mina não lhe custará ainda mais.

Fiquei boquiaberta. O sr. Thacker era um trapaceiro cem vezes pior do que eu e Corny juntos.

— Vejo que o impressionei — disse ele, recostando-se ainda mais e colocando os polegares no colete. — Receberá seus outros cem dólares depois que o sr. Vander tiver pago pela Blue Flag, integralmente.

— Se o senhor está ganhando tanto assim, talvez eu devesse receber quinhentos — falei.

— Ah, que garoto ganancioso. Estamos em sintonia. Talvez, quando este negócio terminar, você venha trabalhar para mim. Isso, claro, se quiser deixar aquele pomposo tolo do Vander.

— Talvez. Mas quero meu dinheiro primeiro — respondi.

— Vai ter que esperar até amanhã cedo, quando concluirmos a transação.

Ele tirou um charuto da caixa sobre a mesa e, com um cortador preso à corrente do relógio, cortou a ponta. Acendeu o charuto com toda a calma, depois se recostou e soprou a fumaça para o ar. Olhou para a caixa, depois para mim, mas em vez de me oferecer um, fechou a tampa. Fiquei aliviada. Nunca tinha fumado um charuto e não queria começar agora.

— Por que não hoje à noite? — perguntei.

O sr. Thacker enfiou a mão no bolso do colete, tirou o relógio, abriu, depois fechou de novo e o devolveu ao bolso.

— A espera fará bem ao seu guardião. Vai deixá-lo ansioso. Diga a ele que irei procurá-lo às dez da manhã. Se tudo correr como espero, poderá me acompanhar até meu meio de transporte após concluirmos o negócio e lhe darei os outros cem dólares. Depois, passe no banco e conversaremos sobre unir forças.

— O senhor não vai se encontrar com ele no Criterion? — perguntei.

Não queria que o sr. Thacker fosse até a casa dos Matchett. Se ele descobrisse o que estávamos tramando e puxasse uma arma, podia machucar a srta. Arvilla ou a srta. Lizzie. Ele acabaria percebendo, mais cedo ou mais tarde, que tinha sido enganado, mas eu não queria que isso acontecesse na frente das duas senhoras.

— Tenho outros peixes para fritar por lá. Pretendo impressionar certa dama com minha habilidade financeira.

— Uma das solteironas? — perguntei.

— Cuidado com as palavras, garoto — advertiu o sr. Thacker. Depois acrescentou: — As mulheres sempre me parecem mais jovens quando têm uma fortuna associada.

— O sr. Vander não vai querer que o senhor vá até a casa. Vai ficar uma fera se não o encontrar em um *saloon*. Disse que não gostava de tratar de negócios com o senhor na frente das damas — protestei.

— Então, diga a ele que, se quiser a Blue Flag, que esteja pronto para finalizar a transação na casa dos Matchett às dez da manhã. E mantenha em segredo nossa pequena negociação.

Ele fez uma pausa e me examinou com os olhos.

— Espero que você seja um mentiroso competente.

— Ah, sim, senhor. Minto como ninguém.

Por fim, o sr. Thacker me deixou ir. Achei que Jake pudesse estar me esperando na rua, mas não havia sinal dele, o que, aliás, era melhor, porque eu tinha quase certeza de que o sr. Thacker estava me vigiando da janela. Caminhei pela Larimer Street como se não tivesse pressa nenhuma de voltar para Corny, mas assim que dobrei a esquina, comecei a correr. Só parei quando trombei com Jake e Tige.

— Já estava começando a me preocupar com você — disse Jake.

— Ele acha que eu e ele vamos ser uma dupla, que vou ser o "iscador" dele. — Balancei a cabeça. — Mas arranquei cem dólares dele.

— E eu arranquei mil. — Jake me passou seis mil dólares e a escritura, tudo enrolado num lenço e eu enfiei o pacote dentro da camisa. — Fiquei com meu milhar. — Jake sorriu. — Vou gastar num diamante pra Teresa.

— Não precisa — falei, e alcancei por baixo da lapela. Estava tão acostumada a usar o "farol" do Corny preso ao casaco que o tinha colocado ali naquela manhã. — Isto é pra Teresa.

Jake examinou e assobiou.

— Mas que coisa mais bonita! Teresa nunca teve uma amiga como você. Espere só até ela ver isso.

Com todo aquele dinheiro e a escritura da Hangover, fiquei com medo de ser assaltada, então Jake me acompanhou até a casa dos Matchett e depois foi embora, só por precaução, caso o sr. Thacker resolvesse aparecer naquela noite em vez de de manhã.

Nem toquei a campainha, entrei correndo na casa das irmãs e gritei pelo Corny. Ele estava na biblioteca com a srta. Arvilla e a srta. Lizzie e os três vieram apressados para o corredor.

— E então? — perguntou a srta. Lizzie, enquanto eu ainda tentava recuperar o fôlego.

A srta. Arvilla olhou em volta, depois apontou para a biblioteca, e nós entramos, fechando a porta.

— Consegui a Hangover! — falei. Respirei fundo. — E seis mil dólares. Jake já ficou com os mil dele.

— Magnífico — disse Corny e a srta. Arvilla bateu palmas.

— Ah, queria tanto ver a cara dele quando vocês não aparecerem para pegar de volta a Blue Flag — disse a srta. Lizzie.

— A senhora pode acabar vendo, sim, porque o sr. Thacker vai vir aqui às dez da manhã — avisei.

— O quê? — perguntou a srta. Arvilla. — Pensei que ele fosse se encontrar com o sr. Vander em um dos *saloons*.

— Tentei convencê-lo disso, mas ele disse que vinha pra cá. — Inclinei- me um pouco. — Quer impressionar a senhora.

— Então o senhor tem que ir embora já, sr. Vander. Queremos que esteja bem longe quando o sr. Thacker chegar.

Corny pensou por um momento.

— Não, senhora — disse ele. — Não confio no que Thacker possa fazer quando descobrir que foi passado para trás. Dizem que é um homem perigoso...

— Ele já matou dois homens e tentou matar o papai — interrompi. — E se não conseguir o dinheiro de volta, o banco dele vai falir.

Corny assentiu.

— É provável que ele ponha a culpa nas senhoras e no irmão das senhoras. Eu não suportaria ser responsável pelo que ele possa fazer.

— Já enfrentamos índios, sr. Vander. Com certeza um homem irritado, mesmo armado, não representa ameaça — disse a srta. Arvilla.

— Talvez a senhora não conheça o mal que um homem é capaz de fazer quando está acuado. Não, queridas senhoras, teremos que continuar jogando por mais um tempo — respondeu Corny. — Haidie, preciso da sua ajuda mais uma vez. Desta vez, vou lhe contar o plano inteiro. Antes não contei porque queria que você se surpreendesse, que agisse com o entusiasmo de um menino. Desta vez, vou precisar da sua ajuda como homem.

Mais tarde naquela noite, montei o Outlaw até a casa do papai e bati forte na porta. Dessa vez, foi ele mesmo quem atendeu, com um homem em pé atrás dele. Abri um sorriso e disse:

— Ora, mas isso aqui está uma maravilha.

O buggy do sr. Thacker parou bem na hora em que o relógio da casa dos Matchett batia dez horas. Ele não se importou de deixar Corny esperando até de manhã para pegar a mina, mas estava ansioso demais pelo dinheiro para se atrasar nem um minuto. Meu coração batia no compasso do relógio, porque tanta coisa podia dar errado. Tínhamos que lidar com o sr. Thacker com mais sutileza do que no dia anterior, senão tudo estaria perdido. Um erro, por menor que fosse, eu ou Corny podíamos acabar mortos, ou as irmãs feridas e ainda corríamos o risco de perder a Hangover se o sr. Thacker fosse procurar o delegado.

Estávamos reunidos na sala de visitas, a srta. Arvilla sentada bem no meio do sofá de dois lugares, de modo que o sr. Thacker não pudesse se sentar ao lado dela. Eu esperava em frente à janela, enquanto o sr. Edwin permanecia na porta. A srta. Arvilla tinha mandado ele ir trabalhar, dizendo que nós quatro daríamos conta do sr. Thacker, mas ele recusou.

— Eu e minha irmã fizemos a travessia sozinhas e conhecemos o perigo — disse a srta. Arvilla a ele, mas o sr. Edwin continuou firme no lugar. A srta. Lizzie tinha levado Boots até o estábulo, para mantê-lo em segurança.

Quando o sr. Thacker tocou a campainha, a srta. Arvilla levantou a mão para impedir Martha de atender a porta de imediato. Martha esperou até a segunda chamada antes de deixar o sr. Thacker entrar na casa e conduzi-lo até a sala de visitas, deixando as portas abertas, conforme havia sido instruída.

O sr. Thacker apertou a mão do sr. Edwin, fez uma reverência para a srta. Arvilla, mas não beijou sua mão, porque ela mantinha as mãos firmemente cruzadas no colo e não lhe ofereceu nenhuma. Também não se moveu para que ele se sentasse ao seu lado. Ele me ignorou, mas disse a Corny:

— Pois bem, senhor, talvez seu rapaz já lhe tenha contado. O negócio está feito. O senhor vai se surpreender agradavelmente com a eficácia com que trabalhei em seu favor. — O sr. Thacker empinou o peito, lançando um olhar para a srta. Arvilla para ver a reação dela à notícia.

— Sim, claro — disse Corny. Não se levantou para cumprimentar o sr. Thacker, apenas estendeu a mão para pegar a xícara de café sobre a mesinha ao lado.

O sr. Thacker parou de sorrir e me lançou um olhar pela primeira vez, mas eu apenas devolvi com uma expressão boba.

— Tenho o título da mina Blue Flag, senhor — disse ele a Corny, com a voz um pouco mais alta. Estendeu a escritura.

— Ah, tem mesmo. Sinto muito por tê-lo incomodado. Sem dúvida. Se eu soubesse onde encontrá-lo, teria mandado o garoto — disse Corny, suspirando e pousando a xícara. — Receio que meus investidores não estejam mais interessados na Blue Flag. Mudaram de ideia. Eles fazem isso de vez em quando. São temperamentais. É muito frustrante, posso lhe assegurar. Agora, estão interessados no distrito de Tenmile. Talvez o senhor tenha algo interessante por lá.

— Mas... eu tenho a Blue Flag — repetiu o sr. Thacker, empurrando o documento nas mãos de Corny.

— E eu lhe disse que meus investidores mudaram de ideia. Aceita um café? — Corny apontou para um serviço de prata sobre a mesa e a srta. Arvilla se levantou para servir.

O sr. Thacker ignorou o café.

— Mas senhor, tive um enorme trabalho e despesa para conseguir a Flag para o senhor. Entendi que o senhor compraria a mina e me recompensaria pelos meus esforços.

— E de fato era o plano, mas isso são negócios. O senhor compreende, é claro. Nem sempre se ganha em negociações desse tipo. Se tivesse me apresentado a proposta ontem à noite, eu teria fechado a transação, porque a comunicação dos meus investidores só chegou pelo correio esta manhã.

Fiquei feliz que o sr. Thacker não me visse sorrindo de canto de boca. Ele teria que culpar a si mesmo, pois foi ele quem decidiu deixar Corny esperando.

— Mas, sr. Vander... — O rosto do sr. Thacker começava a ficar vermelho e suas mãos do tamanho de bíblias haviam se fechado em punhos.

Nesse momento, Corny pousou a xícara e se levantou.

— Sinto muito, sr. Thacker.

— O senhor me deve, sim. Eu me empenhei por sua causa.

Corny deu de ombros.

— Assim são os negócios. É apenas um transtorno.

O sr. Thacker se virou para o sr. Edwin.

— Transtorno! Faça-o entender que ele tem uma obrigação comigo. Deve me reembolsar os vinte e sete mil dólares que gastei com a mina!

Por trás das costas do sr. Thacker, sorri para a srta. Arvilla. Já havia contado a todos sobre o plano do banqueiro de inflar o valor da compra. E mesmo agora, com uma mão perdedora, ele ainda tentava aumentar a aposta.

— Isso é entre vocês dois — disse o sr. Edwin.

— Quer que eu acredite que o senhor gastou tal quantia sem sequer um contrato? — perguntou Corny. — Eu não chamaria isso exatamente de prudente.

— E além disso, troquei uma mina valiosa — disse o sr. Thacker.

— Então, sua situação é realmente lamentável. Mas, como eu disse, nem sempre se ganha nos negócios.

Corny serviu-se de mais café, provou um gole e disse à srta. Arvilla:

— Minha querida, o café esfriou.

A srta. Arvilla fez menção de se levantar, mas Corny a impediu com um gesto.

— Não tem importância. Preciso cuidar da arrumação das minhas malas.

Levantou-se e fez uma reverência ao sr. Thacker, como se o estivesse dispensando, e começou a se dirigir à porta. Mas o sr. Thacker o agarrou.

— Quero satisfação, senhor.

Corny se assustou e recuou um passo. Eu me movi até a janela e puxei a cortina de lado, deixando a luz entrar, enquanto o sr. Edwin deu um passo à frente.

— Thacker, acalme-se — disse ele.

— Acalme-se?! — trovejou o sr. Thacker. — Estou no prejuízo com uma quantia considerável e uma mina valiosa que troquei pela Blue Flag. E me manda ficar calmo? Ora, acho que isso é culpa sua, Matchett. Foi você quem me apresentou a esse farsante.

— E também o alertei para dissuadi-lo de investir em minas — disse o sr. Edwin.

— Se eu não soubesse, diria que estão todos juntos nessa — disse o sr. Thacker.

— Sr. Thacker, como se atreve! Não damos a mínima para o que o senhor pensa — respondeu a srta. Arvilla.

O sr. Thacker deu um passo em direção a ela, mas nesse instante a campainha tocou, e a srta. Arvilla chamou:

— Martha.

Todos congelamos, um pouco confusos, enquanto Martha veio lá dos fundos da casa para atender a porta.

— Um comerciante, sem dúvida — disse a srta. Arvilla, erguendo o queixo para o sr. Thacker como se o desafiasse a tentar alguma coisa.

E ele talvez tentasse mesmo, mas quem tinha tocado a campainha era o papai! Ele entrou na sala apressado, com outro homem logo atrás. Arfei ao ver a arma na mão do papai.

— Mas que diabos...— Disse o sr. Edwin, enquanto Corny se encolhia.

O sr. Thacker pareceu confuso, olhando de Corny para o sr. Edwin e então para o papai. Só a srta. Arvilla mantinha a calma.

— Senhor, o que significa isso?

— Quero minha mina — disse papai. — Foi roubada de mim e quero ela de volta.

— Quem é esse homem? — perguntou o sr. Edwin.

— Não faço ideia — disse o sr. Thacker, os olhos indo de um lado para o outro.

— Sou Manley Richards, o dono da Hangover. Esse banqueiro me roubou e pretendo recuperar minha mina agora mesmo — repetiu papai.

Corny pegou a escritura da Flag, que o sr. Thacker havia deixado sobre uma cadeira, e a segurou contra o peito, como se fosse um escudo.

— Não lidamos com salteadores.

— Sr. Richards — disse o homem que estava com papai —, o senhor precisa se acalmar. O xerife vai cuidar disso.

— Eu tentei. O xerife não fez nada — disse o papai.

O homem que estava com ele ergueu as mãos, as palmas voltadas para cima, num gesto de impotência, enquanto olhava para nós.

— Tentei fazê-lo ouvir a razão, mas ele diz que isso ferve dentro dele há um ano. Está quase na miséria, com uma esposa, três filhos e outro a caminho. Ontem, quando ouviu um homem falar sobre a Hangover, decidiu que iria tomá-la de volta. Seguimos o sr. Thacker até aqui. O sr. Richards é um homem violento. Vim com ele para tentar evitar derramamento de sangue.

— *Derramamento de sangue*? — exclamou a senhorita Arvilla, os olhos arregalados. — Sr. Thacker, o que o senhor trouxe para dentro da nossa casa?

O sr. Thacker ergueu as mãos.

— Não sei de nada. Nada mesmo.

— Nada, é? O senhor roubou minha mina e meu dinheiro. Entreguei aquilo ao senhor para guardar e, quando fui buscar, disse que nunca tinha me visto —

disse papai. — Pois bem, o senhor me vê agora. E eu vi a escritura. Entregue-a — disse ele a Corny.

Mas Corny, teimoso por estar sendo mandado, apenas apertou ainda mais a escritura contra o peito enquanto se aproximava da mesa.

— Recuso-me a tratar com brutamontes. Além disso, esta não é a escritura da Hangover, mas da Blue Flag.

— Não me venha com essa — disse papai, apontando a arma para Corny e avançando devagar.

Corny lançou um olhar para o chapéu onde escondia sua arma, mas ele estava do outro lado da sala.

De repente, o homem que acompanhava papai se voltou para o sr. Thacker.

— Sei, perante Deus, que o que o sr. Richards diz é verdade. Admita, senhor, e evite um derramamento de sangue. Posso sentir que o senhor é o perverso nesta sala.

Os olhos do sr. Thacker se arregalaram de pavor.

— O senhor enganou um homem honesto e deve pagar por isso. Agora, ajoelhe-se. Peça perdão a este pobre homem e ao Senhor.

— Eu não fiz nada. Não podem me culpar por tirar vantagem de um tolo.

Papai parecia nem escutar. Os olhos estavam fixos na escritura e ele ordenou que Corny a entregasse.

— Não entrego — disse Corny. — Não vou compactuar com um roubo.

— Vai, sim — disse papai.

O homem tentou agarrar o braço do papai, mas ele o sacudiu com força e continuou avançando em direção a Corny. De repente, disse:

— Agora você é meu — e disparou.

Corny soltou um "Ugh" e desabou, agarrando-se à mesa, os dedos alcançando a leiterinha de creme. Depois caiu no chão, mexeu um pouco os pés e os braços, do mesmo jeito que o búfalo tinha feito quando o abatemos, e ficou imóvel. O homem que estava com papai se abaixou ao lado de Corny, encostou o ouvido no peito dele, depois se levantou e fez o sinal da cruz.

— Morto — disse ele.

Ficamos todos parados por um instante, congelados.

— Você o matou — disse o sr. Thacker ao papai, a voz tomada de horror. — E nem era a escritura da Hangover que ele tinha.

O homem que estava com papai arrancou-lhe a arma da mão e o empurrou para uma cadeira. Em seguida, voltou-se para o sr. Thacker.

— Não, senhor, foi o senhor quem o instigou. Ele me contou no sagrado do confessionário o que havia acontecido. O culpado por este assassinato é o senhor. Matou este homem com sua ganância e sua maldade. Já conheci homens como o senhor. Foi o senhor quem deu início aos eventos que levaram à morte deste pobre homem e arruinou a vida de outro. O culpado é o senhor.

— Eu... eu... só fiz o que qualquer homem faria diante de uma oportunidade — disse o sr. Thacker.

Olhou em volta. A srta. Arvilla estava com as mãos cobrindo o rosto, mas agora as afastou e fixou o olhar nele. O sr. Edwin ergueu os olhos lentamente do ponto onde uma mancha vermelha começava a se espalhar sobre o tapete persa. Até eu tinha dado a volta e encarado o sr. Thacker de frente. Ele percebeu que estávamos todos contra ele.

— Parece que este pobre homem só buscava o que era seu por direito. Acredito no que foi dito: que o senhor é um vigarista e um assassino, Thacker, e quando contarmos ao meu amigo, o xerife, o que aconteceu aqui, o senhor será preso — disse o sr. Edwin.

— Mas... — o sr. Thacker apontou para o papai. — Foi ele quem atirou!

Papai não o olhava. Estava sentado numa cadeira, com as mãos no rosto, murmurando:

— Enfrento qualquer homem... enfrento qualquer homem...

Então, o sr. Thacker olhou para Corny, caído no chão.

— Está mais frio que a Groelândia — disse a srta. Arvilla.

— Vá! Vá logo! Depressa, homem — disse o sr. Edwin ao sr. Thacker, apontando para a porta. — Enforcam homens em Denver por isso. Talvez o senhor consiga escapar com esse roubo na Califórnia, mas Denver não tolerará. Não vou permitir que arruíne a reputação das minhas irmãs com sua ganância insensata.

— E o corpo? — perguntou o sr. Thacker.

— Eu cuidarei disso — respondeu o sr. Edwin. — Não sou desprovido de influência.

O sr. Thacker olhou para cada um de nós e, ao ver a firmeza em nossos rostos, pegou seu chapéu.

— Pegarei a diligência da tarde para a Califórnia.

— Esperaremos até as três horas para informar ao xerife sobre esta infeliz morte. Tem minha palavra — disse o homem que viera com papai.

— Sua palavra? E quem é o senhor?

— Como pode ver — ele ergueu uma grande cruz dourada —, sou o confessor do sr. Richards.

Para meu horror, o sr. Thacker agarrou minha orelha bem na hora em que saía da sala e me puxou para fora antes que alguém pudesse impedi-lo.

— Você vem comigo, garoto — disse ele, me arrastando pela calçada até a charrete.

— Me solta! — gritei, agarrando o punho dele com as duas mãos, mas ele não soltava, e achei que ia arrancar minha orelha fora.

Só me largou quando chegamos ao portão.

— O que tem a dizer em sua defesa? — exigiu.

— Senhor?

— Seu protetor está morto, então imagino que vá querer vir comigo. Nós dois podemos formar uma dupla. Na Califórnia, com um garoto como você, eu posso me dar muito bem.

Engoli em seco algumas vezes. Corny estava caído no chão, num poço de sangue, e o sr. Thacker já planejava como me usaria para enganar mais alguém e arrancar dinheiro. Eu não sabia o que dizer.

— Primeiro de tudo, quero meus cem dólares de volta — disse o sr. Thacker.

— O quê?

— Você me ouviu. Dei cinco moedas de ouro de vinte dólares, e quero elas de volta. O acordo foi cancelado. Você não as mereceu.

— O senhor matou um homem e ainda quer meus cem dólares de volta?

O sr. Thacker tinha largado minha orelha e agora segurava a lapela do meu casaco. Falou num tom entre grito e raiva:

— Eu não matei ninguém. Você viu tudo. Se a lei vier atrás de mim, você vai contar o que viu.

Agora eu tinha minha saída.

— Acho que aquele homem lá dentro tem razão. O senhor é o verdadeiro responsável pela morte do sr. Vander.

O sr. Thacker apertou ainda mais o punho no meu casaco, enquanto eu tentava pensar em como me soltar. Já estava quase decidida a pisar no pé dele quando, de repente, ele me empurrou contra a cerca e me deu um tapa na boca. Em seguida, avançou com a mão em direção à minha garganta.

— Haidie! — gritou Boots.

Olhei para cima e vi meu irmão correndo em minha direção. Ele tinha estado no estábulo, onde a srta. Lizzie o mantinha afastado da casa. *Ah, não, Boots*, pensei. Se ele dissesse alguma coisa, podia estragar tudo.

— Volta pra lá — gritei. — Estou bem.

Mas eu devia saber que isso não o impediria.

— Não machuca a Haidie, não! — gritou Boots para o sr. Thacker. Meu irmão pegou um pedaço de pau e começou a bater nele, mas o sr. Thacker simplesmente afastou o galho. Em seguida, avançou em minha direção antes que eu conseguisse escapar. Quando ele agarrou meu braço e começou a torcê-lo para trás, porém, surgiu do nada um cachorro do tamanho de uma casinha de fundo de quintal. Ele se lançou contra o sr. Thacker e cravou os dentes na perna dele.

— Tige! — gritei, lançando um olhar para as árvores do outro lado da rua, onde um homem estava escondido. Tige, parecendo mais feio que um marimbondo de lama, afundou os dentes na perna do sr. Thacker e deu uma bela sacudida antes que eu conseguisse mandá-lo parar. Nunca fiquei tão feliz em ver um cachorro feio na vida.

No instante em que conseguiu se livrar, o sr. Thacker correu para a charrete e chicoteou o cavalo. Ao partir, gritou para mim:

— Acha que pode me dar o gelo, é? Um dia eu volto, garoto. É bom ficar esperto. Ainda vou te acertar com gosto!

Eu e a srta. Lizzie agarramos Boots e corremos para dentro da casa. Trancamos a porta e dispararmos para a sala de visitas, onde puxei as cortinas. Todos ainda estavam exatamente onde eu os tinha deixado.

— Aquele homem tentou machucar a Haidie, mas eu dei umas boas pauladas nele — disse Boots, orgulhoso.

— Mas que família! — disse a srta. Arvilla.

De repente, Boots viu Corny deitado no chão e ficou branco como papel.

— Aquele homem matou o Corny?

— Claro que não — disse papai, se levantando. Então, estendeu a mão para Corny e o ajudou a se levantar.

Corny olhou para a mancha vermelha que se espalhava pelo tapete e suspirou:

— Temo ter arruinado seu tapete com o corante. E também quebrei a leiterinha.

— E eu fiz um buraco no assoalho com um tiro — acrescentou papai.

A srta. Arvilla sorriu.

— Não é nada. Cada vez que eu olhar para essa mancha, vou me lembrar da diversão que tivemos. Ah, irmã, queria tanto que você tivesse presenciado isso. A mina do sr. Richards foi devolvida a ele e nos livramos de um patife.

Lançou um olhar para a janela.

— Você tem certeza de que ele foi embora, não tem?

— Ah, sim, senhora — respondi. — E Ben Bondurant vai estar na Wells Fargo para garantir que ele embarque na diligência para a Califórnia. Ben disse que, se o sr. Thacker não subir naquela diligência, vai deixá-lo em frangalhos.

O sr. Edwin suspirou.

— Acho melhor ficarmos todos aqui até termos certeza de que Thacker foi embora. Acham que ele vai se emendar?

Corny bufou enquanto recolhia os pedaços quebrados da leiterinha e os colocava sobre a mesa, depois estendeu o guardanapo sobre a mancha vermelha para absorvê-la.

— Talvez por um ou dois dias. Mas, pelo que conheço dele, acredito que, assim que Joel Thacker chegar à Califórnia, voltará aos seus modos malévolos.

Foi até o homem que tinha vindo com papai e se apresentou, dizendo:

— Senhor, ainda não tive o prazer.

Até então, Boots não tinha prestado atenção ao homem, mas agora o olhou direito e gritou:

— Cheet!

Cheet sorriu e abriu os braços.

— Ora, olá, Boots. Você cresceu um pouco.

Em vez de ir até ele, Boots deu um passo na minha direção.

— A gente não vai voltar pro orfanato, mesmo que te paguem dez dólares pra levar a gente de volta.

— Cheet nunca faria isso — falei. — Agora estamos com o papai, então não somos mais órfãos. O papai vai levar a gente pra Georgetown, onde fica a mina dele. Recuperamos a Hangover, Boots.

— Como é que você tá aqui? — perguntou Boots a Cheet.

Cheet sorriu para ele.

— Ah, comecei a sentir saudade de vocês e soube que tinham ido pro oeste procurar o pai. Então, vim também. Só encontrei ele ontem.

— Quer dizer que perdeu todo o dinheiro que recebeu pela fazenda — falei, cruzando os braços.

— Jurei largar o jogo.

Zombei:

— Então, perdeu mesmo.

Cheet inclinou a cabeça.

— Bom, não importa, porque o papai tem uma mina de ouro.

— Não graças a você, Cheet.

— Na verdade, a mina de ouro é minha — disse o sr. Edwin.

Todos nos viramos para encará-lo.

— Fui eu quem financiou esse empreendimento, então tecnicamente a Hangover me pertence.

Ele ergueu as mãos.

— Oh, não se preocupem. Somos todos cúmplices nesse crime. Não pretendo ficar com a propriedade só para mim. Quarenta e nove por cento irão para Manley Richards. Com menos da metade, o sr. Richards não será tentado a apostar a mina no jogo.

— Eu nunca mais faria isso... — disse o papai, mas o sr. Edwin o interrompeu.

— O restante será colocado em um fundo em benefício de Haidie e Boots — continuou. — Espero que esses meninos possam ir para a faculdade um dia.

As irmãs pareceram satisfeitas, mas Cheet disparou:

— Meninos? Aqui só tem um menino. Não sabe que a Haidie é uma menina?

— *Uma menina!* — A boca do sr. Edwin se escancarou, enquanto a srta. Arvilla levou a mão ao peito e sorriu.

Corny abriu um sorriso que cortava o rosto de ponta a ponta. Veio em minha direção, com o braço estendido. Comecei a apertar a mão dele, mas, em vez disso, ele tomou minha mão e a beijou, dizendo:

— Você, senhorita, é a mentirosa mais esperta que já vi.

Papai sorriu, e achei que fosse por causa do elogio que Corny tinha me feito, mas ele não estava olhando para mim. Em vez disso, fixava os olhos na janela, no redemoinho de poeira levantado pela charrete do sr. Thacker. Então puxou a cortina para o lado e gritou:

— *Azar o dele!*

E assim fui, como disse a srta. Arvilla, livre do meu disfarce. Ela contou que suspeitava desde a trilha, quando me viu com a boneca indígena — disse que só uma menina olharia para uma boneca daquele jeito.

Boots e Cheet se mudaram com papai, a esposa e o bebê para Georgetown, onde Boots passou a frequentar a escola. Papai assumiu a administração da mina e deu um emprego a Cheet, mas eu fiquei em Denver com as irmãs. Quando vi todos nós juntos, perdoei o papai por ter se casado com Fanny e perdoei o Cheet por ter nos colocado no orfanato. Já não havia razão para continuar com raiva. Afinal, vim para o Oeste justamente para que fôssemos uma família de novo.

Fiquei com as irmãs e entrei para a academia elegante delas. Eu tinha visto com meus próprios olhos o que acontecia com mulheres sem instrução e não pretendia acabar como uma meretriz no Clube Progressista, como a Emily.

Sabia que, assim que chegássemos a Denver, eu teria que voltar a ser menina e, agora, com o sr. Thacker ameaçando me estraçalhar, parecia o melhor momento para vestir um vestido. Não posso dizer que estava ansiosa por isso, mas descobri que não me incomodava tanto quanto eu imaginava.

Ah, guardei minhas roupas de menino e as vestia sempre que queria montar o Outlaw com as pernas de cada lado. A srta. Lizzie torcia o nariz para isso, mas não a srta. Arvilla. Na verdade, às vezes, quando o sr. Edwin estava fora e a srta. Lizzie indisposta, a srta. Arvilla pegava emprestado um terno do irmão e nós duas fazíamos a ronda pelos salões de jogo. Quando viu Emily lá e se lembrou de sua história, a srta. Arvilla lhe ofereceu um emprego na escola.

Ensinei a srta. Arvilla a jogar pôquer. Ela se tornou uma jogadora bem razoável. Na verdade, chegou a quase me igualar em matéria de mentir e trapacear. Eu disse isso a ela, e, por alguma razão, ela tomou como um elogio.

Agradecimentos

Não faria sentido repetir os agradecimentos, já que as mesmas pessoas de sempre estiveram ao meu lado em vários dos meus livros. Elas se tornaram o "meu time". Mas, ainda assim, agradeço mais uma vez a minha agente de longa data, Danielle Egan-Miller, e à sua equipe. Danielle cuidou do manuscrito de *Tough Luck (Má Sorte)* e nunca desistiu dele. Minha editora, Elisabeth Dyssegaard, lapidou o texto e, felizmente, soube exatamente onde cortar. Sua assistente, Jamilah Lewis-Horton, cuidou dos detalhes e garantiu que eu seguisse o cronograma.

Minha família sempre está presente quando empaco, especialmente minhas filhas. Dana me ajudou a chegar no título de *Tough Luck* (embora eu gostasse de *The Road Less Graveled*), e Kendal me incentivou nos momentos em que mais duvidava de mim. Bob, Lloyd e Forrest estiveram ao meu lado. Assim como minha irmã Mary e meu irmão Michael.

O Departamento de História do Oeste e Genealogia da Biblioteca Pública de Denver foi uma fonte valiosa quando estava cheia de dúvidas sobre o Velho Oeste. Eu achava que, ao terminar *Where Coyotes Howl*, já teria me aposentado da escrita de romances. Obrigada a todos vocês por me incentivarem a continuar.

Sobre a Autora

Povy Kendal Atchison

Sandra Dallas, chamada de "uma voz americana por excelência" pela revista *Vogue*, é autora de vários romances conhecidos, incluindo *Prayers for Sale* e *Tallgrass*, muitos deles traduzidos para diversos idiomas e adaptados para o cinema. Vencedora seis vezes do Prêmio Willa e quatro vezes do Prêmio Spur, Dallas foi repórter da *Business Week* por trinta e cinco anos, cobrindo a região das Montanhas Rochosas e começou a escrever ficção em 1990. Tem duas filhas e vive com o marido em Denver e Georgetown, no Colorado.